光文社古典新訳文庫

寛容論

ヴォルテール

斉藤悦則訳

JN211057

光文社

Title : TRAITÉ SUR LA TOLÉRANCE,
à l'occasion de la mort de Jean Calas
1763
Author : Voltaire

凡例

一　本書の底本には、一七六三年に匿名で出版された"*Traité sur la tolérance*", s.l. 1763とその異版を用いた。一七六五年に付加された章（最終章）については、一八七九年のガルニエ版ヴォルテール全集の第二十五巻に拠った。また、ルネ・ポモーの序文と注釈のついた一九八九年のフラマリオン社のポケット版も参考にした。

二　原注のうち、一七六三年版において脚注でしめされたものは、本書では通し番号をつけて巻末にまとめた。また、原注のうち、左右の欄外につけられた短い注記（聖書からの引用箇所をしめすもの）は、本書では本文中の（　）内にしめした。

三　訳注はすべて本文中に［　］でしめした。

4

四　書名をあらわすのに『　』を用いたが、注記でしめすさいの聖書にかんしては省いた。また、聖書の章・節についてはアラビア数字をならべた。たとえば、2－3とあるのは第二章第三節をあらわす。

『寛容論』＊目次

第一章　ジャン・カラス殺害のあらまし　11
第二章　ジャン・カラス処刑の結果　31
第三章　十六世紀における宗教改革の思想　35
第四章　寛容は危険なものなのか、また、寛容を重んずる民族は存在するか　41
第五章　寛容はいかなるばあいに許されるか　54
第六章　不寛容ははたして自然の法であり、人間の権利であるのか　61
第七章　不寛容は古代ギリシアの時代にもあったのか　64
第八章　ローマ人は寛容だったか　70
第九章　殉教者たち　78
第十章　偽の伝説や迫害の物語の危険性　93
第十一章　不寛容の弊害　104
第十二章　ユダヤ教では不寛容が神の掟だったのか、また、それはつねに実行されていたか　113

第十三章　ユダヤ人の極端なまでの寛容さ　128
第十四章　不寛容がイエス・キリストの教えだったのか　133
第十五章　不寛容をいさめる発言集　146
第十六章　死にかけている男と元気な男の対話　151
第十七章　聖堂参事会員からイエズス会士ル・テリエへの手紙、一七一四年五月六日付　157
第十八章　不寛容が人間の権利とされる希少なケース　165
第十九章　中国でのちょっとした言い争いの話　170
第二十章　民衆には迷信を信じさせておくのが有益か　175
第二十一章　徳は知にまさるべし　182
第二十二章　誰にたいしても寛容でありたい　187
第二十三章　神への祈り　195
第二十四章　追記　199

第二十五章　続きと結語　210
新しく加えられた章　カラス一家を無罪とした最終判決について　219
原注　228

解説　福島 清紀　287
年譜　338
訳者あとがき　341

寛容論

ジャン・カラスの刑死を機に論ず

第一章　ジャン・カラス殺害のあらまし

　カラスは、一七六二年三月九日、トゥールーズで殺された。この殺害は正義の剣〔司法権〕によってなされたものであるがゆえに、まったくとんでもない事件であり、現代はもちろん、後代においても注目にあたいしよう。

　戦場であれば、たくさんのひとが命を落とし、長々としたリストにのった死者の名はすぐに忘れられてしまう。戦争において、死はつきものだからだ。また、軍人なら敵の剣で殺されても、同じく剣でやりかえすこともできた。何の防御もせずに、むざむざ殺されたりはしない。

　ひとが大きな利益を得るために危険をおかしたのであれば、そのひとが死んでも驚きはなく、憐れむ気持ちも薄らぐ。しかし、何の罪もない一家の父が、ひとの思い違いや熱狂や妄信のせいで殺されたとしたらどうだろう。しかも、その父親を弁護するための材料は、かれのふだんの人柄だけだとしたら。また、死刑を宣告する裁判官が、たんなるまちがいでひとの命を奪えるとしたら。そして、裁判官はまちがった判決でひとを殺しても罰せられることがないとしたら、どうなる。そのとき、ひとびとの悲鳴があがる。誰もが明日はわが身と思い、不安になる。裁判所はまさしく市民の生命を守るために設けられたものであるのに、そこにおいては誰の生命も安全ではないとわかる。そのとき、だれもが声をそろえて、あやまちには報いを、と叫ぶにちがいない。

このたびの異様な事件で問題となったのは、宗教にかかわることであり、一青年の死が自殺だったのか、身内による殺人だったのかということである。青年が絞め殺されたのであれば、それは、神を喜ばせるために、父親と母親がわが子を殺したのか。弟が兄を殺したのか。友人が自分の友人を殺したのか。また、裁判官が非難されるべきは、無実の父親を車責めで処刑した点にあるのか、それとも、父親と同罪のはずの母親・弟・友人を無罪放免にした点にあるのか、などが問題となった。

ジャン・カラスは当時、六十八歳。トゥールーズで四十年以上、商売を営み、かれとつきあうひとびとからは良い父親だと認められていた。かれはプロテスタントで、妻も子どもたちも同じくプロテスタントだった。息子のうち、ひとりだけはそういう異端の信仰を捨てていたが、父親はそんな息子にもなにがしかの生活費をあたえていた。ジャン・カラスは、社会のあらゆる絆を断ち切るようなバカげた狂信とはまったく無縁の人間だと思われる。というのも、かれは息子ルイ・カラスが改宗するのを認めただけでなく、熱心なカトリック信者の女中を三十年前から家に置き、自分の子どもたち全員の養育を彼女にまかせていたほどだからである。

かれにはマルク＝アントワーヌという名の息子もいた。この息子はいわゆる文学青年で、つねにいらつき、陰気くさく、すぐに荒れると評判だった。このように、商人には不向きの性格ゆえ、商いにたずさわってもうまくいきそうになかった。法務関係のしごとにつこうとしても、そのためにはカトリック教徒であるという証明書が必要なので、それも無理。前途は暗い。かれは命を絶つことを決意した。そのことは友人のひとりにそれとなく伝えられていた。青年は自殺にかんする書物を読みあさり、自殺の決意をさらに固めた。

ついに、ある日、博打ですっかりお金を失ったかれは、今日こそかねての計画を実行しようと決めた。たまたまその日は、家族の友人で、かれの友人でもあるラヴェスという十九歳の若者が、カラス家に来ていた。夕食に招待されていたのだ。ラヴェスは、トゥールーズの著名な弁護士の息子で、純真さと穏和な人柄によってみんなに好かれていた。この街には前日ボルドー[1]からやってきたばかりだった。さて、ラヴェスと夕食をともにしたのは、カラス家の父親と母親、長男のマルク゠アントワーヌ、二男のピエールである。夕食後、一同は小さな応接間に戻ったが、マルク゠アントワーヌの姿は見えない。そして、ラヴェス青年が暇乞いをして、ピエール・カラスと一緒に一階に下りたときに、マルク゠アントワーヌが店のそばの戸口で首を吊っているのが発見された。マルク゠アントワーヌはシャツ姿であった。上着はカウンターのうえに畳んであった。シャツには乱れたようすもない。髪もきれいに櫛でとかれていた。体には外傷や打撲のあとはひとつもなかった[2]。

死亡の状況については、法務官らによる報告書で十分に明らかだが、ここではすべて省く。父親・母親の嘆き悲しみや絶望がどれほど深いものであったかもここではいっさい語らないでおく。とにかく、両親の叫び声は近所中に響き渡った。血相を変えて医者と警察を呼びに行ったのはラヴェスとピエール・カラスであった。

青年ふたりがこうして市民の義務をはたしているとき、そして父親と母親が泣き崩れているとき、トゥールーズの町のひとびとが家のまわりに集まってきた。トゥールーズの民衆は一般に迷信深く、しかも激しやすい。自分と宗教が異なる者にたいしては、たとえ相手が兄弟であっても、怪物視する。アンリ三世［宗教対立を終わらせようとした国王］の死を神に感謝して盛大に祝ったのも、また大アンリ、良王アンリと呼ばれるアンリ四世を国王として認めると公言するようなやつの首はただちにかき切ってやると誓ったのも、ここトゥールーズのひとびとであった。この町は、二百年前に異端の市民を四千人も虐殺した日を記念して、いまでも毎年、行列やかがり火で盛大に祝っている。市の参事会は六度にわたって、こうした醜悪な祭は中止するよう命じたが、無視された。この祭は、有名なトゥールーズ詩歌コンクールと同じように、ずっと市民が自主的におこなってきた。

さて、カラス家を囲んだ下層民のなかの狂信的な誰かが、「ジャン・カラスが息子のマルク＝アントワーヌを絞め殺したぞ」と叫んだ。この叫びはくりかえされて、たちまち一斉に唱和される。また、べつの連中があらたな情報をつけくわえた。すなわち、殺された息子は明日、カトリックへの改宗の宣誓をすることになっていた。だから、カトリックを憎悪するここの家族とラヴェス青年によって絞め殺された、というのである。それを聞いたつぎの瞬間、それはもうひとびと全員の確信となった。カトリックに改宗しようとする息子を父親と母親が殺すのは、プロテスタントにおいては信仰上の義務であるらしい。このうわさを町中のひとびとが信じてしまった。

群衆の興奮はいったん盛り上がると、とてもおさまらない。ひとびとは事件の絵柄を想像で作りあげた。それはこうだ。ラングドック地方のプロテスタントは前日に集会を開いて、死刑の執行人を多数決で決めた。ラヴェス青年が執行人として選ばれた。青年は自分が選ばれたことを一日前に知らされて、ボルドーからやってきた。ジャン・カラスとその妻、およびその息子ピエールに手を貸して、自分の友人、カラス夫妻の息子、ピエールの兄であるマルク＝アントワーヌを絞め殺すためであった、と。トゥールーズの町役人（カピトゥル）ダヴィッド氏は、こういったうわさにそそのかされた。かれはまた自分がすばやい処理能力をもつことをひけらかしたくて、規則にも慣例にも反する訴訟手続きを進めた。カラス一家、カトリック信者の女中、そしてラヴェスが逮捕され、牢に入れられた。

　犯罪の目撃者の出頭をうながすために教会が張り出した証言命令書は、さきの訴訟手続きに劣らず、まちがいがあるものだった。事件はさらに深刻化する。もともと、マルク＝アントワーヌ・カラスはカルヴァン派のプロテスタントとして死んだのであり、しかも、みずから命を絶ったのであれば、本来なら死体を馬で引きずって辱めを加えるべきであった。ところが、マルク＝アントワーヌはサン・テチエンヌ教会で荘厳に埋葬された。そんなことは教会への冒瀆だと司祭が抗議したにもかかわらず、実行されたのである。

　ラングドック地方には、白色・青色・灰色・黒色の四つの苦行会［施しや葬儀をおこなう信者団体］がある。苦行会の会員は、布地の覆面のついた長いとがった頭巾をかぶる。覆面には、前が見えるように穴が二つ開けられている。どの会も、軍の地方司令官フィッツ＝ジャム公爵に入会してもらいたがっていたが、公爵はどこにも入らなかった。白色苦行会は、マルク＝アントワーヌ・カラスを殉教者と見なして、盛大な葬儀をおこなった。ほんとうの殉教者にたいするものであっても、これほど盛大な式典はかつていかなる教会でもおこなわれた例(ためし)がない。しかも、その式典はまったくぞっとするようなものであった。壮麗な棺台のうえには、マルク＝アントワーヌをあらわす骸骨が載せられている。この骸骨は手が動かせるようになっており、片方の手には「殉教のしるしである」棕櫚(しゅろ)の枝が、もう片方の手にはペンが握らされる。このペンは、マルク＝アントワーヌが改宗の宣誓書に署名するはずであったこと、そして、そのペンでまさしく父親の死刑判決文を書いていることをあらわしていた。

自殺をとげた不幸な若者は、こうしてぜひとも聖者の列に加えられるべき人間となった。民衆はこぞってかれを聖人と見なした。かれの名を唱えて救いを求める者もいれば、かれの墓にお参りに行く者、かれに奇跡を求める者、また、かれがかずかずの奇跡を起こしたと吹聴する者もいた。ある修道士は遺体から歯を数本ぬきとって大事な聖遺物とした。ある信心深い婦人は耳が遠いのに鐘の音が聞こえたという。ある司祭は脳卒中で倒れたが催吐剤を飲んだら治った。こうした奇跡的なできごとについて、公式の調書が作られた。しかし、いまこれを書いている筆者はこんな証言も得ている。すなわち、トゥールーズのある青年は、このあたらしい聖人の墓で幾晩もお祈りをしたのに、自分の願う奇跡が起きなかったのでとうとう精神に異常をきたしてしまった、という。

さて、この事件の裁判では判事の数名が白色苦行会の会員であった。その瞬間からジャン・カラスの死刑はまちがいないと思われた。

そして、とりわけかれの死刑を決定づけたのは、トゥールーズのあの奇妙な祭が近づいていたことである。この町ではかつて四千人のユグノー〔カルヴァン派プロテスタント〕が虐殺されたが、市民はそれを記念する祝賀祭を毎年催してきた。しかも、この年、一七六二年はちょうど二百周年にあたる。町ではこの式典の飾りつけが進められており、まさにそのことが、すでに過熱気味の民衆の興奮をさらにかきたてた。カラス一家を車責めにする処刑台こそがこの祭の最大の飾りつけになる。そんなことが公然と語られた。われわれのもっとも聖なる宗教のために、神はみずからこれらの犠牲者をここに導いてくれたのだ、と語る者もいた。こうしたことばを直接聞いた者は二十人いる。もっと過激な発言を聞いた者もいる。

何と、これは現代のできごと。哲学が多大の進歩をとげた時代のできごとなのだ。国中の、百を数えるアカデミーが民衆の啓発に努め、習俗を穏和なものにしようとしているときに起きたことなのである。それはあたかも狂信(ファナティスム)が、最近うちつづく理性の成功に憤り、理性に踏みつけられてますます激しくのたうちまわっているように見える。

判決を出すために、毎日十三名の判事が集まった。カラス一家に不利な証言はひとつも出てこず、出てくるはずもなかった。ところが、まちがった宗教「プロテスタント」の信者であることが証拠のかわりになった。六人の判事は、それをたてにジャン・カラスとその息子、およびラヴェスを車責めの刑に、ジャン・カラスの妻を火あぶりの刑にすべきだと執拗に主張した。ほかの七人はもっと穏健で、少なくとも被告人の言い分を聞くべきだと考えた。議論は堂々めぐりになり、いつも長びいた。判事のひとり「ド・ラサール氏」は、被告人たちが無実であることと犯行そのものが不可能であることを確信し、被告人たちを熱心に弁護した。異なる人間にたいする冷酷な厳しさよりも、同じ人間にたいする温かい優しさを大事にした。トゥールーズではどの家でも偏った宗教心が支配し、この不幸な一家を血祭りにと叫ぶ声がこだましているとき、この判事はカラス家を公然と弁護したのである。べつの判事「ラボルド氏」

は乱暴な言動で知られるひとだが、かれは先の判事がカラス家を弁護する熱心さに劣らぬ熱心さで、カラス家を攻撃する演説を町中でおこなった。けっきょく、両極端のぶつかる火花はあまりにも大きいので、二人はどちらもこの訴訟の判事としては不適とされ、田舎に引退することを余儀なくされた。

ところが、不幸にして妙なことが起きる。カラス家を弁護した判事は、引退したら審議にはかかわらないという慎みをわきまえていたのに、もうひとりの判事は平気でもどってきて、カラス家を攻撃する一票を投じる。そして、まさにこの一票が車責めによる死刑を確定させた。なぜなら、票決は「死刑の判決に必要な八票をぎりぎりに得ての」八対五だったからである。また、死刑に反対だった六人の判事のひとりは、それまでさんざん異議を唱えてきたのに、最後になって極刑賛成の側に転じていた。

肉親殺しのような問題で、しかも一家の父親をもっとも恐ろしい刑罰に処するというばあい、判決は全員一致によるのが当然だろうと思われる。なぜなら、こうしたとんでもない犯罪[3]では、その証拠は誰の目にも明らかなもののはずだからである。そういう事件の裁判官は、そこにほんのわずかな疑いでもあれば、死刑の判決は手が震えて署名できないにちがいない。われわれの理性の力は弱々しく、われわれの法律は不備だらけだ。それは日々実感させられることである。しかし、たったの一票が加わっただけで市民が車責めの刑に処せられるとすれば、市民にとってこれ以上にわが身の不幸を思い知らされる機会があるだろうか。古代ギリシアのアテナイでは、死刑の判決を言い渡すためには、市民の半数プラス五十票が必要とされた。このことから何が言えるか。それは、ギリシア人がわれわれよりもはるかに賢明で、はるかに人間らしかったということである。そして、ギリシアのことをわれわれは知っているが、それはたんなる知識にすぎない。

ジャン・カラスは、ずっと以前から足がむくんで弱っている六十八歳の老人であり、息子は人並み以上の力持ちであった。そんな息子を、老人がひとりで絞め殺し、しかも吊し上げることができたとはとても思えない。そんなことをするには、妻、もうひとりの息子ピエール、友人のラヴェス、そして女中の助けが絶対に必要であったろう。かれらは事件のあった日の夜、一瞬たりとも離れず、一緒にいた。しかし、全員が殺害に協力したという仮説は、父親の単独犯行という仮説に劣らず、理屈にあわない。第一に、熱心なカトリック信者である女中は、自分が育てた若者がやはりカトリックに改宗しようとしたとき、それを罰しようとするユグノーの連中によって殺されるのを、どうして黙って見逃したりできたのだろうか。また、ラヴェスは友人が改宗しようとしているということなど知りもしないのに、どうしてその友人を絞め殺すためにわざわざボルドーから出てきたのだろうか。どうして優しい母親がわが手でわが子を殺したりするだろうか。若者を絞殺しようとすれば、全員が総がかりしなければならないほど相手は強健であるのに、どうして長時間の激しい争いもなく、隣近所に響きわたる叫び声もなく、殴りあいの音もなく、打撲の傷もなく、衣服の破れもないのであろうか。

それでも肉親殺しはおこなわれたのだとすれば、被告人の全員が犯行の現場にいて一瞬たりとも離れたりしなかったのだから、かれらがそろって有罪であるのは明らかだ。しかし、明らかにかれらは有罪ではない。また、明らかに父親だけが有罪ということもありえない。ところが、判決では父親のみが有罪とされ、車責めの刑に処せられた。

この死刑判決の理由は、その他の一切と同様、まったく理解しがたいものであった。ジャン・カラスを車責めに処することに賛成した判事たちは、ほかの判事にむかって、この弱々しい老人を車責めにすれば、老人はたまらず自分の犯行と共犯者のことを白状するにちがいないと請け合っていたのである。しかし、この老人は車輪のうえで死ぬまぎわまで、自分の無実を神が証明してくれることを祈り、判事たちのあやまちを神が許してくれることを願った。この姿に判事たちは大いに狼狽した。

判事たちは、最初の判決とはまったく矛盾するつぎの判決を下さざるをえなくなった。母親や息子のピエール、友人のラヴェス、および女中、この全員の釈放である。しかし、判事のひとりが、ほかの判事をハッとさせるようなことを言った。すなわち、「全員の無罪放免という判決は父親への死刑判決と矛盾する。それは判事自身にたいする有罪の宣告にひとしい。肉親殺しがおこなわれたと思われる時間に、全員がそこにいたのであるから、全員を釈放すれば処刑された父親もじつは無罪であったことになる」。そこで判事たちは、息子のピエール・カラスを追放刑にすると決めた。しかし、この追放刑の決定もやはり矛盾をはらみ、やはりナンセンスだ。なぜなら、ピエール・カラスは肉親殺しについて有罪か、無罪か、そのどちらかでしかなく、もし有罪であれば父親と同じく車責めにしなければならないし、無罪であれば追放などもしてはならないからである。判事たちは、父親が死ぬときに見せた恐ろしい苦しみ方と、父親の感動的なまでの敬虔さにおののき、息子の追放刑は恩赦によるものだと世間に信じこませて自分たちの体面を保とうと考えた。こういう恩赦をあたえるのは、ウソの上塗りにすぎないのに、かれらはそうは思わなかった。自分たちが不幸にして犯した重大な不正にくらべれば、こんな貧しくて何の支えももたない若者を追放刑にするのは、重大な結果を生むようなものではないから、重大な不正にはならないと判事たちは信じた。

そこでまず、ピエール・カラスを獄中で脅した。自分の宗教を捨てると宣誓しなければ父親と同じ目にあわせるぞ、と脅したのである。このことは当の若者が神に誓って証言している(4)。

ピエール・カラスは、町の外へでたところで、改宗担当の神父に出会い、ふたたびトゥールーズ市内に連れもどされた。そして、ドミニコ会の修道院に閉じこめられ、そこでカトリック教徒としてのお勤めをすべておこなうよう強制された。こうして世間が望んだことはあるていど満たされた。父親が血を流した代償として息子の命が助かったことでもあり、父親の刑死にたいして報復をすると思われた宗派も、これであるていど満足したようであった。

母親からは娘たちも取りあげられた。娘たちも修道院に閉じこめられたのである。この母親は、長男の死体を両腕で抱き、刑死した夫の血で服を濡らし、もうひとりの息子が追放されるのを見、娘たちから切り離され、全財産を没収されて、いまやパンにもこと欠き、希望ももてず、この世でたったひとりぼっちのまま、あまりにも悲惨なありさまで死にかけていた。幾人かのひとたちが、この恐ろしいできごとを全般にわたってじっくりと検討し、いまは孤独に引きこもっているカラス夫人が味わった苦しみに胸を打たれて、ぜひともあなたは国王の足下にすがって正しい裁きを求めるべきだと夫人に促した。しかし、カラス夫人はそのころ、ひとりでは立てないぐらい体が弱っていた。しかも、夫人はイギリスの生まれで、若いころフランスの地方に移ってきたひとなので、パリという都会の名前を聞いただけでおびえてしまった。彼女の想像によれば、王国の首都はラングドックの州都トゥールーズよりもさらに野蛮なところにちがいなかった。しかし、最終的には夫の汚名をすすがねばという思いが彼女の気の弱さを克服する。彼女はやっと生きているといった状態でパリに到着した。ところが、彼女はそこでひとびとから歓迎され、支援され、たくさんの涙まで見せられ、驚いてしまった。

地方ではほとんどつねに狂信が理性に打ち勝つが、パリでは、たとえ狂信がどれほど強力なものであっても、理性が狂信に打ち勝つ。

パリ高等法院の著名な弁護士ド・ボーモン氏が、まず最初に夫人の弁護を引きうけた。かれが作成した意見書には十五名の弁護士が署名した。つぎに、やはりかれと同じくらい有能な弁護士ロワゾー氏が、カラス家のために訴訟趣意書を作成した。さらに、国王顧問会議の弁護士マリエット氏がトゥールーズの判決の破棄を請願する趣意書を書き上げた。それはどんなひとをも納得させるものであった。

これら三人の高潔なひとびと、正義と無実の擁護者たちは、かれらが作成した意見書の出版による収益をすべて未亡人に譲渡した。(5) パリだけでなくヨーロッパ全体が、彼女の境遇を深く憐れみ、この不幸な女性と連帯して正しい裁きを求めた。こうして、国王顧問会議による正式の署名がなされるよりもずっと以前に、全公衆の世論がすでに正しい判決を下していたのである。

一家にたいする同情心はお役所のなかにまで浸透していった。お役所のひとびとは、連日、しごとが激流のように押しよせてくるので、ひとにたいする同情などしばしば心から追い払う。かれらはまた、ふだんから不幸な人間を見慣れているので、心がいっそう冷たくなってもおかしくない。であるのに、かれらでさえ同情心を抱いてしまった。カラス家の娘たちが母親のもとにもどされた。母と娘たち、その三人が喪のヴェールをかぶって、ただただ涙するありさまを見て、判事たちも思わずもらい泣きをしてしまった。

ところが、この一家にはまだ敵がいた。なぜかといえば、それは信仰にかかわる裁判だったからである。フランスで「篤信家（デヴォ）(6)」と呼ばれる一部のひとびとは、大声でこう公言していた。ラングドックの八人の判事に自分のまちがいを認めさせるよりは、カルヴァン派の老人が無実のまま車責めで処刑されたのを黙認するほうがましだ。さらには、「カラス家より裁判官のほうが数が多い」という言い方までされた。つまり、カラス家は裁判官たちの名誉のための犠牲となるべきだ、と言うのである。裁判官の名誉も、ふつうのひとの名誉と同じく、自分にあやまりがあれば改めることにあるのだが、そういう考えにはならなかった。いまのフランスでは、教皇はたくさんの枢機卿に補佐されるのでけっしてまちがわない、などと信じるひとはいない。であれば同様に、トゥールーズの八人の判事もまちがいを犯さないわけではないと考えるべきだろう。じっさい、篤信家以外のひとびと、良識があって偏見をもたないひとびとはみな、こう言っていた。トゥールーズの判決は、たとえ何らかの特別の事情によって国王顧問会議での破棄は阻止されても、やがてヨーロッパの全土で破棄されることになるだろう、と。

以上が、この驚くべき事件のあらましである。良識があって偏見をもたないひとびとは、このできごとからひらめきを得た。つまり、これは民衆にむかって寛容とか、他者への許しとか、他者への共感についての自分の考えをのべる絶好の機会なのだと思った。寛容というものについて、クロード＝フランソワ・ウットヴィル師［カトリック神学者］は、誇張と誤りにみちた書物［『事実によって証明されたカトリック教の真実』一七二二年］のなかで、寛容を「許しがたいドグマ」と呼んでいるが、理性をもつひとびとは寛容を「人間に生まれつき備わるすぐれた特性」と見なす。

はたしてトゥールーズの判事たちは、下層民の熱狂（ファナティスム）にひきずられて、無実の父親を車責めの刑にしたのであろうか。だとすれば、それは前代未聞のこと。それとも、父親と母親が自分たちの長男を絞め殺し、そしてその殺害にもうひとりの息子と友人が手を貸したのであろうか。だとすれば、それは自然に背く。どちらのばあいであれ、もっとも神聖なる宗教が、度を越したことで大きな犯罪を生んでしまった。したがって、宗教とは慈愛にみちたものなのか、それとも宗教とは野蛮なものなのか、それを検討するのは人類の利益にかなうはずである。

第二章　ジャン・カラス処刑の結果

無実の者が処刑され、ひとつの家族が完全に破滅して、ちりぢりばらばらにされ、そして、一家は不正を働いた者としてでなく処刑された者という汚名を着せられた。では、はたして白色苦行会がこうしたことの元凶なのだろうか。われわれの野蛮な習慣にしたがうなら、死骸を馬に引きずらせて辱めを与えるべきであった自殺者を、白色苦行会は聖人に祭りあげた。白色苦行会のそうした軽はずみがひとりの有徳な家長を車責めの刑にしたのであろうか。もしもそうだとするならば、たしかに、白色苦行会の会員は一生をかけてその償いをしなければならない。かれらと判事たちは涙を流すべきである。しかし、そのときには白い衣服と覆面をつけてはならない。涙を隠してしまうからだ。

信仰や慈善のための信者の団体は一般に尊敬されている。それは心を高潔にするものだからである。しかし、たとえ信者団体が国家にどれだけ大きな利益をもたらすものであっても、その利益は信者団体がひきおこしたこの恐ろしい災いとつりあうほどのものなのだろうか。信者団体である苦行会は、ラングドック地方のカトリック教徒が「ユグノー」に激しい敵意を抱いたことによって設立されたものだと思われる。とするとわれわれは、同胞を愛したり救援する宗教心はさほどもっていないが、同胞を憎んだり迫害する宗教心だけは十分もっているがゆえに、同胞を憎むことを神に誓ったのだとも言えそうだ。では、こうした信者団体が狂信的なひとびとによって支配されていたらどうなるだろう。たとえば、かつてのある職人団体や高等法院の判事会のようなものだったら、どうなるだろう。きわめて雄弁で学識もある判事のひとりの述懐によれば、そこでは幻想(ヴィジョン)をいだく習慣が技術となり、システムと化した。こうした信者団体において、例の「瞑想の間」と呼ばれるうす暗い部屋が設けられていたらどうなるだろうか。その部屋には、尖った角と鋭い爪をもつ悪魔、火炎の渦、十字架と短剣などの絵が壁に描かれ、絵の上部にイエスの御名が書かれている。すでに心をうばわれたひとびとにとって、また自分たちの指導者にたきつけられれば、すぐさましたがうような貧弱な想像力の持ち主たちにとって、その部屋の絵は何とも迫力にみちたものではなかろうか。

われわれは十分すぎるほど知っているように、信者団体が危険な存在になったことはかつてたびたびあった。托鉢修道会とか鞭打苦行会はかずかずのトラブルを起こした。［十六世紀フランスのユグノー戦争のときに形成された］カトリック同盟も、こうした結社から始まった。どうしてこんな団体をつくって、かれらは自分と一般市民を区別したのであろうか。区別すれば自分たちはもっと立派になれると思ったのだろうか。そういう考えは、まさしく自分たち以外の国民にたいする侮辱である。では、キリスト教徒の全員が信者団体に入ることが望まれたのであろうか。そうなればヨーロッパでは誰もがみんな頭巾をかぶり、目のところに小さく二つ丸い穴をあけたマスクをつけて歩くようになる。さぞかし見事な眺めだろう。神は、ひとの体にぴったりあった普通の服よりもそういうおかしな身なりがお好みだと、かれらは本気で考えているのか。服の問題は好みのレベルにとどまらず、はるかに深刻だ。この服装は宗教論争家の制服であり、敵対する相手にこれを見たら武器をとれと促すものである。制服はひとびとの心と心のあいだに一種の国内戦争を引き起こしうる。狂信者たちはそもそも分別を欠いた連中だが、もし国王や大臣にそれ相応の英知がそなわっていないばあい、ひとびとの心と心の戦いはおそらく流血の惨事を引き起こすほどに過激化するだろう。

キリスト教徒が教義についての議論を始めて以来、宗教論争が犠牲者を生むことは常識になっている。四世紀から今日にいたるまで、刑場で、あるいは戦場で、血が流されてきた。本書では、宗教改革の言い争いが原因となった戦争と残虐行為に話を限定し、フランスにおいてそれらの源は何であったかを見ていくことにしよう。かずかずの惨禍についての、簡潔な、そして正確なタブローをお見せできたら、おそらく、あまり教養のないひとでも目が開かれるだろうし、慈悲深いひとであれば心がゆさぶられるであろう。

第三章　十六世紀における宗教改革の思想

ルネッサンス期、ひとびとの知性が啓発されはじめると、聖職者のでたらめな行為を非難する声も広まった。そして、世間の誰もがそうした非難はもっともだと認めるようになった。

［十五世紀末の］ローマ教皇アレクサンデル六世は教皇の地位を公然と金で買い、かれが愛人に生ませた息子五人がその利益を分けあった。また、息子のひとり、チェーザレ・ボルジア枢機卿は、父親の教皇と一緒になって他の有力な一族、ヴィテッリ家、ウルビーノ家、グラヴィーナ家、オリヴェレット家を滅ぼし、さらに百人におよぶ貴族を殺害した。これは貴族たちの領地を奪いとるためであった。［十六世紀初め］教皇ユリウス二世は、おなじような野心につきうごかされて、フランス国王ルイ十二世を破門し、その王国の領地は最初に占領した者に与えるとした。そして、この教皇はみ

ずから頭に兜(かぶと)、胴に鎧(よろい)をつけて、イタリアの一部を戦火と流血の巷(ちまた)にしてしまった。また、つぎの教皇、レオ十世は自分の遊興の資金を得るために、まるで市場で商品を売るみたいに免罪符を売りさばき、不当な利益をあげていた。

こうした目にあまる強盗行為に抗議して立ち上がったひとびとは、少なくとも道徳的には何のあやまちも犯してはいない。では、政治的には何らかのあやまちを犯したのであろうか、それをこれから見ていこう。

かれらの主張によれば、イエス・キリストはけっして聖職者のための上納金やら積立金など要求なさっておらず、また現世の罪の赦免状や来世のための免罪符を売ったりなさらなかったのだから、われわれはそんなものの代金を外国の国王に払わなくてもよいはずである。教皇への上納金、ローマで開かれる裁判の費用、そして今日でもなお存続している赦免状、われわれがこれらのために支払うお金は年間でたかだか五〇万フランほどだろう。しかし、フランス国王フランソワ一世が「一五一六年にレオ十世と」妥協して以来の二百五十年間なら、われわれが一億二五〇〇万フラン支払ったことは明白。銀貨の値上がり分を計算に入れて、今日の価格になおせば、その総額はおよそ二億五〇〇〇万フランになる。

こんな奇妙な税金はのちの時代のひとびとにはまったく不可解なものであろう。こんな税金は廃止すべきだと異端者たちは主張したのだが、国家はこれで重大な損害をこうむったわけではない。かれらは良からぬ国民ではなく、むしろ良い理財家であった。われわれがこのことを認めても、神を冒瀆したことにはなるまい。おまけに、この国でギリシア語がわかり、古典古代につうじていたのもかれらだけであった。かれらにも誤りはあったが、長いあいだ分厚い野蛮の闇のなかに埋もれていた人間の知性がぐんぐん成長したのは、やはりかれらのおかげであった。われわれはそのことを包み隠さないようにしよう。

しかし、かれらは煉獄（れんごく）の存在を否定した。それまで煉獄はそもそも疑ってはならないものであった。しかも聖職者に多大な収入をもたらすものであった。また、異端者たちは聖遺物をうやまうこともしなかった。聖遺物はうやまうのが義務であった。しかも聖職者にさらに一段と多くの収入をもたらす源であった。あげくのはてに、異端者たちはこれまであがめられてきた教義まで攻撃した。(7) これにたいする返答はただひとつ、異端者を火あぶりにすることだった。

国王は、ドイツでは異端者を保護したり買収したのに、パリでは異端者を何人も処刑し、処刑前の市中行進においては国王が先頭に立った。その処刑のようすはこうであった。まっすぐ伸びた一本の木の上端に、長い横木をのせ、これがシーソーのように上下する。この横木の両端に異端者がつるされる。足下で盛んに火が燃やされ、異端者は左右で交互にその火のなかに降ろされたり、引き上げられたりするのだ。こうして死の苦しみをゆっくりと味わわされる。どんな野蛮人が発明した拷問よりもはるかにむごたらしい拷問をたっぷり受けたあと、ようやく息絶えることができる。

フランソワ一世が亡くなる少し前［一五四五年］のことだった。プロヴァンス地方の高等法院の法官たち数名が、メランドルおよびキャブリエールの住民を敵視する聖職者たちに促されて、軍隊の派遣を国王に要請した。そこの住民十九人の死刑の執行を支援してもらうためである。しかし、やってきた軍隊は六千人もの住民を、男も女も、老人も幼児も、容赦なく虐殺した。三十の町村を燃やし、灰にしてしまった。それまで存在もろくに知られていなかったこれらの住民は、ヴァルド派信者として生まれたのがまちがいであった。おそらく、それがかれらの唯一の罪であった。かれらは三百年前に、荒れ地や山岳地帯に住み着き、信じがたい苦労のすえにそこを肥沃な農地に変えた。そののどかな田園生活は、原始時代の汚れのない世界を想わせた。かれらは近隣の町を、ただ果物を売りに行く交易の場所として知っていたにすぎない。かれらは訴訟も知らず、戦争も知らなかった。攻撃されても防御さえしなかった。囲いのなかで殺される家畜のように、おとなしく喉を切られた(8)。

ところが、フランソワ一世が［一五四七年に］亡くなって以後、ようすが変わる。フランソワ一世はもともと残忍さよりは、色好みとか、かずかずの不運な身の上で有名な国王であった。かれが死んだのちに、異端者千人が処刑された。とりわけ、［異端者への寛容を公言した］高等法院の判事デュブールの処刑［一五五九年］、最終的にはヴァシーでのユグノー虐殺［一五六二年］がきっかけとなって、それまで迫害されてきたひとびとが武器をとるようになった。火刑の炎に照らされ、首斬り役人の刃の下で、反逆者の数は増していく。忍従にかわって激しい怒りがおもてに出る。相手方の残忍さが模倣される。九度の内乱でフランス全土が殺戮の場となる。宥和は戦争より災いをもたらすことがあり、じっさい、それが犯罪史上かつて例を見ないサン＝バルテルミーの大虐殺［一五七二年］をもたらした。

カトリック同盟は国王をも暗殺した。アンリ三世を剣で殺したのはドミニコ会修道士であり［一五八九年］、アンリ四世を刺殺したのもかつてフイヤン派修道士だった悪党である［一六一〇年］。人間愛とか思いやりとか良心の自由を、おぞましいものと見なすひとびとがいるけれども、しかし、率直に言って、人間愛や思いやりや良心の自由が、先に実例でしめしたかずかずの災禍に匹敵するほどの大きな災禍をもたらしたことがあっただろうか。

第四章　寛容は危険なものなのか、また、寛容を重んずる民族は存在するか

たしかに、こんなことを言うひともいる。すなわち、きちんとしたラテン語でなく卑俗なフランス語で祈りをとなえ、正しい道をはずれた人間たちにむかって、父親のように寛大にふるまうのは、かれらの手に武器をわたすようなものだ。そういう寛大さは、［十六世紀のユグノー戦争の激戦地］ジャルナック、モンコントゥール、クートラ、ドルー、サン＝ドニのような戦場を再現させることになるだろう、と言うのである。だが、しかし、私はそれについては何とも言えない。私は予言者ではないからである。だが、「あの連中はひどい目にあわせたら暴動を起こした。だから、やさしくあつかうと暴動を起こすだろう」などと言うのは、まったく筋が通らないと私には思われる。

政府の要職にいるかたがた、ならびに将来の重職が約束されているかたがたに、私はあえて失礼なことをお頼みしたい。それはじっくりと考えていただきたいということ

とである。残忍なあつかいは反逆を生んだが、やさしいあつかいでもやはり反逆は起きると、ほんとうに心配すべきなのか。ある状況のなかで生じたことは、べつの状況でもかならず生じるのか。時代も世論も習俗も、これはけっして変わらないものなのか。

なるほど、ユグノーもカトリック教徒と変わらず、狂信に走って、その手を血で汚したことだろう。しかし、現代に生きているその子孫は、はたしてかれらの父祖と同様に野蛮なままだろうか。時の流れ、理性の大きな進歩、かずかずの良書、社会の安泰、こうしたものがかれらの精神的な指導者たちの心に影響をおよぼさなかっただろうか。そして、およそ五十年来、ヨーロッパのほぼ全体がその様相を大きく変えてきたことに、われわれは気づけないのか。

いたるところで政府の力が強まったし、民衆の品行は穏やかになった。多数の軍隊が常時存在することによって社会全体の治安は保障されている。だから、かつてのようにカトリックの農民が穀物の種まきと収穫とのあいだに急いで軍隊を編制して、カルヴァン派の農民と合戦をしなければならなかった、ああいう無政府状態の時代にもどる心配も無用になった。

時代が異なれば、なすべきことも異なる。ソルボンヌ大学〔神学校〕は、かつてオルレアンの処女〔ジャンヌ・ダルク〕の火あぶりを要請し、アンリ三世を国王として認めないと宣告し、かつ破門し、大アンリと呼ばれるアンリ四世を追放したが、だからといって今日ソルボンヌ大学の人間を皆殺しにするのは不条理であろう。ああいう狂乱の時代に、国内で同じような行きすぎを犯した他の団体を、いまになって糾弾しようとは誰も思うまい。そういう糾弾は不正であるばかりではない。それは、一七二〇年にマルセイユでペストが発生したからといって、いまその全住民を駆除しようというのと同じくらい狂気の沙汰であろう。

一五八五年にローマ教皇シクストゥス五世は、フランス国王〔アンリ三世〕に反抗して武器をもって戦うフランス人全員に九年間の免罪符を与えて励ましたが、だからといっていまわれわれは、あのカール五世〔神聖ローマ皇帝〕の軍隊みたいにローマに攻め入って、略奪しまくってもよいのか。われわれはせいぜい、ローマに二度と似たような行きすぎをさせないようにするだけで十分なのではないか。

正邪を決めつけたがる風潮と、キリスト教を正しく理解しないままでの宗教心の過激化が狂乱を生み、その狂乱がフランスばかりでなく、ドイツ、イギリス、さらにはオランダにおいてさえたいへんな流血をまねき、かずかずの悲劇をもたらした。ところが、いまではどうだ。これらの国々においては、宗教のちがいがトラブルの原因になることはいっさいない。ユダヤ教、カトリック、ギリシア正教、ルーテル派、カルヴァン派、再洗礼派、ソッツィーニ派、メノー派〔再洗礼派の分派〕、モラヴィア派〔元はフス派〕、その他多くの宗派がこれらの国のなかで同胞として生活し、ひとしく社会の幸せのために貢献している。

オランダでは、予定説をめぐってゴマルス(9)のような人物〔正統派カルヴァン主義者〕から文句が出ると、オランダ共和国の宰相でさえ首をはねられたことがあったが、いまではもうそういった心配はない。ロンドンでは、かつて礼拝式と祭服(サープリス)のことで長老派と国教会が言い争い、それで国王〔チャールズ一世〕の血が断頭台で流れたのだが(10)、いまではもうそういう心配はない。アイルランドは、いまでは人口も増え、豊かになり、かつて起きたようにカトリックの市民が二ヵ月ものあいだ、プロテスタントの市民をいけにえとして神に捧げつづけるみたいな事件〔一六四一年、アルスター地方の反乱〕は起きないだろう。あのときはカトリックがプロテスタントを生き埋めにし、母親を絞首台につるし、娘をその母親の首に結びつけて、母子ともに絶命するのを見物した。妊娠した女性の腹を裂き、まだ形の整っていない胎児を取り出して、それを豚や犬に食べさせた。縛りつけた囚人たちの手に短剣を握らせ、刃先をそれぞれの妻や父や母や娘の胸に突き付けさせたうえで、囚人が肉親を殺した形にしてかれらを皆殺しにし、全員を地獄へ落とした。これは事件とほぼ同時代にアイルランド軍の将校であったラパン・ド・トワラ［歴史家］による報告である。このことはあらゆる年代記、すべてのイギリス史に書かれていることだが、おそらくけっして再現されることはないであろう。きわめて長いあいだ迷信のせいで血にまみれていた手から武器をとりあげたのは哲学である。宗教の妹である哲学にのみそれができた。酩酊から醒めた人間の知性は、狂信が自分に犯させた逸脱のかずかずに驚いてしまった。

われわれの国、このフランスにも、ルーテル派がカトリックよりも勢力においてまさる、ひとつの豊かな地方がある。アルザスでは、ルーテル派が大学を管理運営している。いくつかの市町村の役所もおさえている。しかしながら、この地方がわが国王の領地になって以来、どれほど些細な宗教上の言い争いも、この地方の平穏を乱したことはない。なぜか。それはこの地方では誰ひとり迫害などされなかったからである。

けっしてひとの心を苦しませてはいけない。それを守れば、人心はすべてあなたのものとなる。

私はけっして、国王と同じ宗派でない者にも、この国の支配的な宗教の信者がえている地位や栄誉をわかちあたえるべきだと言っているわけではない。イギリスでは、カトリックは［スチュアート家の］王位奪還を支持する立場の者と見なされて、公職につくことができない。カトリックは二倍の税を払わされてもいる。しかし、その点をのぞけば、カトリックでも市民としての権利をすべて享受している。

フランス人にはこんな誤解をする向きもあった。つまり、フランスの司教のなかには、自分の教区内にカルヴァン派がいることを名誉なことだとも、利益になることだとも思っていないひとがおり、それこそが寛容にとっての最大の障害である、というのだ。私が思うに、そんなことはありえない。フランスの司教団を構成するのは、考え方もふるまいもそれぞれの出自にふさわしい高潔さをそなえたひとびとなのである。かれらはもともと慈悲深く、心も広い。だから、われわれもそこは正しく見てあげなければならない。司教たちはこう考えているはずだ。すなわち、自分の教区にいるプロテスタントは、よその国に逃亡してもきっと改宗などしないひとびとである。プロテスタントの牧師のもとに戻れば、牧師の教えによって啓発され、牧師がしめすお手本に感動するかもしれない。したがって、かれらをここにとどめ、改宗までさせれば名誉なことであり、教会の収入も減ることがない。そして、住民の数が多ければ多いほど、高位聖職者のかたがたの領地からの収入も増えるであろう。

ポーランドで、ヴァルミアのある司教は再洗礼派の信者を徴税請負人にし、ソッツィーニ派の信者を財産管理人にしていた。再洗礼派は息子が十五歳になるまで洗礼をさせないし、ソッツィーニ派はイエス・キリストの神性を信じないのだから、この両名を解雇して告訴すべきだと勧める者もいた。これにたいして司教は、両名ともあの世で永遠に罰されるであろうが、この世では自分にとってきわめて必要な人間なのだと答えた。

さて、われわれの住むヨーロッパという狭い地域を離れて、この地球のほかのところを見てみよう。

トルコの皇帝(スルタン)は、宗教の異なる二十もの民族を穏やかに統治している。そこの大都市コンスタンティノープルでは、二十万のギリシア人が安全に暮らしている。何とイスラムの指導者(ムフティ)がギリシア正教会の総主教を任命し、皇帝に紹介したりする。また、そこでは西方教会の総大司教も認められている。トルコの皇帝が、ギリシアのいくつかの島のために西方教会の司教を任命するが[11]、そのさい、つぎのような文言が用いられる。「余はこの者に命ずる。司教としてヒオス島へ渡り、島の因習と虚礼にしたがって駐在せよ」。帝国には、ヤコブ派［シリア正教会］、ネストリウス派［景教］、キリスト単意説の信者がたくさんいる。また、コプト教［エジプトのキリスト教］、マンダ教［ヨハネを指導者とあおぐ］、ユダヤ教、ゾロアスター教、ヒンズー教などの信者もいる。トルコの年代記には、これらの宗教のいずれかによって反乱が引き起こされたという記録はまったくない。

インドでも、ペルシアでも、タタール［韃靼］でも、われわれは異教徒への寛容と社会の平穏を見ることができる。ロシアのピョートル大帝はその巨大な帝国において、あらゆる信仰を保護した。それによって商業も農業も大いに発展したし、帝国の政体がそれによって揺らぐことはまったくなかった。

中国の政府は、その国の歴史が始まった四千年以上も前から、ノアの子孫の宗教、すなわち唯一神への素朴な信仰のみを取り入れてきた。しかし、それでも仏教のかずかずの迷信を大目に見ているし、多数の僧侶の存在を許容している。かれらは潜在的に危険な存在ではあるが、司法官たちの賢明さによってつねに抑制されてきた。

　中国の歴代の皇帝のうち、もっとも賢明で、もっとも寛大な皇帝は、おそらく雍正(ようせい)帝であろう。その雍正帝がイエズス会士を追放したのは、たしかに事実である。しかし、それは雍正帝が不寛容だったからではない。その反対に、イエズス会士が不寛容だったからである。かれら自身が『イエズス会士中国書簡集』のなかで証言している。この賢明な皇帝がかれらにむかってこう言ったというのである。「おまえたちの宗教が不寛容な宗教であることを私は知っている。おまえたちがマニラや日本でしてきたこと、それも私は知っている。おまえたちは私の父［康熙(こうき)帝］を欺いたが、この私まで欺けると思うな」。雍正帝がイエズス会士にくだされたことばを全部読めば、かれが誰よりも賢明で、誰よりも寛大な人物であることがわかる。じっさい、ヨーロッパからきた物理学者が、温度計や蒸気吹き出し(エオリパイル)装置を紹介するという名目で宮廷に入ってきて、皇子のひとりにすでに反乱を促していたとき、はたしてこのヨーロッパ人を国内にとどめておけるものだろうか。もし皇帝がヨーロッパの歴史を学ばれて、こちらのカトリック同盟と火薬陰謀事件［一六〇五年のカトリックによるイギリス国王爆殺未遂事件」の時代のことを知っておられたなら、皇帝は何とおっしゃっただろうか。とにかく皇帝は、イエズス会士やドミニコ会士、カプチン会士その他、世界の果てからこの国に遣わされてきた司祭たちが互いに口汚く言い争っているという、その事実を知れば十分だった。司祭たちは真理を説くために来たのに、互いに相手を呪ってばかりいた。したがって、皇帝はただ外国から騒ぎをもちこんだ連中を送り返したにすぎない。しかも、そのときのあつかいは驚くほど親切なものであった。かれらの帰りの旅を心配し、そして旅の途中で無礼が加えられないようにと、慈父のごとき配慮をしめされなかっただろうか。かれらの追放自体が、寛容と慈愛をあらわすひとつの模範だったのである。

日本人は、全人類のうちでもっとも寛容な国民であった。[12] その帝国では、十二の穏和な宗教が定着していた。そこへイエズス会士が来て、十三番目の宗派を形成した。ところが、この宗派は自分たち以外の宗教を認めたがらない。その結果はみなさんご存じのとおり。わが国でカトリック同盟が起こした内乱に劣らぬほどの恐ろしい内乱が日本で起き［島原の乱］、その国を荒廃させた。しかも、キリスト教は血の海で溺れ死んだ。日本人はかれらの帝国を外の世界にたいして封鎖した。われわれは日本人から凶暴な獣みたいに見られてしまうようになった。思えば、われわれはイギリス人によって獣あつかいされ、ブリテン島から追い出された連中と似たような目にあっている。財務大臣コルベールは、日本人がわが国にとって必要な存在であると感じていたのに、日本人はわれわれを少しも必要としていなかったため、あちらの帝国との通商関係をうちたてようという企ては失敗に終わった。コルベールは日本人の意志の固さを思い知らされた。

こうして、不寛容というのは公言も実行もしてはならないものであることが、旧大陸全体の経験によって証明されているのである。

もうひとつの半球に目を向けてみなさい。カロライナ［北アメリカにおけるイギリスの植民地］をご覧なさい。あの賢明なるジョン・ロックがその地の基本法を作った。カロライナでは、法律によって公的に認可される宗教を設立するには、家族の長である男七名の申請があれば足りる。こうした度を越したゆるやかさでも、混乱が生じたことはまったくない。ここでこんな例をあげたのは、けっしてフランスにその真似をさせたいからではない。ここではただ、寛容さが最大限にまで行きすぎたばあいでも、ごく些細な悶着すら起きなかった事例を紹介したにすぎない。しかし、誕生したばかりの植民地においてきわめて有益で、きわめてけっこうなことがらであっても、それが長い歴史のある王国にあてはまるわけではない［「しかし」以下の一文は一七六三年版にはない］。

では、かの地の穏和な未開人について、われわれは何が言えるだろうか。この未開人は、俗に「クエーカー」［身を震わせる者］と呼ばれて、世間から笑われていた。たしかに、かれらは多少風変わりな習慣をもっているが、きわめて高潔なひとびとで、かならずしも効果はあがらなかったとはいえ周囲のひとびとに平和を説いていた。ペンシルヴァニアでは、かれらの数は十万にもおよぶ。かれらがみずから築いた楽土で、かれらは不和も言い争いも知らずに暮らしている。フィラデルフィア［ギリシア語の「兄弟」と「愛」の合成］という首都の名前は、かれらに人間はみんな兄弟だということをたえず思い出させるし、いまだに寛容の何たるかを知らないほかの民族にとっては、この都市の名前だけでも見習うべきお手本となり、同時に恥ずかしい気持ちにさせる。

要するに、寛容はけっして内乱の原因にはならなかった。不寛容が地上を殺戮の場に変えた。いまや、われわれは相反する二者のいずれかを選択しなければならない。信条のためなら、わが子をいけにえとしてささげる母親か、それとも、わが子の命を助けるためなら、どんな譲歩でもする母親か。

私は本書では、国民の利益というもの、ただそれだけを論じる。もちろん、神学についてもしかるべき敬意をはらいながら、しかし、論考の対象は、あくまでも社会の物質的な豊かさと精神的な豊かさ、これのみなのである。偏りのない読者のみなさんにお願いしたい。どうか、これらの真理をよく吟味し、まちがいがあれば手直しをし、そして真理をさらに広げてほしい。思慮深い読者のみなさんが、それぞれの考えを自由に伝えあうならば、みなさんはきっと本書の著者を超えて、もっと遠くまで進まれるであろう[13]。

第五章　寛容はいかなるばあいに許されるか

私のこの論考は構成も形が悪く、内容も不完全だが、それでもお偉いかたがたの目にとまることもあるのではないか、と僭越ながら想像する。開明的で心もひろい大臣、賢明で人間味もある司教、臣民の大多数の利益をわが利益とし臣民の幸福をわが名誉と心得られる君主、こうしたかたがたが本書をお読みになったら、どうなるだろう。本書の欠陥を、きちんとただしく補正していただけるだろう。また、どなたも内心でこうつぶやかれるであろう。すなわち、土地がより多くの勤勉な働き手によって耕され、より美しくなり、税収も増加し、国家がますます繁栄するのであれば、いったい何の危険を恐れる必要があるだろうか、と。

ドイツは、もしもウェストファリア条約［一六四八年］で信仰の自由が獲得されなかったなら、いまごろは互いに殺しあいをしたカトリック、福音主義教会、改革派教会、再洗礼派の白骨でおおわれた荒野になっていたはずだ。

フランスでは、ボルドー、メッツ、アルザスにユダヤ人がいる。国中にルーテル派、モリニスト［スペインの神学者モリナの考えを受けつぐ一派］、ジャンセニスト［オランダのヤンセンの影響を受けた一派］がいる。われわれは、カトリックがロンドンで許容されているのとほぼ同じ条件で、カルヴァン派をこの国で許容できないだろうか。国内に存在する宗派の数が多ければ多いほど、どの宗派も危険なものではなくなる。数が多ければ、個々の力は弱まる。すべての宗派は公正な法律によって抑制される。騒々しい集会や破壊活動や暴動は禁じられ、そして法律はつねに強権を発動させるのである。

われわれも知っていることだが、外国で大きな財をなした家長の多くは、もういつでも母国にもどっていいと考えている。かれらがこの国に望むことは、ただ自然法の保障、自分たちの婚姻の有効性、子どもたちの職業・身分の保障、父親の財産の相続権、人格の不可侵、これのみである。公共の礼拝所などは求めない。公職につく権利も、ましてや高位高官につける権利など要求しない。思えば、カトリックもロンドンでは、またその他の多くの国々では、こうした権利をもたない。今日ではもはや、特定の集団に法外な特権とか安全地帯を授けることが問題なのではない。今日の課題は、穏健なひとびとに生きる権利をあたえ、そして、かつては必要だったかもしれないが いまでは必要性がないような厳しい法令の適用をゆるめることである。政府がなすべきことを政府に教えるのはわれわれの任務ではない。われわれはただ、恵まれないひとびとにも政府が配慮することを願う。それだけである。

恵まれないひとびとを活用し、かれらをけっして危険な存在に変えない方法はたくさんある。政府と国王顧問会議が、軍事力を支えとしながら、本来の賢明さを働かせるならば、じっさいに多くの国々で用いられて実効をあげている方法などは、容易に見つけられるであろう。

たしかに、カルヴァン派の下層民のなかにはいまでも狂信的な信者がいる。しかし、カトリックの一部、たとえばジャンセニストの下層民のなかにはそれ以上に狂信的な信者がいることも事実である。とはいえ、パリのサン＝メダール教会に［そこのジャンセニストの墓で祈れば奇跡が起きると信じて、一七三〇年に］集まった頭のいかれた下層民の数は、国民全体からみればゼロに近く、また、ユグノーの予言者たち［一七〇二年に、いわゆるカミザールの乱を起こしたプロテスタント］の数もやはり無に等しい。

こうした狂信者たちが、かりにまだ残存しているとすれば、その数を減らすもっとも確かな方法は、この精神的な病を理性による治療にゆだねることである。理性は、効き目はゆるやかでも、まちがいなく人間に合理的な思考力を得させる。理性というのは、優しく、人間味があり、他者を許容し、不和をやわらげ、人間の徳を高めるものである。理性をそなえた人間はよろこんで法にしたがうので、もはや力によって法を維持する必要はない。そして今日、教養人はそろって狂信的なふるまいをあざ笑う。この嘲笑を軽んじてよいものだろうか。嘲笑というのは、あらゆる宗派の狂信的な逸脱にたいする強力な防壁なのである。過去のことはなかったことにしよう。われわれはつねに現在から出発しなければならない。諸国民がすでに到達した地点、つねにこから出発しなければならない。

過去においては、アリストテレスのカテゴリー論や「自然は真空を嫌う」という説、スコラ哲学のいう通性原理、つまり物の普遍的な本質、こうしたものに反対する考え方を教えるような人間は告発されるべきだと信じられてきた。また、ヨーロッパには魔法にかんする判例、魔法使いの真偽を見分ける方法にかんする判例の集成が百巻以上もある。穀物に害をなすイナゴその他の昆虫を教会から破門する儀式は、ごく日常的におこなわれてきたし、いまなお教会の式典書のいくつかで教示されている。しかし、もはや実行されることはない。われわれはアリストテレスにも魔法使いにもイナゴにももはやさほど興味がない。かつてはきわめて重大視された、こうした愚行は実例が無数にある。ときどき再発もするが、それなりの効果をあげると、ひとびとは満足感をおぼえ、やがてそれらは消えていく。もしも、今日あえてカルポクラテス派［無道徳主義］、エウテュケス派［初期のキリスト単性説］、キリスト単意説派、キリスト単性説派、ネストリウス派［マリアの神性を否定］、マニ教徒などを名乗る者は、どういうことになるだろうか。襞襟（ひだえり）のついた胴衣（ダブレット）といった古式の服を着た男みたいに、たんなる笑いものになるだろう。

フランス国民がようやくわずかに目を開かされたのは、イエズス会士のミシェル・ル・テリエ［ルイ十四世の告解司祭］とルイ・ドゥーサン［神学者］が［ジャンセニスムを禁ずるとした］教皇勅書「ウニゲニトゥス」をしたてあげ、［教皇の署名をいただくべく］それをローマに送ったとき［一七一三年］であった。この二人は、いまはまだ無知が支配する時代だから、民衆はどんなバカげた主張でも鵜呑みにしてくれると信じていた。二人は、普遍的に正しいひとつの命題を大胆にも否定したのである。そもそも、「不当な破門を恐れて、自分の義務を果たさずにいることは、けっしてあってはならない」。この命題は、いつの時代、いかなる場面においても正しい。それを否定するのは、理性を禁じ、フランス教会の自由を禁じ、道徳の根本を禁ずることである。ところが、二人はひとびとにむかって、「結果的に不正となる恐れを感じるのであれば、そんな義務はけっして果たしてはならない。神はそう命じている」と告げたにひとしい。かつて常識がここまでぬけぬけと否定されたことはない。ローマ教皇庁の神学顧問らはそのことに気づかなかった。二人から、この勅書は必要なものだし、フランスの国民はそれを望んでいると説明されて、神学顧問たちは納得してしまう。こうして、勅書は教皇の署名が入り、封印され、送達された。その結果「王権と高等法院の対立」はみなさんご存じのとおりである。たしかに、こうなることがあらかじめわかっていたなら、勅令はもっと穏やかなものであっただろう。勅令をめぐって激論が展開された。けっきょく抗争が沈静化したのは、国王の思慮分別と仁徳のおかげである。

これと同様のことは、プロテスタントとわれわれを分かつ多くの点についても言える。この違いのいくつかは、まったく取るに足らぬものである。もちろん、やや重大な争点もあることはある。しかし、かつては激しかった論争の熱もいまではすっかり冷め、プロテスタントのほうも、かれらの祈りの場であえてその争点をもちだすことはなくなった。

したがって、かつてのような対立をひとびとが嫌悪し、ああいう抗争にはあきあきしているいま、というか理性が勝利したいまという時代を、われわれは社会平穏の時代としてとらえ、そしてこの時代を社会平穏の担保としてとらえることができる。論争は、まもなく終わりかけている伝染病のようなものである。ペストからほとんど快癒しかけているときには、もはや穏やかな治療しか必要ではない。けっきょく、国外に追放された息子たちがつつましい態度で父親の家にもどってくること、これが国にとっての利益なのである。人間の情がそれを求め、理性がそうしろと勧める。ならば、政治がそれを恐れる必要はない。

第六章　不寛容ははたして自然の法であり、人間の権利であるのか

自然の法は、自然がすべての人間に教示する法である。あなたが子どもを育て上げたら、子どもはあなたを父として敬い、あなたを恩人として感謝しなければならない。あなたが自分の手で土地を耕したら、その土地からの収穫物はあなたに権利がある。あなたが約束を与えたり、約束を受けたなら、その約束は守らなければならない。

人間の権利は、いかなるばあいにおいても自然の法に基づかねばならない。そして、自然の法と人間の権利、そのどちらにも共通する大原則、地上のどこにおいても普遍的な原則がある。それは、「自分がしてほしくないことは他者にもしてはいけない」ということ。この原則にしたがうならば、人間が他者にむかって、「おまえにとっては信じられないことでも私が信じていることなら、おまえも信じなければならない。さもなくば、おまえの命はないぞ」などと言えるはずがない。ところが、このことば

はじっさいにポルトガルやスペインやゴアで語られた。そして現在、このことばの最後の部分は多少ひかえめになり、ほかの国々でこんなふうに語られている。「信じろ、さもなくば私はおまえを憎悪する。信じろ、さもなくば私はおまえを力いっぱい痛めつけてやる。私の宗教を信じないのであれば、そもそもおまえには宗教心がないのだ。おまえはもう人間じゃない。おまえは近所のひとから憎まれ、町中の、そして国中のひとから憎まれなければならない」

こうした憎悪をぶつけるのが人間の権利であるならば、日本人は中国人を憎まねばならないことになる。そして中国人はタイ人を憎悪の対象にするだろう。タイ人はガンジス川流域［東インド］の住民を迫害し、迫害された住民はインダス川流域［西インド］の住民に襲いかかる。ムガール人［北インド］はマラバール人［南インド］を見つけしだい、その心臓をえぐりとる。マラバール人はペルシア人の喉を切り、ペルシア人はトルコ人を虐殺するかもしれない。そして、これらの民族がいっしょになってキリスト教徒にとびかかってくるだろう。ところが、キリスト教徒はすでに長いあいだ、自分たちでたがいに殺しあってきたのである。

したがって、不寛容を権利とするのは不条理であり、野蛮である。それは猛獣、虎の権利である。いや、もっと恐ろしい。なぜなら、虎が獲物の体を引き裂くのは、それを食べて生きるためだが、われわれ人間はほんのわずかの文章のために、たがいに相手を抹殺してきたのである。

第七章　不寛容は古代ギリシアの時代にもあったのか

古代の民族についてわれわれの知識はさほど豊かではないが、歴史がわれわれに教えているように、諸民族はそれぞれの異なる宗教を、すべての民族が和合するための絆としてとらえていた。こうして人類全体がまとまっていたのである。人間と人間のあいだにあるような、もてなしを受ける権利が、神にもあった。よそものがある町に着いたら、よそものはまずこの国の神々を礼拝する。敵国の神々でさえ、かならず敬われる。たとえば、トロイア人は敵であるギリシア人の側の神々にさえ祈りをささげた。

アレクサンドロス大王［紀元前四世紀、マケドニア王］はリビア砂漠でアモン神に託宣を求めた。アモン神は［古代エジプトの神々の父であるがゆえに］ギリシア人からは「ゼウス」と呼ばれ、ローマ人からは「ユピテル」と呼ばれたが、ギリシア人もローマ人もそれぞれ本国には別の「ゼウス」や「ユピテル」をもっていた。軍隊がある町を包囲したときには、その町の神々の加護をえるために、その神々にいけにえと祈りをささげた。このように宗教は、戦争の最中であってもひとびとを和合させ、そして、ときには非人間的な残虐行為を命ずることがあっても、ときにはひとびとの怒りを鎮めたりもした。

私の誤解かもしれないが、古代の先進民族はいずれもけっして思考の自由に制約を設けなかった。いずれの民族も何らかの宗教をもっていたが、私が思うに、かれらは神々をあたかも人間と同様にあつかった。かれらはそろって一個の最高神を認めたが、この最高神のもとにおびただしい数の下級神がいるとした。かれらの奉ずる宗教はひとつだけだったが、礼拝のやりかたはいろいろたくさんあることを認めた。

たとえば、ギリシア人はきわめて信心深いひとびとであったけれども、エピクロス派が神の存在も魂の存在も否定するのは許容した。また、名前はあげないが、造物主の存在についてわれわれがもつべき健全な考え方にまったく背反する宗派もかずかずあったが、そうした宗派でさえすべて許されていた。

ただ、ソクラテスは、古代の誰よりも造物主についての認識に近づいた人物でありながら、まさにそのことによって刑罰を受け、殉教者として死んだ。ソクラテスは、自分の意見のためにギリシア人から殺された唯一の人間だと言われる。もしも、それがじっさいにソクラテスの処刑の理由とされたのであれば、それは不寛容の側にとって名誉なことではない。なぜなら、神を讃えた唯一の人間が罰されたのであり、神にたいして愚劣きわまりない観念をもつ人間がそろって敬われたからである。ここで私の意見を言わせてもらうなら、寛容に反対するひとは、ソクラテス裁判というおぞましい先例はけっしてもちださないほうがよい。

しかも、これは明白な事実だが、ソクラテスは猛烈に憎まれ、自分を敵視する党派の餌食となった。ソフィスト、雄弁家、詩人など、学校で教えている教師や、富裕層の子どもを相手にする家庭教師の全員までをも、和解しがたい敵に回してしまった。そのことはソクラテス自身も認めている。プラトンが書き残したソクラテスの説話によれば、かれは家から家を訪ねて、そこの家庭教師がまったくの無知であることを証明して回ったというのだ。こうしたふるまいは、ある神託がこのひとこそ最高の賢人であるとした人間にふさわしいものではない。ひとりの神官［正しくは詩人］と五百人会［アテナイの評議会］の一議員が前に押し出されて、ソクラテスを告発した。正直に言えば、私はかれらが正確にはどういう理由でソクラテスを告発したかわからない。『ソクラテスの弁明』を読んでも、漠然としかわからない。かれの言い分によれば、おおまかには、宗教や政府への反感を若者に吹きこんだというのが告発の内容だ。こうした告発は、どの国でもどの時代でも、根拠なく敵を非難したがる連中がよく使う手口である。しかし、法廷であればさまざまの明白な事実や、正確で詳細な告発理由が示されなければならないのに、ソクラテスの裁判ではそうしたものはいっさい示されない。われわれが知っているのは、ソクラテスを無罪とする票は最初の時点で二百二十票だったということだけである。つまり、五百人の判事のうちには二百二十人の哲学者が含まれていた。これはなかなかたいしたもの。これだけの哲学者がそろえられたのはここぐらいだろう。

けっきょくは大多数の賛成により、ソクラテスを毒ニンジンで死刑にすることが決まったけれども、われわれはつぎのことも覚えておきたい。すなわち、アテナイ市民はあとで正気にもどると、告発者と判事たちを激しく嫌悪するようになった。そして、主たる告発者であるメレトスは不正な告発をおこなった罪で死刑となった。また、ほかの判事たちも追放され、ソクラテスを祀る聖堂が建てられた。哲学が、これほどはっきりと恨みを晴らし、これほどあざやかに名誉を回復した例はかつてない。ソクラテスの例は、不寛容の側のひとびとにわれわれが語って聞かせられるもっとも恐ろしい話なのである。アテナイ市民は異国の神々や、自分たちにとって得体の知れない神々さえ祀る祭壇を設けていた。あらゆる国々のひとびとにたいする寛容ばかりでなく、世界中のあらゆる信仰にたいして敬意をあらわす、これ以上に強力な証拠があるだろうか。

最近、ある教養人が、「神聖戦争」と呼ばれる古代ギリシアのポーキスの戦争を引きあいに出して、サン=バルテルミーの大虐殺を正当化しようとした。この方は、けっして理性や文学を敵視したり、誠実さや祖国愛を否定するひとではないのだが、古代ギリシアの戦争があたかも信仰をめぐって、教義をめぐって、神学的な議論をめぐってひきおこされたかのように説く。しかし、この戦争は土地がどちら側に属するかを争うものであった。およそ戦争とは、すべてそのようなものである。小麦の束はけっして信仰のシンボルではない。古代ギリシアのいずれの都市も、主義主張のために戦ったりはしなかった。では、教養があり、謙虚で温厚なこの方は、いったい何を主張したいのだろうか。かれの考える神聖戦争を、われわれに実行させたいのだろうか［この方とはカトリック神父ド・マルヴォー師のこと。本書の第二十四章に詳述］。

第八章　ローマ人は寛容だったか

古代ローマにおいては、ロムルスによる建国の時代からキリスト教徒が帝国の司祭たちと言い争った時代にいたるまで、自分がいだいた考え方のせいで迫害を受けた人間はひとりもいない。キケロはあらゆることを疑い、ルクレティウスはあらゆることを否定したが、二人はわずかにでもそのために非難されたりはしなかった。じっさい、思想の自由はかなり極端なところまで進む。博物学者プリニウスは、その著書の冒頭で神を否定し、神がいるとすればそれは太陽のことであるとまで言う。地獄について、キケロは、「どこの老婆が、かつて冥界に棲むと信じられた怪物を恐れるほど愚かであろうか」と言う〔『神々の本性について』第二巻第二章〕。〔風刺詩人〕ユウェナリスは、「いかなる少年もそれを信じない」と言う〔『風刺詩集』第二歌第一五二行〕。ローマの劇場では、こんな歌が歌われていた。

「死後には何も存在しない。死すらも無」〔セネカ『トロイアの女たち』第二幕終幕の合唱〕

たしかに、こんなことばは、われわれにとってはひどくおぞましい。しかし、古代ローマ人は聖書の光を浴びられなかったのだから、そこは大目に見よう。もちろん、このようなことばはまちがっており、神を汚すものだ。しかし、ローマ人のあいだでは非難の声は出なかった。したがって、われわれがここで結論とすべきは、ローマ人はきわめて寛容だったということである。

ローマの元老院ならびにローマの市民は、「神々への侮辱を憂慮するのは神々自身にまかせるべし」というのを大原則とした。ローマ人は諸民族の王者として、全世界を征服し、統治し、文明化することしか考えなかった。かれらはわれわれフランス人にとって征服者であったが、同時に立法者であった。カエサルはわれわれに鉄の鎖と法律と運動競技をさずけたが、本人が宗主国ローマの最高聖職者であるにもかかわらず、われわれをドルイド教〔土俗信仰〕の祭司から強引に引き離して改宗を強制したりはしなかった。

ローマ人はあらゆる宗教を信仰していたわけでもないし、あらゆる宗教を公的に認可したわけでもない。しかし、かれらは宗教をすべて黙認した。ヌマ［第二代の王］の時代、礼拝用の道具などなく、祈る対象としての絵画も彫刻もなかった。その後、ローマ人はギリシア人に学んで、「偉大なる民族の神々」の像を建てた。十二表法にある「異国の神を崇めるな」という文言［正しくは十二表法に先立つロムルスの法の文言］は、公的な礼拝は元老院が承認した品のいい神々にかぎるとしたものにすぎない。イシス［エジプト神話の女神で、ローマでは生殖の神とされる］を祀った寺院までローマにあった。この寺院は、のちにティベリウス帝によって壊される。それはこの寺院の祭司がムンドゥスという騎士に買収され、この騎士がアヌビス神に扮装してパウリナという女性を強姦するのに手を貸した事件があったからだ。といっても、この話を伝えているのはユダヤ人の歴史家ヨセフスのみである［『ユダヤ古代誌』］。かれはその時代の人間ではないし、伝承を簡単に信じすぎるうえに、話をおおげさにする癖もある。そもそも、かなり文明の開けたティベリウス帝の時代に、きわめて高貴な身分の女性が、自分はアヌビス神と床をともにしていると思いこむほど愚かであったとは、とても考えられない。

しかし、この逸話の真偽はともかく、エジプトの迷信がローマでも寺院を建てさせるほど幅をきかせていたことは確かである。ユダヤ人はポエニ戦争のときからローマで商売をしているし、アウグストゥス帝のときユダヤ教会を建て、それからずっとほとんどそのまま今日のローマでもその教会を維持している。これは、ローマ人が寛容を人権のもっとも神聖な法であると見なしてきたことの最高の例証ではなかろうか。

ローマ人はこのように誰にも迫害を加えなかったのに、キリスト教徒が現れると、たちまち迫害者になった、という説をわれわれは聞かされることがある。しかし、それはまるでデタラメだと私には思われる。その証拠としては聖パウロの言行をあげれば十分だろう。新約聖書『使徒言行録』によれば、パウロがイエス・キリストのためにモーセの律法を廃棄しようとしているとして、ユダヤ人たちから訴えられたとき、ヤコブはパウロにこう提案した。四人のユダヤ人と一緒に寺院に行って、身を清めてもらい、頭も剃ってもらいなさい。「そうすれば、あなたについて言われていることが根も葉もなく、あなたは律法を守って正しく生活している、ということがみんなに

分かります」（使徒言行録21－24）

それから、キリスト教徒パウロは七日間にわたるユダヤ教の儀式をすべてとりおこなうために出かけて行った。ところが、七日の期間が終わりかけたとき、アジアから来たユダヤ人たちに見つけられた。パウロがユダヤ人の一行ばかりでなく異邦人までつれて寺院に入っていくのを見て、かれらは神聖な場所が汚されていると叫んだ。パウロは捕えられ、総督フェリクスのまえに引き立てられ、それからフェストゥスの司る裁判にかけられた。ユダヤ人の群衆は、パウロを死刑にしろと要求した。すると、フェストゥスは群衆にむかってこう答えた。「訴えられた者が、訴えた者のまえに立って、告訴にたいし弁明する機会も与えられずに、有罪とされるのはローマ人の慣習ではない」（使徒言行録25－16）

裁判を司ったフェストゥスは、聖パウロにたいして尊敬の気持ちなど少しももたず、軽蔑の気持ちしかもっていなかったと思われるだけに、このことばはますます注目にあたいする。フェストゥスは、自分の理性のまちがった光にあざむかれて、パウロは頭が変だと思った。そして、パウロ本人にむかって、こう言った。おまえは狂っている。「学問のしすぎで、おかしくなったのだ」（使徒言行録26－24）。こうして、フェストゥスはローマ法の公正さにのみしたがい、何の価値もなさそうな見知らぬ男に保護をあたえたのである。

まさしく聖霊自身が証言しているように、ローマ人は迫害者ではなく、ひとにたいして公平であった。聖パウロにたいして憤慨したのは、ローマ人ではなくユダヤ人である。イエスの兄弟、聖ヤコブをめがけて石を投げろと命じたのは、ローマ人ではなくサドカイ派のユダヤ人である。ユダヤ人だけが聖ステファノに石を投げた。[14] この迫害者たちの外套の番をしていたのは聖パウロ［回心前の名はサウロ］であったが、たしかにかれはそのときローマ市民としてふるまっていたわけではなかった。

初期のキリスト教徒は、ローマ人と争わねばならないわけなど、おそらく何ひとつなかった。敵対していたのはユダヤ人だけであった。そのころ、キリスト教徒はユダヤ人から離脱しはじめていたのだ。みなさん、ご存じのとおり、党派（セクト）というのは、その党派を捨てて去った者をはげしく憎悪し、容赦しない。ローマのユダヤ教徒の会堂（シナゴーグ）では大騒動があったにちがいない。歴史家スウェートーニウスは『ローマ皇帝伝』［第二五章］でクラウディウス帝の時代をこう語っている。「ローマのユダヤ人たちはキリストに扇動されてたびたび騒動を起こしたので、皇帝によってローマから追放された」。キリストに扇動されて、というのはスウェートーニウスの思いちがいである。ユダヤ人のような、ローマで蔑視されていた民族のこまかな事情にまで、スウェートーニウスが通じていたはずがない。しかし、そうした騒動の原因については思いちがいはなかった。スウェートーニウスが歴史書を書いたのは二世紀、ハドリアヌス帝の時代で、そのころのローマ人にはキリスト教徒とユダヤ人は見分けがつかなかった。スウェートーニウスの先のことばから読みとれるのは、ローマ人が初期のキリスト教徒を弾圧したということではなく、キリスト教徒を迫害していたユダヤ人をローマ人は取り締まったということである。ローマ人が望んだのは、ローマのユダヤ教徒の会堂を元老院が黙認しているように、ユダヤ教徒の会堂も同様の寛容を、自分たちから離脱した兄弟に示すことであった。じっさい、追放されたユダヤ人たちはその後すぐに戻ってきている。しかも、ユダヤ人を除くという法律があるにもかかわらず、ユダヤ人はあれこれの高位高官にさえなっている。このことをわれわれは歴史家カッシウス・ディオや法学者ウルピアヌス[15]の本で知った。では、エルサレムの陥落[七〇年]後、ローマの歴代皇帝はユダヤ人をどんどん高官にとりたてている一方で、ユダヤ人の一宗派とみなされていたキリスト教徒については、首を切り落としたり猛獣に食い殺させるなどの迫害を加えることが、はたしてありうるだろうか。

　俗説によれば、皇帝ネロはキリスト教徒を迫害した。タキトゥスが伝えるところによれば、キリスト教徒はローマの大火［六四年］の犯人として告発され、民衆の憤りにさらされたのだという。キリスト教徒は、その信仰のゆえに放火犯として告発されたのであろうか。もちろん、そんなことはない。数年前［一七四〇年］、バタヴィア［ジャワ］の郊外で大量の華僑がオランダ人に虐殺されたが、華僑たちもその信仰のゆえに殺されたと言えるのか。われわれがたとえどれほど自分をいつわって、自己を正当化したくても、ネロの時代に、半ばユダヤ人で半ばキリスト教徒[16]である不幸な数人にふりかかった災難を、ローマ人の不寛容のせいにすることは不可能である。

第九章　殉教者たち

その後には、キリスト教徒の殉教者がつぎつぎにあらわれる。これらの殉教者がどのような理由で処刑されたのか、正確なところはわからない。しかし、ローマ帝政の初期においては、宗教上の理由のみで処刑された者はひとりもいなかったと、私は考える。なぜなら、当時のローマではあらゆる宗教が許されていたからである。為政者はあらゆる宗教を許しておきながら、特殊な信仰をもつ無名の人間たちを探し出して迫害したりするだろうか。

ティトゥス、トラヤヌス、アントニヌス、デキウスといった皇帝たちは、けっして野蛮ではなかった。この皇帝たちは、信教の自由を帝国の全体に認め、キリスト教徒にだけは認めなかった、などと考えられるか。エジプトの神イシス、インドの神ミトラ、アッシリアの女神たち、そうした神々の教義はいずれもローマの宗教にとっては異質なものでありながら何の問題もなく認められているのに、キリスト教だけは秘密の教義をもつという理由で告発されたのだろうか。迫害はほかの理由によるものであったにちがいない。何かの特別な憎しみが国の大義を支えとして、キリスト教徒の流血につながったにちがいない。

たとえば、聖ラウレンティウスはキリスト教徒たちの金銭を自分で管理し、ローマの長官コルネリウス・セクラリスに渡すのを拒否した。長官や皇帝がそれに憤ったのは当然である。聖ラウレンティウスがその金銭を貧しいひとびとに分配したことや、かれが聖者にふさわしい慈愛にみちた事業をおこなってきたことは、長官や皇帝の関知するところではなかった。そこでかれは反逆者と見なされ、処刑された［二五八年］のである。(17)

つぎに、聖ポリュクトゥスの殉教［二五九年］を考えてみよう。はたしてかれは、キリスト教を信じていたことだけで死刑にされたのであろうか。かれは、［アルメニアで］ひとびとがデキウス帝の戦勝を神々に感謝して祈りをささげている寺院に入りこんだ。そして、神官を侮辱し、祭壇をひっくり返し、神々の像を破壊したのだ。こういう犯行を許容する国が世界中のどこにあるだろうか、また、ディオクレティアヌス帝の勅令［三〇三年。教会の閉鎖・解体を命じた］を人前で破り捨てたキリスト教徒は、この皇帝の在位末期の二年間のキリスト教徒への大迫害の挑発者であった。きっかけをつくったキリスト教徒は、深い考えにもとづいてそういう熱い信仰心を示したわけではないのに、かれの行為は、きわめて不幸なことにほかのキリスト教徒の大災難の原因となった。こうした浅はかな熱い思いはしばしば暴発し、それは初期教会の一部の教父たちからも非難されている。そしてこの浅はかな熱狂が、おそらくキリスト教徒にたいするすべての迫害の源だったのである。

もちろん、私は初期のプロテスタントを初期のキリスト教徒と同一視したいとは思わない。誤りと真理を同列に並べたくないからである。しかし、ジャン・カルヴァンの先駆者、ギヨーム・ファレル［十六世紀の宗教改革者］が南仏アルルでおこなった行為は、どう見ても、聖ポリュクトゥスがアルメニアでおこなった破壊行為と同じものである。アルルの街中で、修道士たちが勤行者聖アントニウスの像をかついで行進していたとき、ファレルは数人の仲間とともに襲いかかった。修道士たちを殴り、蹴散らし、聖アントニウスの像を川に投げ捨てた。これはまさに死刑にあたいするが、ファレルが死刑にならなかったのは、逃げる時間があったからだ。隠者アントニウスのもとへ鴉がパンのかけらを運んできた話や、アントニウスが半人半獣のケンタウロスとかサテュロスと会話したという話など、自分は信じないぞと修道士たちにむかって叫ぶだけでも、ファレルは秩序を乱したとして、きついお叱りを受けただろう。しかし、行進を見過ごし、夜、静かに鴉やケンタウロスやサテュロスの話を検討したのであれば、かれは誰からも非難などされるいわれがない。

とすると、妙なことになる。ローマ人は、卑しむべきアンティノウス［皇帝ハドリアヌスに愛された美少年］が神々の次席に連なるのを許しておきながら、ひとびとが正しい神を静かにあがめていると、それだけは許せないとして、かれらを八つ裂きにし、猛獣の餌にしたことになる。じつに奇妙だ。ローマ人は、「最良にして最大の神」という決まり文句をとなえ、ひとつの最高神、[18]絶対神を、すべての二流の神々のうえに立つ大君として認めているのに、唯一神をあがめるひとびとにたいしては迫害を加えたことになる。

ローマ皇帝のもとで、キリスト教徒にたいして異端審問がおこなわれたとは信じがたい。すなわち、役人がキリスト教徒の家に来て、かれらの信仰について取り調べをおこなったとは信じがたい。この時代においては、ユダヤ人もシリア人もエジプト人も、ケルト族の吟遊詩人もドルイド僧も、また哲学者も、信仰の問題でわずらわされることはなかった。さて、殉教者とは、神ではない神に逆らって立ち上がった者のことである。たしかに、いつわりの神を信じないのはきわめて賢明で、きわめて敬虔なふるまいである。しかし、ひとつの神をただ心のなかで真なるものとしてあがめるだけでは満足せず、たとえそれがいかにバカげたものであれ多くのひとびとが大事にしている信仰にたいして乱暴を働くならば、けっきょくのところ、そういう者たちこそ不寛容であると言わねばならない。

テルトゥリアヌス［キリスト教擁護論者］は、その著『護教論』のなかで、キリスト教徒がひとびとから秩序破壊者と見なされていたことを認める（第三九章）。秩序破壊者という非難は不当だが、しかし、この非難は裁判官たちの激怒の種になったのがキリスト教徒の宗教心だけではなかったことを証明する。また、これもテルトゥリアヌスが認めているとおり、キリスト教徒は、国民がこぞって皇帝の戦勝を祝うために家の戸口を月桂樹の枝で飾るのを拒否した（第三五章）。こうしたこれ見よがしなふるまいは、世間からはほとんど当然のように反逆罪に相当すると見なされた。

キリスト教徒にたいして最初に厳しい法的措置がとられたのは、ドミティアヌス帝のときであった。それでも、それは追放刑にとどまり、期間も一年未満であった。テルトゥリアヌスも書いているように、ドミティアヌスは「やり始めた迫害をすぐに中止して、追放した者の復権をおこなっている」〔『護教論』第五章〕。ラクタンティウス〔同じくキリスト教擁護論者〕は激烈な文体で知られるが、そのかれでさえ、ドミティアヌス帝からデキウス帝までの時代において教会は平穏に繁栄していたと認める〔『神聖教理』第三章〕。かれによれば、長かったその平和も「あの憎むべき獣であるデキウスがあらわれ、教会を迫害し始めたときに」断たれた〔『護教論』第四章〕。

最近のイギリスの学者ヘンリー・ドッドウェル〔『議論されないキリスト教』一七四三年〕は、本当の殉教者の数は少なかったと言っているが、われわれはここでその説をもちだそうとは思わない。それでも、かりに俗説のとおり、ローマ人はキリスト教徒をやたらと迫害し、元老院は多数の無実の人間をひどい拷問で死なせ、キリスト教徒を煮えたぎる油のなかに投げ込み、競技場で娘たちを丸裸にして獣の餌にしたのであれば、ローマの初期の司教たちはどうして全員無事でいられたのだろうか。聖イレナエウスがこれらの司教のうちで殉教者と見なすのは、一三九年のテレスフォルス教皇のみである。しかも、このテレスフォルスが死刑になったという証拠はひとつもない。ゼフィリヌス教皇などは、十八年間にわたってローマの信徒の群れを統治し、二一九年に穏やかに死んでいる。たしかに、古代の殉教者名簿には初期のほとんどすべての教皇が名を連ねる。しかし、当時、「殉教者（マルティール）」ということばはそれ本来の意味において用いられていた。すなわち、マルティールは「拷問を受けた者」ではなく「神の証人」を意味していた。

教会の文筆家の計算によれば、初期の三世紀のあいだに五十六回もの公会議が招集されている。キリスト教徒がこれほどの自由を享受していたことと、恐ろしい迫害を受けたとされることとは、なかなか整合しない。

たしかに迫害はあった。しかし、もしもそれが俗説のとおりの恐ろしい迫害であったならば、あれほど精力的に既成宗教を批判したテルトゥリアヌスが、ベッドの上で穏やかに死を迎えることなどありえなかっただろう。なるほど、皇帝たちはかれの『護教論』を読んではいない。アフリカで編まれて、広く知られることもなかった冊子が、世界を統治なさっている偉いかたがたの手に渡ったはずもない。しかし、アフリカ総督の周辺にいたひとびとはこの冊子のことを知っていたにちがいないし、また、その著者はこの冊子のせいでたいへん憎まれていたにちがいない。ところが、かれは少しも苦難を経験しなかった。

神学者オリゲネスは、エジプトのアレキサンドリアで公然とキリスト教を説いていたが、死刑にはならなかった。このオリゲネスは、異教徒ともキリスト教徒とも自由に語りあい、異教徒にはキリストの存在を告げ、キリスト教徒にむかっては神の三位一体を否定したひとである。そして、かれは第三番目の著書『ケルスス反駁論』において、こう明言している。「殉教者があらわれるのはきわめてまれであり、しかもその間隔は長い。しかし、キリスト教徒は自分たちの宗教を世界中に広めるために、どんな苦労もいとわない。都市や町や村を駆けずりまわる」

キリスト教徒がこんなふうにたえず駆けずりまわれば、敵対する宗教の祭司たちがそれを反乱の扇動だと言って告発するのも、たしかにそう無理な話ではない。ところが、キリスト教の布教活動はあのエジプト人のあいだでさえ許容されていたのである。エジプト人というのは、昔から騒々しくて不平屋で卑怯な民族である。ピラミッドを賞賛するひとはあれこれ弁護するかもしれないが、エジプト人は、猫を一匹殺しただけでローマ人を八つ裂きにしたりして、とにかくいつの時代でも軽蔑されるべき民族なのである。(19)

さて、オリゲネスの弟子である聖グレゴリオス・タウマトゥルゴスほど、ローマの神官や政府の反感を買った者はいないだろう。グレゴリオスは、夜、ある幻を見た。神に遣わされた老人が、光に包まれた女性をともなって現れたのだ。この女性は聖母マリアで、老人は福音伝道者の聖ヨハネであった。聖ヨハネはかれに信経〔信仰箇条〕を伝えて書き取らせた。聖グレゴリオスはそれを各地で説いて回った。黒海南岸の町ネオカエサリアに行ったとき、激しい雨に見舞われ、やむなく近くの寺院で夜を明かすことになった。その寺院はいろいろなお告げがくだるというので評判の寺院である。グレゴリオスはそこで何度か十字を切った。翌日、その寺院の神官の長は驚いた。これまではかれの問いに答えてくれていた悪魔が、もうお告げをくだそうとしないのだ。神官は悪魔を呼び出した。現れた悪魔は神官にむかって、われわれはもうここには来ない、と告げた。グレゴリオスがここで夜を明かしたとき十字を切ったので、われわれはもうこの寺院には住めない、と言うのだ。

神官はグレゴリオスを取り押さえた。すると、グレゴリオスは神官にこう答えた。「私は自分の意のままに、悪魔を追い払いたいところから追い払えるし、戻って来させたいところへ戻らせることができる」。「ならば、私の寺院に戻って来させてほしい」と神官は言った。そこでグレゴリオスは手にしていた書物の端を少しだけ切り取り、そこへ次のようなことばを書き記した。「グレゴリオスよりサタンに、この寺院へ戻ることを命ずる」。この紙切れが祭壇に置かれると、悪魔は命令にしたがい、その日はいつものとおりお告げをくだした。しかし、それ以降はみなさんご存じのとおり、悪魔はお告げをくだすことをやめてしまった。

聖グレゴリオス・タウマトゥルゴスの生涯におけるこうしたできごとを伝えているのは、ニュッサ［カッパドキア］の聖グレゴリオスである。偶像を崇拝する神官たちは、おそらくグレゴリオスのそんな所業に腹を立てたにちがいない。そして、腹立ちまぎれに、かれを役所に突き出した。しかしながら、社会の最大の敵であるはずのかれは、まったく何の迫害もこうむらなかったのである。

聖キプリアヌスの伝記によれば、キプリアヌスが北アフリカのカルタゴで死刑になった最初の司教だと言う。その殉教の年は紀元二五八年である。とすれば、そうとう長いあいだカルタゴでは、信仰のために自分の命を犠牲にした司教はひとりもいなかったことになる。聖キプリアヌスはひとびとからどんな非難を受けたのか、どんな敵がいたのか、どうしてアフリカ総督をいらだたせたのか、そういうことについて伝記はわれわれに何も教えてくれない。ただ、聖キプリアヌス自身がローマ司教コルネリウスにあてた手紙のなかでこう書いている。「最近カルタゴでは私にたいする民衆の反感が高まっており、私をライオンに投げ与えろという声も二度聞きました」。こうして、荒々しいカルタゴの民衆の逆上がとうとうキプリアヌスの死につながった、というのがいかにもありそうな話である。そして、ローマ皇帝ガッルスが信仰を理由として、遠く離れたところから死刑を命じたことは絶対にありえない。なぜなら、皇帝はすぐ近くに住んでいるコルネリウスには、何の手出しもしていないからである。目に見える原因にも、しばしばたくさんの見えざる原因が混じっている。ひとりの人間が迫害されるときにも、じつはたくさんの隠れた反発心が重なって働いている。したがって、きわめて著名な人物を襲った不幸についてでさえ、何世紀もたってからその隠れた原因を解明するのは、とうてい不可能である。ましてや、その宗派のひとびとのあいだでしか知られていない一個人が極刑に処せられた原因については、なおさらだろう。

聖グレゴリオス・タウマトゥルゴスや、アレキサンドリア司教の聖ディオニュシオスは、聖キプリアヌスと同じ時代の聖人であるのに、まったく拷問などは受けなかった。そこに注目してほしい。この二人は、カルタゴの司教よりも無名であったはずがないのに、なぜ無事でいられたのか。また反対に、なぜ聖キプリアヌスは極刑に処せられたのか。どうやらそれは、後者のばあいは、かれを個人的に敵視する有力者が、世間的な非難や国家的な理由をしばしば宗教にかこつけてかれを押しつぶしたのにたいして、前者のばあいは幸運にもひとびとの悪意をまぬがれたからではないのか。

シリアの司教、聖イグナチオスが処刑されたのも、たんにキリスト教を弾圧するためのものであったはずがない。なにしろ、ときの皇帝は寛容で公正なトラヤヌスだ。イグナチオスがローマに護送されるさいには、キリスト教徒たちがそばにつきそってイグナチオスを慰めることさえ許されたほどである。[20] イグナチオスがキリスト教徒のあいだで非公然の司教をつとめていたシリアのアンティオキアは、つねに騒乱のたえない町で、しばしば反乱が起きていた。何の罪もないキリスト教徒にそうした反乱の責任が押しつけられたのは、だれかの悪意によるものであろうが、こうしたたびたびの反乱がおそらく統治者の注意をひきつけたのである。統治者はものごとを見誤ったのだが、そういうまちがいはしょっちゅう起きる。

たとえば、聖シメオンはペルシアの王シャープールのまえで、この者はローマ人のスパイであると告発されている。かれの殉教の伝記によれば、ペルシア王はかれに太陽を崇拝せよと命じたそうだ。しかし、誰もが知るとおり、ペルシア人のあいだには太陽信仰などない。ペルシア人はオロマズ［アフラ・マズダ］あるいはオロスマドを創造神とし、太陽をその善なる原理のたんなる象徴と見なす。

われわれがどれほど寛容であろうとしても、ディオクレティアヌスが皇帝になってからキリスト教徒の迫害がおこなわれたなどと、でたらめを言いふらす連中にたいしては、憤りの感情を抑えることができない。これについては、カエサレア［カッパドキア］の司教エウセビオスのことばを聞こう。かれの証言なら拒絶するわけにはいかない。かれはコンスタンティヌス帝におべんちゃらを言って、かわいがってもらっていた人物であり、先帝たちには激しい敵意をいだいていた人物である。そのかれが先帝のことを誉めているばあい、それは本心であるにちがいない。かれはこう証言している。「代々の皇帝は昔から、キリスト教徒にたいして大変親切にしてこられた。キリスト教徒にあちこちの地方をお任せになった。キリスト教徒の何人かは宮中に住んでいた。キリスト教徒をお妃にむかえられた皇帝もおいでだ。ディオクレティアヌスはプリスカをお妃にされ、その姫君はマクシミアヌス・ガレリウスの妃となられ

た……」(『教会史』第八巻)

この決定的な証言から、われわれは今後中傷はやめなければと思い知るべきである。ガレリウスによる迫害は、十九年にわたる、寛大で情けに満ちた統治がおこなわれてきた後になされたものであるから、その背後にはわれわれの知らない何かの陰謀があるのではないかと疑うべきである。

世に語られるテーベ軍団あるいはテーバイ軍団の悲劇、すなわち、「エジプトのキリスト教徒のみで編制された」ひとつの軍団がその信仰のゆえに全員虐殺された物語「聖マウリティウスの殉教」はあまりにもバカげた話である。そのことも見ておかねばならない。この軍団がわざわざアジアからアルプス山脈のグラン・サン＝ベルナール峠を越えてくるように命じられたというのもバカげている。ガリア地方の反乱を鎮圧するために呼び出されたとされるが、反乱はすでに鎮圧されて一年後の呼び出しなので、これもありえない話である。この峠は、二百の兵士でひとつの軍隊全部を押しとどめられるほど狭い道なので、その峠で六千の歩兵と七百の騎兵が虐殺されたというのもやはりありえない。このいわゆる大虐殺の物語は、あきらかな作り話から始まる。

「世界がディオクレティアヌスの圧政に苦しんでいたとき、天は殉教者で満ちあふれていた」というのだ。しかし、この事件は二八六年のことだと言われてきたし、いまもそう考えられているが、その時期はディオクレティアヌス帝がキリスト教徒にたいしてもっとも好意的で、ローマ帝国がもっとも安定していたときである。けっきょく、こういった議論をもはや一切無用にするのは、テーベ軍団などは存在しなかったという事実である。ローマ人にはプライドというものがあり、思慮分別もあったので、俗にいう「エジプト生まれの連中」だけで、すなわち奴隷としてしか役に立たない連中だけで軍団を編制することなどありえない。それはユダヤ人だけの軍団と同じくらいありえない。われわれはローマ帝国の主力である三十二の軍団の名前を知っているが、そのなかにテーベ軍団の名は見つけられない。したがって、テーベ軍団の物語は、巫女たちがイエス・キリストの奇跡を予言してその名を織り込んだ詩をつくったという話や、だまされやすい人間にむかって熱狂的な信者を装う者がさしだす偽の文書と同じ種類のものとして扱おう。

第十章　偽の伝説や迫害の物語の危険性

人間はあまりにも長いあいだ嘘にだまされてきた。ローマ人についてはタキトゥスやスウェートーニウスから後の歴史書をおおう作り話の雲、またその他の古代の民族についてはほとんどつねにかれらの年代記をおおっている作り話の雲、われわれはいまその雲の切れ間をとおして、わずかながらも真実をつかみとりたい。

たとえば、ローマ人はわれわれに法律を授けてくれた民族であるが、そういうまじめで厳しい民族がキリスト教徒の処女たち、上流家庭の娘たちに売春を余儀なくさせたという話を、どうしてわれわれは信じることができるだろうか。そんな話をもちだす者は、われわれに法を授けてくれたひとびとの道徳心の高さをまったく理解できていない。ローマのひとびとは、ウェスタ［女神］の巫女の不純なおこないをたいへん厳しく罰したのである。無礼な話を伝えているのは、わが国のドン・ティエリー・

リュイナール［ベネディクト会士］の『聖人言行録』［一六八九年］だが、われわれはそれを新約聖書の『使徒言行録』と同じように信じてよいものだろうか。リュイナールは、ベルギーのジャン・ボランド［イエズス会士］の未完の『聖人言行録』を下敷きにしながら、こんなことを書く。小アジアの町アンカラに七人のキリスト教徒の処女がいた。全員がおよそ七十歳の老婆である。地方総督テオデクトゥスは彼女たちに、町の青年たちに抱かれろと命じた。しかし、当然のことながら、老婆に手を出す者はいない。そこで、総督は彼女たち全員に、真っ裸になって女神ディアーナの儀式に出ろと命じた。だが、この儀式は体にヴェールをまとった者でなければ出てはならないのである。居酒屋の主人ながら熱心なキリスト教徒であった聖人テオドトスは、彼女たちが誘惑に負けることを恐れて、どうか彼女たちが清らかな処女のまま死ねますように、と熱心に神に祈った。神はその願いを聞きとどけた。総督は老婆たちの首に石をくりつけて、全員を湖に投げこんだ。そのすぐ後に、彼女たちはテオドトスのまえにあらわれ、「私たちの体を魚が食べないようにしてほしい」と頼んだ。彼女たち自身がそう言ったのである。

聖人である居酒屋の主人とその仲間は、夜、湖にむかった。湖の畔には見張りの兵士たちがいる。天上の松明がテオドトスたちを先導した。見張りの兵士たちのいる場所までできたとき、鎧兜で武装した天上の騎士があらわれ、手にした槍で番兵たちを追い払った。聖人テオドトスは、湖から処女たちの遺体を引き上げた。聖人である居酒屋の主人はそのために総督のまえに引っぱり出されたのであるが、天上の騎士はこの聖人の首がはねられるのをさえぎることはしなかった。これは何度でも言いたいが、われわれは真の殉教者を尊敬する。しかし、ボランドやリュイナールが語る話を信じるのはむずかしい。

ここで若い聖人ロマヌス［四世紀カエサレアの殉教者］の物語までもちだす必要があるだろうか。エウセビオスによれば、ロマヌスは火の中に投げこまれた。それを見ていたユダヤ人たちは、自分たちの神がシャデラク、メシャク、アベデネゴを燃えさかる炉から救い出したことを引きあいに［ダニエル書3］、イエス・キリストは自分の信徒が火あぶりにされても何もしないとあざ笑った。ユダヤ人らがそのことばを言い終わらないうちに、聖ロマヌスは薪の炎のなかから涼しい顔をして出てきた。皇帝はこの若者の罪を赦免するよう命じ、裁判官にむかって、私は神とのいざこざは一切御免だと言った。［キリスト教の迫害者として知られる］ディオクレティアヌス帝にしては奇妙な発言である。この皇帝の寛大なはからいを無視して、裁判官は聖ロマヌスの舌を抜くように命じた。そして、死刑執行人は何人もいたのに、裁判官はその処刑を医者にやらせた。ロマヌスは生まれつき吃音症だったのだが、医者に舌を抜かれたとたん、ことばが滑らかに口から出るようになった。叱責を受けた医者は、自分が医術の規則どおりに処置をおこなったことを証明するために、通りがかりの男をつかまえて、聖ロマヌスにやったのとまったく同じだけ舌を切り取った。男はたちまち死んでしまった。「なぜなら、解剖学がわれわれに教えているとおり、舌のない人間は生きていけないからである」と、著者エウセビオスはわかった風なことを書いている。もしエウセビオスが本当にこんなたわごとを書き、そして、誰もそこに何も書き加えたりしていないのであれば、かれの著書である『教会史』ははたしてどこまで信頼できるものなのであろうか。

七人の子どもとともに死んだ聖女フェリキタスの殉教という物語も、われわれは聞かされてきた。かれらを死に追いやったのは賢帝アントニヌス・ピウスとされるが、この物語の作者の名前は明らかでない。

この物語はどうやら、真実よりも信仰の熱意を大事にしている誰かが、旧約聖書続編『マカバイ記』［2-7］の話を模倣してこしらえたものらしい。じっさい、この物語はこんなことばから始まる。「聖女フェリキタスはローマ人で、アントニヌス帝の時代の女性である」。このことばから明白なように、作者は聖女フェリキタスと同時代のひとではない。法務官はカンプス・マルティウス［マルスの野］にあった裁判所でフェリキタスとその子らを裁いたことになっているが、ローマの知事が裁判所を設けたところはカピトルの丘であって、カンプス・マルティウスではない。カンプス・マルティウスは、以前は民会（コミティア）を開くのに使われていたが、そのころはもっぱら軍事パレードや戦車競走や模擬戦に使われていた。このことだけでも、物語がこしらえものであるという証明になる。

さらにこの物語の作者によれば、裁判のあと、皇帝は判決の執行の措置をほかの裁判官たちに委ねた。これは当時のいかなる法的な手続きにも反するし、いずれの時代の法的な手続きにもまったく反するものである。

聖ヒッポリュトス［三世紀の対立教皇］の殉教についても似たようなことが言える。かれはギリシア神話にでてくる同名のヒッポリュトス、すなわちテセウスの息子と同様に、馬にひきずられて死んだことになっている。こんな死刑のやり方は、古代ローマ人には全く知られていなかった。これはただ主人公と名前が同じというだけでギリシア神話をなぞってつくられた物語にすぎない。

注意すべき点はまだある。そもそも殉教はキリスト教徒の側からの記録しかないのだが、それを読むと、たくさんの信者たちが死刑囚の牢を自由に訪問し、処刑のときもつきそい、流れた血をすくい集め、遺体を埋葬し、遺品で奇跡をおこなう場面があたりまえのようにでてくる。もし宗教自体が迫害されたのであれば、処刑される仲間につきそって自分の信仰を公然化したキリスト教徒、殉教者の遺体の一部をつかって魔術をおこなったと非難されているキリスト教徒はなぜ処刑されなかったのだろうか。われわれフランス人が、ヴァルド派やアルビジョア派やフス派、プロテスタントの各派にたいしてやったように、古代のローマ人もやってよかったのではないか。われわれフランス人は、宗派の異なるひとびとにたいして、性別も年齢も関係なく大量につかまえて首を切り、火あぶりにした。ところが、古代における迫害についての確かな報告のなかに、サン＝バルテルミーの虐殺やアイルランドでの虐殺に匹敵するほどの事件がただのひとつでも見られるだろうか。トゥールーズでいまなお毎年祝われている祭は、二百年前に町民が同じ町民を四千人も虐殺したことを祝って、町民全体で神に感謝の行列をつくる恐ろしい祭であり、絶対に廃止されるべき祭であるが、古代のローマにこれと似たような行為がひとつでも見られるだろうか。

私は、口にするのもおぞましいことだが、これを真実として語らねばならない。すなわち、迫害者、死刑執行人、人殺し、それはわれわれである。われわれキリスト教徒である。誰を迫害し、誰を殺してきたか。自分の同胞を迫害し、殺してきた。十字架や聖書を掲げて、たくさんの町を破壊してきた。コンスタンティヌス［十一世］の時代からセヴェンヌ山脈に住む人食い人種の暴動［カミザールの乱］にいたるまで、われわれは、たえずあたり一面を血の海にし、たくさんのひとを火あぶりにしてきた。そして、ありがたいことに、いまでは暴動はとだえている。

ただ、われわれはいまでもときおり、ポワトゥ、ヴィヴァレ、ヴァランス、モントーバンなどの地方で、運の悪い人間をつかまえて絞首台に送っている。一七四五年以来、われわれは「福音の伝達者」あるいは「説教師」と呼ばれる者たちを八人、絞首刑にした。かれらが犯した罪というのは、国王のために神に祈るときその地方の方言を使ったこととか、一部の愚かな農民に一滴のワインと発酵したパンをあたえたことにすぎない。こうしたできごとは、パリではまったく知られていない。パリでは、快楽だけが大事なことであり、地方や外国で起きたできごとなどに、ひとびとはまったく関心がない。そういう裁判は一時間で済み、脱走兵にたいする裁判よりも早く終わったりする。もし国王がその裁判のことをお知りになったならば、きっと恩赦をお命じになるであろう。

プロテスタントの国で、カトリックの司祭をそんなふうに処罰する国はひとつもない。イギリスとアイルランドには、カトリックの司祭が百人以上おり、そのことは誰でも承知しているし、先の戦争［七年戦争］のときでさえ、かれらは平穏無事に暮らすことができた。

われわれフランス人は、ほかの国民がもっている健全な意見をいつも一番最後にしか受けいれられない国民なのだろうか。ほかの国民はすでにあやまりを正した。われわれは一体いつ、あやまりを正すのであろうか。ニュートンがすでに証明した法則を、受けいれるまでにわれわれは六十年かかった。種痘によって子どもの命を救う手立てを、われわれはこのごろようやく実施し始めたばかりだ。農業の正しい諸原理を実行に移したのも、つい最近でしかない。では、われわれがヒューマニズムの健全な諸原理を実行し始めるのはいつだろうか。また、われわれはかつて異教徒を残忍に殺害してきたのに、キリスト教徒の殉教をもちだして異教徒を非難するのは、あまりにも厚かましいのではないか。

かりに、ローマ人が、ただ信仰のみを理由に多数のキリスト教徒を殺したとしよう。それが事実であれば、ローマ人は大いに非難されるべきである。それとも、われわれも同じような不正義を犯してローマ人と張り合うべきなのだろうか。また、異教徒を迫害したひとびとを非難するわれわれ自身が、はたして迫害者であっていいのだろうか。

良心が欠けているひと、あるいはひどく狂信的なひとが、私にこう問いかけたとしよう。「どうしてあなたはわれわれのまちがいやら欠点やらをことさらに言い立てるのですか。どうしてわれわれの偽の奇跡や偽の伝説をとことん否定するのですか。奇跡や伝説は、敬虔なひとびとの信仰のために必要なものです。必要な嘘というものもあるのです。根の深いおできが体にあっても、それを取ってしまうと命まで奪われるのであれば、取ってはなりません」。これにたいして、私はこう答えたい。

真の奇跡の信用性まで揺るがすような偽の奇跡、福音の真実につけ加えられた嘘くさい伝説、こういうものはひとびとの胸のなかから信仰心を失わせてしまう。知識を深めたいのに勉強する時間があまりとれない人間、そういう人間は世の中に多すぎるぐらいいる。かれらはこう言っている。「私は宗教の指導者たちにだまされてきた。だから、宗教には真実などまったくない。私は、あやまりに縛られるより、自然のなかに飛び込みたい。人間の虚構に服するより、自然の法に従いたい」。また、不幸なことに、さらに極端にまで進むひとびともいる。かれらは自分たちが虚偽によって抑制されてきたと知ると、真理による抑制までをも拒絶しようとする。つまり、無神論に向かう。まわりが偽善的で残忍であったせいで、かれらも知的に退廃するのである。

これが、あらゆる宗教的なまやかしとあらゆる迷信の、確かな帰結である。しかし、普通のひとびとはきちんとした論法を組み立てることができない。つぎのような論法はまことに愚かしい。すなわち、「『黄金伝説』を書いたジェノヴァの大司教ヴォラギネや、『聖人伝』を編んだスペインのイエズス会士リバデネイラが述べたことは、すべてたわごとである。したがって、神は存在しない」とか、「カトリックは何人かのユグノーの首を切ったが、ユグノーもまたカトリックを何人か殺した。したがって、神は存在しない」とか、「これまで信仰告白や聖体拝領やあらゆる秘蹟（サクラメント）を利用して、きわめて恐ろしい犯罪がおこなわれてきた。したがって、神は存在しない」とか、そういう論法はまことに愚かしい。私なら逆の結論を出す。すなわち、「だからこそ、神は存在する」と。われわれはこの世で束の間の命しかないのに、神をさんざん誤解したまま、神の名でたくさんの罪を犯してきたが、神はこうしたわれわれの幾多の恐ろしい不幸を慰めてくださるであろう。なぜなら、考えてもみてほしい。かずかずの宗教戦争、四十回におよぶ教会の分裂、これらはほとんどつねにたくさんの流血をともなった。宗教者によるかずかずの詐欺的行為は、ほとんどつねに有害であった。ひとびとのあいだの意見のちがいは、和解しがたいほどの憎悪をかきたてた。また、誤った熱狂がひとびとにもたらした不幸のすべて、これも見てほしい。つまり、人間たちは現世において、すでに地獄をたっぷり味わってきたのである。

第十一章　不寛容の弊害

では、これはどうだ。自分の理性のみを信じるということは、市民の全員に許されることなのか。その理性はまっとうなものであろうと歪んだものであろうと、とにかく自分の理性の声にしたがうというのは、全員に許されることなのか。そう、それは世の秩序を乱さないかぎりにおいて、当然許されなければならない[21]。なぜなら、人間にゆだねられているのは、ものを信じるか信じないかではなく、自分の国の慣習を尊重することだからである。もし、その社会でもっとも支配的な宗教を信じないのは犯罪であると言うのであれば、あなたはあなた自身の祖先、初期のキリスト教徒を非難することになる。そして、祖先を迫害したとしてあなたに非難されている者たちのほうが正しかったことになる。

あなたは、宗教でもあれとこれとでは全然ちがう、と口答えする。ほかの宗教はすべて人間が作ったものだが、使徒伝来のローマ・カトリック教会は唯一、神が作ったものである、と言う。では、率直に尋ねたい。われわれの宗教のみが神によって作られたことを理由とすれば、われわれの宗教が憎悪によって、激怒によって、追放によって、財産没収によって、牢獄によって、拷問によって、殺害によって、そしてこうした殺害を神への感謝とすることによって、世の中を支配することも正当化されるのか。キリスト教が神のものであればあるほど、人間が統制するものではなくなる。神が作ったものであるならば、キリスト教は人間が助けなくても神が維持なさる。あなたも知るとおり、不寛容がもたらすのは偽善か、もしくは反逆でしかない。どちらに転んでも災いである。神の宗教は人間に優しさと忍耐のみを説いた。死刑執行人はその神の宗教を滅ぼしたのだ。ところがあなたは、けっきょく、死刑執行人にたよって神の宗教を存続させたいと願っているのか。

私もあなたにお願いしたい。不寛容の法制化の恐ろしい帰結を見ていただきたい。たとえば、かりに北緯何度かの地域に住む市民が、その地域で認可された宗教の信者だと宣言できないなら、この市民については財産没収も投獄も殺害さえも許されるとしよう。そのとき、どうして国家の元首たちだけこうした刑罰から免れる例外になれるだろうか。宗教は国王も乞食も等しく縛りあげるのである。こうして、五十人を超える神学博士や修道士が、その時代の支配的な教会に同意しない国王の廃位や殺害は許されるとする恐ろしい考え方を肯定した。そして、わが王国の高等法院はこうしたおぞましい神学者たちのおぞましい決定を、くりかえし禁じてきた。

パリの高等法院が、王権の教皇からの独立を基本的な法として布告したとき、「カトリック信者によって暗殺された」アンリ四世の体から流れ出た血はまだ乾いていなかった。枢機卿デュペロンは、アンリ四世のおかげで枢機卿になれたにもかかわらず、一六一四年の三部会において、高等法院が布告した法令に反対し、それを廃止させた。デュペロンがその演説で述べたつぎのことばは、当時のすべての新聞で報じられている。「もし国王が異端であるアリウス派を名乗るのであれば、われわれは当然その国王を退位させなければならない」[22]

いや、絶対にそれはいけません、枢機卿殿。なるほど、世間はあなたのとんでもない仮説を喜んで受けいれるかもしれない。つまり、フランス国王のどなたかは、公会議［教会の最高会議］と教父たちの歴史をお読みになって、「父はわたしよりも偉大な方である」［ヨハネ伝14－28］ということばに打たれ、そのことばをあまりにも文字どおりに受けとめられて、［キリストの神性を否定するアリウス派の排斥が議論された］ニカイア公会議とコンスタンティノポリス公会議とのあいだで動揺されたものの、最終的には［アリウス派を認める］ニコメディア司教エウセビオスの立場に賛成された、という仮説だ。しかし、それでもやはり私はわが国王にしたがう。私はやはり自分が国王にたいしておこなった宣誓にしばられていると思うだろう。もしあなたが国王にたいしてあえて反逆し、そして、もし私があなたを裁く判事のひとりであったならば、私は容赦なく、あなたを大逆罪で有罪と宣告するであろう。

デュペロンはかれの考えをさらに展開しているのだが、私はそれについては以上のような短い要約にとどめる。ここはかれの言語道断な妄想をくわしく検討する場ではない。私はただ、すべての市民と声をあわせて、こう言明するだけで満足したい。すなわち、国民がときの国王アンリ四世に服従したのは、けっしてかれがシャルトル大聖堂で高僧に王冠をかぶせてもらったからではなく、言い争う余地のない出生による権利がこの皇族に王位をもたらし、そしてかれがみずからの勇敢さと善良さでそれを自分にふさわしいものにしたからである。

とすれば、すべての市民も同じく出生による権利によって、父親の財産を相続できると、そう言っても許されるはずだ。また、かりに市民が、［聖餐をめぐる論争として有名な］ラトラムヌスとパスカシウス・ラドベルトゥスの論争では前者に、ベレンガリウスとスコトゥス［エリウゲナ］の論争でも前者に［つまり、いずれも異端とされる側に］共感したとしても、それを理由として相続財産を剝奪したり、絞首台に引きずっていくことができるとはとても考えられまい。

誰もが知るとおり、キリスト教の教義は必ずしもすべてが、つねに明解に説明されてきたわけでなく、教会にあまねく受けいれられてきたわけでもない。聖霊がどのようにして生ずるか、イエス・キリストはわれわれに何も語っていない。ローマ教会は、ギリシア正教会とともに、聖霊は父なる神からのみ生ずる、と長いあいだ信じてきた。後になってローマ教会は、聖霊は神の子からも生ずる、と信条につけ加えた。ならば、問いたい。この決定がなされた翌日、それまでの信条をまだ唱える市民は死刑に値する者になったのか。今日になっても昨日と同じ考え方をもつ者を処刑するのは、さほど残酷なことでも不正なことでもないのか。ホノリウス一世［キリスト単意論を唱えた教皇」の時代、ひとびとはキリストに二つの意志［神的意志と人間的意志］はないと信じたが、それは罪なのか。

聖母マリアの無原罪懐胎という教義がたてられたのは、それほど昔ではない。ドミニコ会［異端審問の主力］はいまだにそれを信じていない。ドミニコ会士は、いったいいつになったら［異端者とされて、］この世でもあの世でも罰を受けるに値する者となるのであろうか。

とにかく、こうした果てしない論争でわれわれはどうふるまえばよいのか。ふるまい方を学ぶのであれば、キリストの直弟子や初期の福音伝道者たちを参考にするのが一番だ。聖パウロと聖ペテロとのあいだにも、激しい対立につながりかねない意見のちがいがあった。新約聖書『ガラテヤの信徒への手紙』［2・11〜14］でパウロが証言している。パウロが言うには、自分はペテロを面と向かってなじったが、それはペテロに非難すべき点があったからだ。ペテロがバルナバとともに隠しだてをしたからだ。ペテロたちはヤコブが来るまで異邦人［非ユダヤ人のキリスト教徒］と一緒に食事をしていたのに、ヤコブが到着すると、割礼を受けたひとたち［ユダヤ人のキリスト教徒］の怒りを恐れて、こっそり身を引いて異邦人から離れていったからだ。パウロはさらにことばを足す。「彼らが福音の真理にのっとってまっすぐに歩いていないのを見たとき、私はケファ［ペテロ］に向かってこう言いました。『あなたはユダヤ人でありながら、自分自身はユダヤ人らしい生き方をしないで、異邦人のように生活するのに、どうして異邦人にはユダヤ人のように生活することを強要するのですか』」

これこそ激しい言い争いのもとになるテーマであった。あらたにキリスト教徒になった者はユダヤ人の作法をも順守すべきかどうか、それが問題であった。この当時、聖パウロでさえエルサレム神殿［ユダヤ教の礼拝の中心］に行って、生贄をささげていたのである。周知のとおり、エルサレム初代教会の十五人の司教は割礼を受けたユダヤ人であり、安息日を守り、禁じられた肉はけっして食べなかった。［異端審問がおこなわれた］スペインとかポルトガルで、もしも司教が割礼を受け、安息日を守っていたりしたら、まちがいなく火あぶり(オートダフェ)の刑で焼き殺されただろう。ところが、十二使徒や初期キリスト教徒のあいだでは、こういう本質にかかわる問題があっても、そのために平和が乱れることはなかった。

福音書を書いたのが、もしも現代の作家であったなら、かれらは広汎な領域で互いに衝突せざるをえなかったはずだ。たとえば、聖マタイはダビデからキリストまでを二十八代と数える［マタイ伝1－17］が、聖ルカの計算では四十一代である［ルカ伝3－23～31］。このように世代の計算はまったく異なる。しかし、こうした明白な矛盾があっても、弟子たちのあいだでは何のいさかいも生じていない。初期教会の教父たちがどの矛盾も上手に取りつくろってくれたからだ。信者どうしの情愛は少しも傷つけられず、全体の平和が保たれた。われわれもこれを最大の教訓として、論争においては互いに寛容でありたいし、自分が理解できないことについてはつねに謙虚でありたいものだ。

聖パウロは、キリスト教に改宗したローマのユダヤ人にあてた手紙［ローマの信徒への手紙］第三章の後半部分で、くどいほどこう述べている。ひとに神の栄光があたえられるのは、ひとのおこないによってではなく、ただ信仰によってのみである。ところが、聖ヤコブは、各地に離散している十二の部族のひとびとにあてて書いた手紙［ヤコブの手紙］の第二章で、おこないを伴わない信仰は役に立たない、と何度も述べている。まさにこれこそ、われわれを大きな二つの宗派［カトリックとプロテスタント］に分かつ問題であるのだが、使徒たちはこの問題ではまったく対立しなかった。

もしも、われわれの論敵を迫害するのが神聖な行為であるならば、異端者をもっともたくさん殺すように仕組んだ者が天国でもっとも偉大な聖人になる、と言わざるをえない。同胞を無一物にして牢獄に放りこむだけで済ませた人間は、サン＝バルテルミーの日に何百人も虐殺した熱狂的な信者のそばに立つと、顔色なしだろう。

聖ペテロの後継者［ローマ教皇］と枢機卿会議がまちがうことはありえない。かれらはサン＝バルテルミーの虐殺を是認し、祝福し賞賛した。したがって、あのような行為はきわめて神聖なものであった。それゆえ、信仰心が等しい二人の殺人者では、二十四人のユグノーの妊婦の腹を裂いて殺した者のほうが、十二人の腹しか裂けなかった者より二倍高い栄光がえられるはずだ。また、同じ理由により、セヴェンヌの狂信者たち［カミザールの乱をおこしたユグノー］も、自分が殺したカトリックの司祭や修道士や女信者の数に比例して高い栄光がえられると信じていたにちがいない。どちらにおいても虐殺が天国の栄光をえるための資格とされる。まことに奇妙である。

第十二章　ユダヤ教では不寛容が神の掟だったのか、また、それはつねに実行されていたか

「神の掟」というのは、神がみずから授けた戒律のことである。「過ぎ越しの祝い」〔ユダヤ教の大祭〕のさい、ユダヤ人は小羊を焼いて苦菜（にがな）を添え、そして会食者は手に杖をもち、立ったまま急いでそれを食べなければならない、と神は告げた〔出エジプト記12〕。大祭司を任命するときは、右の耳、右の手、右の足に血を塗れ、と神は命じた〔レビ記8－23〕。われわれには異様な風習だが、古代のひとびとにはそうでもなかった。ひとびとのすべての罪責は生贄（いけにえ）の山羊「アザゼル」に背負わせろ、と神は言った〔レビ記16〕。うろこのない魚、豚、野ウサギ、岩ダヌキ、ふくろう、ハゲワシ、ハゲタカを食べることを、神は禁じた（申命記14）。

神は祭日を定め、儀礼を定めた。こうしたものは、ほかの民族の目から見れば、すべて勝手に作られたものであり、実定法や慣習よりも下に位置づけられるけれども、

ユダヤ人にとっては神がみずから命じられたものであるから、まさしく神の掟となった。それはちょうど、マリアの息子で神の子であるイエスがわれわれに命じたことは、われわれにとってすべてが神の掟であるのと同様だ。

では、なぜ神はモーセに戒律をあたえておきながら、それをさらにあたらしい戒律で置き換えたのか。なぜ神は、ノアよりも族長アブラハムに、またアブラハムよりもモーセに、より多くのことを命じたのか[23]。それについては、ここでは探究しないことにしよう。とにかく、神は時代に即応し、そのときの人類の数に対応しようとなさっているかのように見える。それは父権の強弱にもかかわる。しかし、これらの謎はわれわれの貧弱な眼力では見ぬけないほど奥が深い。したがって、ここではわれわれのたてた問題に限定して考えてみたい。すなわち、ユダヤ人において不寛容とは何であったか。まずはこれから見ていこう。

たしかに、『出エジプト記』『民数記』『レビ記』『申命記』には、礼拝についてのきわめて厳しい戒律と、一段と厳しい懲罰が書かれている。それが多くの聖書注釈学者を困らせる。モーセの物語を、『エレミヤ書』や『アモス書』のなかの文言と、どう整合させるのか。また、新約聖書の『使徒言行録』が伝える聖ステパノの有名な演説と、どう整合させるのか。たとえば、アモスが言うには、ユダヤ人は荒れ野のなかでつねに異教の神モレク、ライファン、ケワンを崇めていた（アモス書5－26）。そして、エレミヤもはっきりと述べているが、神はユダヤ人の祖先をエジプトから導き出したとき、かれらに何の犠牲も求めなかった（エレミヤ書7－22）。さらに、聖ステパノは、ユダヤ人にむかっての演説でこう述べている。「神は、かれらが天の星を拝むままにしておかれました。かれらは荒れ野にいた四十年のあいだ、神にいけにえも供え物も献げなかった。かれらは、拝むためにつくった偶像モレクの御輿や自分たちの神ライファンの星を担ぎ回った」（使徒言行録7－42～43）

ほかの聖書批評家たちは、こうしたたくさんの異教神が崇拝されていたということから、これらの神々はモーセによって寛容にも認められていたのだ、と推理する。そして、その証拠として『申命記』（12－8）からつぎのことばを引用する。「あなたたちがカナンの地に行ったときは、われわれが今日ここでそうしているように、それぞれ自分が正しいと思っていることをけっしておこなってはならない[24]」

この批評家たちが自説の根拠とするのは、ユダヤ人が民族の宗教行事を砂漠のなかでもおこなったという記述がまったくないことである。つまり、過ぎ越しの祝いもなければ、五旬祭(ペンテコステ)もない。仮庵の祭り(スコット)の記述もなく、定められたみんなでの祈りもない。さらには、神とアブラハムの契約のしるしである割礼も、まったくなされなかった。

批評家たちは『ヨシュア記』も利用する。征服者ヨシュアはユダヤの民にむかって言った。「もし主に仕えたくないというならば、川の向こう側にいたあなたたちが住んでいる土地のアモリ人の神々でも、あるいはメソポタミアであなたたちの先祖が仕えていた神々でも、あなたたちが仕えたいと思うものを、今日、自分で選びなさい」(ヨシュア記24－15以下)。民は答えた。「アドナイ［わが主］を捨てて、ほかの神々に仕えることなど、するはずがありません」。ヨシュアは民に言った。「あなたたちはみずから主を選んだ。それならば、あなたたちのうちにある異なる神々を除き去りなさい」。つまり、モーセのもとでは、まちがいなくユダヤ人はアドナイ以外の神々を信じていたのである。

　ここで、この手の批評家たちに反駁するのはまったく意味がない。かれらは、モーセ五書［旧約聖書の最初の五書］はモーセが書いたものではないと考えるが、そういうことはどれも、ずっと以前から言われてきたことだ。そして、たとえモーセの書のいくつかの小さな部分が士師［王国以前の指導者］や大祭司の時代に書かれたものであるにせよ、モーセの書が霊感に打たれて書かれた神聖なものであることに変わりはないのである。

ユダヤ人は完全な信仰の自由を長いあいだ保持してきた。ユダヤ人は［エジプトで信仰される］聖牛アピスを礼拝したかどですさまじい懲罰を受けたこともあるが、それでも自由は保たれた。そのことは聖書によって十分に証明されていると私には思われる。モーセは、自分の兄［アロン］がつくらせた金の牛の像を口実に、二万三千人ものひとびとを虐殺した［出エジプト記32－28によれば、その数は三千人］。そして、モーセは、厳しさが何の成果ももたらさないことを、おそらくこの虐殺から学んだのであろう。民衆がさまざまなよその神々に熱中しても、モーセは眼をつぶらざるをえなかった。

モーセ自身、やがて自分があたえた戒律に背くようである。モーセはいっさいの偶像を禁じていたのに、自分も青銅で蛇をつくっている（民数記21－9）。戒律にたいする同様の違反は、その後もソロモン［イスラエル国王］の神殿に見られる。ソロモンは神殿の大きな水盤をささえる十二頭の牛の像をつくらせた［歴代誌下4］。契約の櫃（ひつ）［十戒の石盤を納めた箱］には、鷲の頭と牛の頭をもった智天使（ケルビム）が入っていた［列王記上8－6］。そして、のちにローマの兵士が神殿に入ってこの像を見つけたが、どうやらその出来の悪い牛の頭のせいで、ユダヤ人はロバを崇拝しているという誤解が長いあいだ続いた。

とにかく、異教の神への礼拝を禁じても、それはむなしかった。ソロモンは偶像を崇拝したが何ごともなかった。神によってイスラエル王国の十の部族の土地をあたえられたヤロブアムは、金の子牛を二体つくらせ、君主としての威厳と祭司としての威厳を自分の一身に集め、二十二年にわたって王国を支配した［列王記上12－28］。小さなユダ王国はレハブアムの代に、また別の異教の祭壇と像をつくった［同12－31］。聖王アサ［ダビデの子］は、［像は倒したが］聖なる高台は取り除かなかった［同15－14］。大祭司ウリヤは神殿のなかに、ユダヤ教の燔祭（はんさい）［獣の丸焼きを捧げる］の祭壇のかわりに、アッシリア王の祭壇を設けた（列王記下16）。一言で言うなら、信仰にかんしては何の束縛も見当たらない。たしかに、ユダヤの国王の多くはたがいに殺人や虐殺をやりあっていたことは私も知っているが、しかし、それはつねに自分の利益のためであって、信仰のためになされたものではなかった。

なるほど、預言者のなかには、自分の復讐のために神をかかわらせた者もいる。エリヤはバアルの祭司たちをみんな焼き殺すために、天から火を降りそそがせた（列王記上18－38と18－40）。エリシャは二頭の熊を呼び出して、自分を「はげ頭」と呼んだ子どもたち四十二人を引き裂かせた（列王記下2－24）。しかし、こういうことはめったに起きない奇跡であり、真似たいと思ってもなかなか真似できることではない。

また、ユダヤ人はきわめて無知で粗暴だったと、しばしば非難される。『民数記』（31）によれば、モーセはミディアン人との戦いにおいて、ミディアンの男の子と母親を皆殺しにして戦利品は山分けせよと、イスラエルのひとびとに命じた[25]。征服者は敵の陣営で、羊六十七万五千四、牛七万二千頭、ロバ六万千頭、若い娘三万二千人を見つけた。かれらはそれを山分けし、それ以外はすべて殺した。三十二人の娘が主への生贄（いけにえ）としてささげられたと主張する聖書注釈学者も少なくない。「［男と寝ず、男を知らない女のうち］主にささげる分は三十二人であった」［民数記31－40］

ユダヤ人はじっさいに、人間を生贄として神にささげてきた。その証拠に、エフタは娘をささげている[26]。また、祭司サムエルは主の御前で国王アガグを切り殺した[27]。エゼキエルにいたっては、人間の肉を食うことまで許している（エゼキエル書39－18）。それはユダヤ人の勇気を奮いたたせるためであった。「お前たちは馬や騎兵の肉を飽きるまで食べ、国の支配者たちの血を飲め、と主なる神は言われる」［39－18と39－20］。『エゼキエル書』のこのことばについて、聖書注釈学者の多くは、これをユダヤ人への命令と読むが、これを肉食獣への命令と読む学者もいる［この行は一七六三年版の異本の末尾に訂正文として付加されている］。この民族の歴史全体をとおして、ユダヤ人には寛大さや高潔さや親切さのかけらも見られないが、その長きにわたる恐ろしい蛮行の雲間から、あらゆる信仰にたいする寛容という光がつねにもれてくる。

自分の娘を生贄として神にささげたエフタは、神から霊感をさずかり、アンモン人にむかって言う。「あなたは、あなたの神ケモシがあなたに取らせるものを取らないのですか。われわれはわれわれの神、主がわれわれの前から追い払われたものの土地を取るのです」（士師記11－24）。このメッセージは簡潔であり、過激な実践にもつながりうる。しかし、少なくとも、これは神がケモシにたいし寛容であったことの、ひとつの明白な証拠である。なぜなら、聖書は、あなたはあなたが神ケモシからもらったという土地について権利は自分にあると思っている、とは言わない。聖書ははっきり「所有の権利はあなたにある」と断言する。これが「オトー・ティラシュ」というヘブライ語のほんとうの意味なのである。

さらに、『士師記』第一七章と第一八章で語られるミカとレビ人の物語は、当時のユダヤ人のあいだで信仰にかんして寛容と最大限の自由が認められていたことを完璧に証明する。ミカの母親は、エフライム族のとても裕福な女性であったが、銀千百枚を失った。銀は息子のミカが盗んだのである。ミカは母に銀を返した。母親は喜んで、その銀を神に奉納し、その銀でいくつかの像をつくらせた。ちいさな寺院も建てた。ひとりのレビ人が、年に銀十枚と衣類ひとそろいと食糧をもらうのを条件に、その寺院の祭司となった。そこでミカは叫んだ。「いま、私はレビ人を祭司に持つようになったので、主が私をお恵みくださるでしょう」（士師記17最終節）

その当時、ダン族は定住の地を求めており、イスラエルのどこかの村を占領しようと企てていた。ところが、ダン族はレビ人の祭司をかかえておらず、神の助けでかれらの企てを実現するためには、祭司が必要であった。ダン族の兵六百人がミカの家まで来た。そこの寺院で法衣（エポデ）や彫像を奪った。祭司の叱り声、ミカやその母の叫びにもかかわらず、かれらは祭司のレビ人を連れ去った。こうして、ダン族は神の助けをえて、勇んでライシュという名の町を攻め、自分たちの慣習にしたがってその町を焼き払い、ひとびとを剣で殺した。そして、勝利を記念して、ライシュの町をダンと名づけた。祭壇にはミカから奪った像を置いた。そして、何よりも注目すべきは、モーセの孫であるヨナタンがこの神殿の大祭司となったことであり、この神殿ではイスラエルの神とミカの彫像がどちらも拝まれたことである。

ギデオン［士師］が死んだあと、ヘブライ人はおよそ二十年のあいだバアル・ベリト［異国の神］を崇拝し、わが主への信仰をやめた［士師記6と8］。族長も士師も祭司も、誰ひとり、それはとんでもないことだと叫ばなかった。なるほど、かれらの罪は大きい。それは私も認めよう、しかし、こんな偶像崇拝まで許容されていたのであれば、正しい信仰からの逸脱というものが、はたしてどれだけありえただろうか。一部のひとびとは、ユダヤ教は不寛容だと主張するためにこんな話をもちだす。だから、主自身は、十戒を納めた箱が戦争でペリシテ人に奪われるのをお許しになった。だから、ペリシテ人を罰するために主がなされたことは、痔のような恥ずかしいお尻の病いをみんなにあたえること、ペリシテの神ダゴンの像をひっくり返すこと、野原にたくさんのネズミを放つこと、そのていどだった。ところが、ペリシテ人が神の怒りをしずめるために、あの箱を車に載せ、授乳中の二頭の雌牛に車を引かせて、箱を送り返し、さらに、金でつくった五匹のネズミと、金でつくった五つの牛の肛門を神にささげたとき、事件が起きる。主はひとびとがその箱のなかを見たことに怒り、イスラエルの古老七十人と民衆五万人を殺したのである［サムエル記上5と6］。むしろ、ここから明らかになるのは、主が罰するのは、けっして信仰にたいしてでなく、礼拝のしかたにたいしてでもなく、また偶像崇拝にたいしてでもないことである。

もしも主が、偶像崇拝を罰したいと望んだのであれば、あつかましくも主の箱を奪いダゴン神を崇拝しているペリシテ人をみな殺しにしたはずだ。ところが、主はそちらではなく自分の民族のほうを、五万七十人、殺した。しかも、それはただ、見てはならない箱のなかを見たことだけが理由だ。この時代の法律や習俗、ユダヤの社会機構は、われわれの知る今日のものとはきわめて異なる。測りがたい神のなさり方は、われわれ人間のやり方をはるかに超越する。きわめて公正な聖書学者ドン・カルメはこう言っている。「五万人という多数の人間にたいして神はあまりにも厳しすぎたと、そんなふうに思うのは理解力が乏しい者だけだ。すなわち、神は自分の民からどれほど恐れられたがり、そして敬われたがっているか、そこが理解できない者だけがそう思う。神の見方や神の意向を、自分たち人間の貧弱な理性の光のもとでしか判断できない者だけがそう思うのである」

したがって、神は、異教の信仰は罰さない。神が罰するのは、自分にたいする信仰心の俗化、慎みのない好奇心、従順さの欠如、そしておそらく反逆の精神までもがそこにあると見たときである。こういう厳しい懲罰は、ユダヤ教の神政のもとでの神だけがおこなったものだと、考えてよいだろう。そういう時代やそういう習俗は、現代のわれわれとはまったく無縁であると、これは何遍くりかえしても言い過ぎにはならない。

さらに、のちの時代にはこんな話もある。偶像崇拝者であったナアマン［北イスラエルのアラム王の軍司令官］が、預言者エリシャに尋ねた。ナアマンは、これから自分は王とともにリンモンの神殿に行って「そこでひれ伏す」けれども、主はそれを許してくださるだろうか、と尋ねた。エリシャは、かつて自分をからかった子どもたちを態に食い殺させたような人物だが［列王記下2－24］、そのエリシャがナアマンにたいしてこう答えたではないか。「安心して行きなさい」（列王記下5－19）

また、こんな話もある［エレミヤ書27－2］。主は預言者エレミヤにむかって、綱を首にまき、首輪とくびきをつけろと命じた。(28) そして、それらの品々を［神への服従のしるしとして］モアブ、アンモン、エドム、ティルス、シドンの小国の王や小領主たちに受けとらせよ、と命じた。エレミヤは、王たちに主のことばも伝えた。主は言う。「私はこのすべての国を、私のしもべであるバビロンの王ネブカドネザルの手に与えた」（27－6）。このように、偶像崇拝者であるバビロン王が、神のしもべと呼ばれ、主のお気に入りとされている。

エレミヤは、ユダ王国の王ゼデキアによって投獄されたが、この王から許しをえた。エレミヤはこの王に、神のことばを伝えた。「バビロンの王につかえよ。そうすれば命をたもつことができる」と（27－17）。つまり、神は偶像を崇拝するネブカドネザルの側に立っていたのである。しかも、神は十戒の入った聖櫃もこの王の手に渡した。そして、ユダヤ人にたいしては、その箱のなかを覗いただけで五万七十人の命を奪った。神はこの王に至聖所［聖櫃を安置する場所］と建て残しの神殿もあたえた。この神殿の建立には金一〇万八〇〇〇タラント、銀一〇一万七〇〇〇タラント、および金貨一万ドラクマを要した。それはすべてダビデとその配下の族長たちが神殿建立のために残しておいたものであった。これは、ソロモン王がつかいこんだ分を差し引いても、今日の通貨で表せば、総額およそ一九〇億六二〇〇万フランに相当する。偶像崇拝がこれほど報われたことはかつてない。もちろん、この数字には誇張があるだろうし、写本のさいの書き間違いもあっただろうと思う。しかし、その額を半分にしても、四分の一にしても、あるいは八分の一にしても、やはり驚くに値する。また、ヘロドトスがエフェソス［現在のトルコ］の神殿［世界七不思議のひとつ、アルテミス神殿］で見たという富にも驚かされる。けっきょく、神の視点では、金銀財宝など何の意味もないのであり、神がネブカドネザルにあたえた「私のしもべ」という名前こそが、計り知れない真の財宝なのである。

われわれがキュロス［ペルシア王］と呼ぶ者は、クロスとかコレシュとかコスロエスとも呼ばれるが、神はこの王にも格別に愛を注ぐ（イザヤ書44、45）。神はキュロスにむかって「私のキリスト、私の聖油を塗られた者」と呼ぶ。聖油を塗られたといっても、じっさいに塗られたわけではない。キュロスはゾロアスター教を信仰していた。

にもかかわらず、神はそう呼ぶのである。キュロスはひとびとの目から見れば権利侵害者であるにもかかわらず、神からは「私の牧者」と呼ばれた。聖書全体を見渡しても、これほどひいきがきわだつものはない。

最後の書『マラキ書』には、「日の出る所から日の入る所まで、諸国のあいだで神の名はあがめられている。いたるところで神のために清いものがささげられている」という一節がある［1－11］。神は、偶像を崇拝するニネベのひとびとをも、ユダヤ人と同じように気づかう。神はかれらを脅し、そして神はかれらを許す。メルキゼデクはユダヤ人ではないのに神の祭司であった。バラムは偶像崇拝者だが、預言者であった。以上のように、神はあらゆる民族にたいして寛容であったばかりでなく、あらゆる民族にたいして慈父のように心づかいをした。これが聖書の教えである。われわれはそれに逆らって、あえて不寛容であろうとしているのだ。

第十三章　ユダヤ人の極端なまでの寛容さ

このように、ユダヤ人の神の寛容さの実例は、モーセの時代、士師の時代、王政の時代、いずれの時代においてもつねに見られる。この話にはまだつづきがある。モーセが何度も言っているが、「神は、父たちの罪の罰をその子孫四代までおよぼす」（出エジプト記20－5）。民衆が霊魂の不滅も知らず、来世において罰や報いがあることも知らないばあいには、こういう脅しが必要であった。親の罪が子孫にまでたたるという真実は、「十戒」にも、『レビ記』や『申命記』で告げられた戒律にも、示されていない。じつは、それはペルシア人やバビロン人やエジプト人やギリシア人やクレタ人が信じていた教義にすぎず、ユダヤ人の宗教にはまったくないものであった。

モーセはけっしてユダヤ人にむかって、「天国に行きたければ父母を敬え」とは言わなかった。モーセが言ったのは、「父母を敬え。そうすればあなたは長く生きる」

［申命記5－16］である。モーセが脅し文句にしたのはただ、主にしたがわなければあなたは病気になるぞ、とか、ひどい目にあうぞ、というものであった。すなわち、疥癬（かいせん）、おでき、膝やふくらはぎの悪い腫れ物で苦しみ、結婚しても妻の不倫で苦しみ、他人から高利で借りることはあっても他人に貸す余裕などなく、食べるものがなくて飢え死にしたり、自分の子どもの肉さえ食べるようになるぞ、と言う（申命記28）。しかし、モーセはけっして死後のことは語らない。すなわち、人間には不滅の霊魂があって、死んだ後も責め苦にあうとか、死んだ後に至福を味わう、といった話はしない。

ユダヤ人の神は、みずからひとびとを導き、ひとびとのおこないにただちに反応して、おこないが悪であれば罰し、善であれば恩賞をあたえた。すべては現世でなされた。そして、この現世性を、ウィリアム・ウォーバートン［イギリスの神学者］はユダヤ人の戒律の神聖さの証拠として、しきりにもちだす。[29] つまり、ユダヤにおいては神自身が民族の王であり、自分に背くか服従するかで人間にただちに裁きをくだすので、自分がもはや人間を統治しなくなるとき［人間の死後］どうするかということについては、神は方針をもっていても、それをことさら人間に啓示する必要がなかったのである。

　霊魂の不滅はモーセの教えだなどと、たんなる無知にもとづいて主張する者は、新約聖書が旧約聖書にたいしてもつ最大の長所のひとつを台なしにする。モーセの戒律は、四世代の子孫までの現世的な懲罰を示す。それは確定的な真実である。ところが、この戒律の明確な告知にもかかわらず、つまり、懲罰は四世代におよぶとした神の明瞭な宣言にもかかわらず、預言者エゼキエルはユダヤ人にむかってまったく逆のことを告げる。すなわち、子は父の罪を負わない、と言う（エゼキエル書18－20）。さらに、神はひとびとに「良くない掟」（同20－25）をあたえたとまでエゼキエルは神に言わせている。[30]

　それでも『エゼキエル書』は、神からの霊感を受けて書かれた聖書正典のひとつになった。たしかに、聖ヒエロニムスが教えているように、『エゼキエル書』はユダヤ教会においては三十歳以上の者でなければ読むことを許されなかった。しかし、それはうぶな若者が、この書の第一六章や二三章で描かれる二人姉妹、オホラとオホリバの乱れた性生活に感化されるのを恐れてのことであった。要するに、この書はモーセの教えと明らかに矛盾したところがあるにもかかわらず、ずっと正典として受けいれられてきたのである。

さて、霊魂不滅の教義[31]は、おそらくバビロンの捕囚のあたりから、ユダヤ人のあいだで受けいれられていった。しかし、そのころでもサドカイ派［ユダヤ教の一派］は一貫して、人間は死んだのちに罰せられることも賞されることもないと、固く信じていた。また、人間は死ぬと、歩く力や消化する力といった活力がなくなるように、ものを感じる力、考える力もなくなると、信じていた。かれらは天使の存在も否定した。サドカイ派とほかのユダヤ人との隔たりは、プロテスタントとカトリックとの隔たりよりも、もっとずっと大きかったのである。とはいえ、かれらはそれでもやはりほかのユダヤ人と同じ宗教団体のなかにとどまった。そして、サドカイ派から出た大祭司さえ存在する。

パリサイ派［ユダヤ教正統派］は、宿命[32]と輪廻[33]を信じていた。エッセネ派［分派］は、善人の魂は幸福の島[34]へ行き、悪人の魂はタルタロス［冥府の最底部］の淵に行くと考えていた。エッセネ派は、生贄（いけにえ）をささげず、自分たちだけで独自の会堂（シナゴーグ）に集まった。

要するに、ユダヤ教をまぢかでじっくり検討すると、そのきわめて野蛮な恐ろしさのただなかに、これ以上ないほどの寛容さが見られるので、驚かされるだろう。たしかに、それは矛盾である。しかし、ほとんどすべての民族はそれぞれ何かしらの矛盾に支配されてきた。だとすれば、血の掟をもちながら、それでいて穏やかな習俗をつくりだした民族こそ幸いである。

第十四章　不寛容がイエス・キリストの教えだったのか

　さて、これからイエス・キリストについての検討に入る。すなわち、血なまぐさい戒律を定め、ひとに不寛容であれと命じ、異端審問のための監獄をつくらせ、火あぶり(オートダフェ)の刑を執行する係を設けたのは、イエス・キリストだったのかどうか。それを見てみよう。

かたよった精神の持主がかずかずの福音書のなかから、不寛容や拘束は正しいことだと推論できそうな箇所は、私の知るかぎり、ごくわずかしか見当たらない。

そのひとつは天の国についてのたとえ話だ（マタイ伝22）。そのなかで、天の国は王子のために婚宴を催した王にたとえられている。その王は、婚宴に招いておいたひとびとのところへ家来をつかわして、こう告げさせた。「食事の用意が整いました。牛や鶏を屠(ほふ)って、すっかり用意ができています。さあ、婚宴においでください」。しかし、ひとびとはそんな招待を無視して、ある者は田舎の別荘に、ある者は商売に出かけてしまった。また、ほかのひとびとは王の家来を殴ったり蹴ったりして、殺してしまった。王は怒り、軍隊を送って、この人殺しどもを滅ぼし、その町を焼き払った。王は家来たちに、「町の大通りに出て、見かけた者はだれでも婚宴に連れてこい」と言った。こうして集められた客のひとりは、結婚式用の礼服を着ずに食卓についていたので、王は怒り、「この男の手足を鎖でしばって、外の暗闇に放り出せ」と命じた。

もちろん、このたとえ話は天の国にしか当てはまらない。当然のことながら、このたとえ話から、きちんとした礼服も着ずに婚宴で飲み食いする者は縛り上げて、牢獄に入れてもよいという権利を、誰であれ引き出してはならない。そして、こんなつまらない理由で廷臣を絞首刑にした君主がじっさいにいたという話など、私は聞いたことがない。また、皇帝が鶏を殺して宴会を準備してから、近習（きんじゅ）を派遣して国内の諸侯に食事に来てくれるように頼むと、諸侯は皇帝の近習を殺す、というケースもありそうにない。宴会への招待は、そこで救済が説かれることを意味する。したがって、王の使いを殺すのは、英知と美徳の説教者を迫害することを意味する。

もうひとつ、べつのたとえ話がある。盛大な晩餐会に友人たちを招いた男の話だ

（ルカ伝14）。食卓につく用意ができたので、召使いを送って、友人たちにそれを知らせた。すると、友人のひとりは、「自分は畑を買ったので、それを見に行かねばなりません」と言って断った。いかにもウソくさい口実である。夜の暗いなか、畑を見に行くはずがない。べつのひとりは、「五番の牛を買ったので、それを調べに行かねばなりません」と言って断った。これもやはりウソくさい。夕食どきに牛を調べに行くはずがない。またべつのひとりは、「妻を迎えたばかりなので、行くことができません」と言って断った。うむ、この口実なら納得できそうだ。しかし、とにかく家の主人は「招待した客が誰も来ないことに」腹を立てた。そして、宴会の席へ、目の見えないひとや足の不自由なひとを連れて来させた。それでもまだ空席が見られるので、主人は召使いに命じた。「大通りや小道に出て行き、ひとびとを無理やりに引っぱってきなさい」

　たしかに、このたとえ話は天の国のことを語ったものだとは明言されていない。であるのに、「ひとびとを無理やりにひっぱってきなさい」ということばは、やたらに引用されてきた。しかし、ひとりの召使いだけで、道で出会うひとびとを全員、力ずくで主人の宴会に引っぱってきて食事をさせるのは、どう見ても不可能だ。それに、無理やり引っぱられて行って、楽しく食事ができるはずがない。きわめて信頼できる聖書注釈学者によれば、「ひとびとを無理やりにひっぱってきなさい」というのは、食事に来てくれるように「お願いしなさい、頼みなさい、請いなさい、そうしてもらいなさい」ということにほかならないのだそうだ。では、お尋ねしたいが、こうしたお願いとか食事は、迫害といったいどんな関係があるのだ。

もし、ものごとを文字どおりに受けとるならば、教会のふところに抱かれるためには、われわれは目が見えず、足が不自由になって、無理やり引っぱって行かれねばならないことになる。イエスは同じたとえ話のなかで、「夕食には、金持ちの友人も親族も呼んではならない」と言っている。このことばをそのまま受けとめて、親族や友人が少し裕福になったら、もういっしょに食事をしてはならない、と結論するような人間がじっさいにいるだろうか。

イエス・キリストは、宴会のたとえ話のあとで、さらにこう述べる。「もし、だれかが私のもとに来るとしても、そのひとが父母や子、兄弟姉妹、さらに自分の命をも憎まないのであれば、私の弟子になることはできない。……あなたがたのなかには、塔を建てたいと思うとき、あらかじめその費用を計算しない者がいるだろうか」（ルカ伝14－26以下)。このことばから、われわれは自分の父や母を憎まねばならないと結論するような、非道な人間がこの世にいるだろうか。このことばは、「私［イエス］と、あなたがこよなく愛する者とのあいだで、心がゆれてはならない」という意味であることぐらい、だれでもすぐにわかるのではないか。

迫害を正当化するために、『マタイ伝』の一節を引用する者もいる。すなわち、「教会の言うことも聞き入れないなら、そのひとを異邦人か徴税人と同様に見なしなさい」(マタイ伝18－17)。しかし、これは異邦人や国王の徴税請負人を迫害すべきだということでは絶対にない。なるほど、かれらは嫌われ者である。しかし、だからといって、世俗において罰せられるべき者であることにはならない。徴税請負人は、市民としての権利を何ひとつ剝奪されず、むしろ逆に、たいへんな特権をいくつもあたえられている。徴税請負人は、聖書において非難されている唯一の職業であるが、政府によってもっとも優遇されている職業なのである。われわれは、税を集める同胞にはたっぷりと敬意を示すのに、どうして道に迷った同胞にはそういう心をもたないでいられようか。

また、［迫害のために］悪用される一節は、『マタイ伝』［21‐19］および『マルコ伝』［11‐13］にある。イエスは、ある朝、空腹を覚え、いちじくの木に近寄ったが、葉のほかには何もなかった。いちじくの季節ではなかったからだ。イエスはその木にむかって呪いのことばを吐く。すると、その木はたちまち枯れてしまった、という話。この奇跡については、さまざまな解釈がある。しかし、迫害を正当化しうるものが、そのなかにひとつでもあるだろうか。いちじくは三月初旬には実がならなかった。だから、枯れさせられた。しかし、これが、同胞を一年中いつでも苦しめて憔悴させてよい、という理由になるだろうか。頭のなかだけでものごとを理解したがるわれわれにとって、疑問を生じさせる話が聖書にはいろいろある。話は話として尊重しよう。しかし、ひとにたいして無慈悲で冷酷になるために、そういう話を悪用するのはやめよう。

ひとを迫害したがる連中は、使えそうな話なら何でも悪用する。連中は迫害を正当化するために、商人たちが神殿から追放された話や、ひとりの男にとりついていた大勢の悪魔が二千頭の汚れた動物の体のなかに追い払われた話をも使おうとする。しかし、誰もがわかるように、この二つの例は、戒律違反にたいして神みずからが裁きをくだされたことにほかならない。神の住まいの前庭を商売人の出店だらけにしてしまったのは、神への敬意を欠くものであった。最高法院（サンヘドリン）や祭司たちは、ひとびとが神へのささげものをするのに便利なようにこうした商店の存在を認めていたのだが、それは浅はかだった。ささげものを受けとる神自身が、人間の姿を借りて、そうした聖地を汚すいとなみを粉砕されたのかもしれない。また、神は、神みずからが守っておられる戒律を破った者たち、すなわち戒律によって禁じられている動物の群れすべてを国のなかにもち込んだ者たちも、同じように罰せられたのかもしれない。以上の例は、宗教の教義をめぐる迫害とは、まったく何の関係もない。不寛容を宗教の精神とするひとびとは、このようにまったく根拠にもならないものを支えとせざるをえない。だから、どんな貧弱なものでもいいから何とか口実に使えるものがないか、あらゆる箇所を探しまくるのだ。

イエス・キリストのその他の言行は、ほとんどすべて、やさしさと忍耐と許しを説くものである。たとえば、父親は放蕩息子を迎え入れる［ルカ伝15］。労働者は一番最後に来ても、みんなと同じ賃金をもらう［マタイ伝20］。サマリア人でさえ慈悲深いところがある［ルカ伝10］。イエス自身も、断食をしない弟子たちを弁護している［マタイ伝9－15］。イエスは罪深い女を許した［ルカ伝7－48］。イエスは姦通をしている女に、今後はもうしないようにと注意するにとどめた［ヨハネ伝8］。イエスは、カナでの婚礼に招かれたとき、ほかの客たちの無邪気なはしゃぎかたを許した。客たちはすでに酔っているのにまだ酒をほしがったので、イエスはかれらのためにわざわざ奇跡を起こし、水をワインに変えてやった［ヨハネ伝2］。

イエスは、自分を裏切ることになるユダにたいしてさえ、怒りを爆発させたりしない。そして、ペテロには、けっして剣を使うなと命じた［マタイ伝26］。イエスが弟子のヤコブとヨハネとともに訪れた村で、村人が歓迎しないので、弟子が「エリヤがやったように天から火を降らせて、かれらを焼き滅ぼしましょうか」と言うのを、イエスは叱りつけた［ルカ伝9－55］。

イエスは、最終的には、ひとびとのねたみの犠牲となって死んだ。ここであえて、聖人と俗人、神と人間を比較させてもらうなら、イエスの死、人間的な意味でのイエスの死は、ソクラテスの死と大いに似たところがある。このギリシアの哲学者は、学者（ソフィスト）や聖職者や民衆の指導者たちの憎悪によって殺された。キリスト教徒の立法者は、律法学者やパリサイ派や祭司たちの憎悪によって殺された。ソクラテスは死を免れることもできたが、それを望まなかった。ソクラテスは、みずからすすんで犠牲となった。ソクラテスは、自分を非難した者たちや不公正な裁判官たちを許したばかりでなく、自分の子が幸運にも自分と同じようにかれらの憎しみを買ったばあいには、やはり同じような裁きをくだしてほしいと頼んだ。キリスト教徒の立法者の態度はそれよりもはるかにすばらしい。イエスは父なる神にむかって、自分の敵を許してほしいと頼んだのである［ルカ伝23-34］。

たしかに、イエス・キリストは死を恐れているように見えた。イエスは苦しみもだえ、汗が血のしたたりのように流れ落ちた［ルカ伝22-44］。それは苦しみがあまりにも激しく、ほとんどありえないぐらい強烈だったしるしである。しかし、イエスがそうした姿を見せたのは、自分が人間としての体をもち、それによって人間の弱さをまるごと体験していることを見せるためであった。体はふるえても、魂はたじろがなかった。真の強さ、真の偉大さは、生身の体がどれだけ不幸にあおうとも、それに耐え抜くことにある。イエスはそれをわれわれに教えたのである。死を恐れながら死におもむくこと、これが最高の勇気なのである。

ソクラテスは、学者たちを無知なる者としてあつかい、かれらに心のゆがみを認めさせた。イエスは、みずからの神的な権利をつかって、律法学者やパリサイ派を、偽善者（マタイ伝23）、狂人、盲人、悪人、蛇、毒蛇と呼んだ。

ソクラテスは、けっしてあたらしい教団をつくろうとしたかどで告発されたのではない。イエス・キリストのばあいも、あたらしい宗派をつくろうとしたかどで告発されたのではない。だが、とにかく「祭司長たちと最高法院の全員は、イエスを死刑にしようとして、イエスにとって不利な偽証を求めた」（マタイ伝26－59）と言われる。しかし、かれらが偽証を求めていたということは、イエスが公然と法律に違反して説教をおこなったと非難することができなかったということだ。じっさい、イエスは幼ないときから死ぬときまで、ずっとモーセの戒律にしたがってきたのだ。イエスはほかの子どもたちと同様、生後八日目に割礼を受けた。それからヨルダン川で洗礼を受けたが、これは近東のすべての民族、そしてユダヤ人のあいだでおこなわれてきた聖なる儀式であった。モーセの戒律でいう汚れは、洗礼によってすべて清められるとされた。祭司の任命のさいも、やはり洗礼がなされた。ユダヤ教の荘厳な祭日である贖罪の日には、ひとびとは水につかり、入信者には洗礼がなされた。

イエスは、全面的にモーセの戒律にしたがった。安息日をかならず祝い、禁じられている肉をけっして食べなかった。あらゆる祭日の行事をかならずおこない、死の直前においてさえ、過ぎ越しの祭をおこなっている。イエスは、けっして新奇な意見を説かなかったし、けっして異教の儀式をおこなわなかったのであるから、その点では非難されていない。イエスは、ユダヤ教徒として生まれ、変わることなくユダヤ教徒として生きたのである。

イエスを非難する立場から出廷した二人の証人は、「この男は神の神殿を打ち倒し、三日あれば建てることができると言いました」（マタイ伝26－61）と証言した。なるほど、そういう表現はふつうのユダヤ人にはまったく理解できないものであった。しかし、それでもかれらは、イエスがあたらしい宗派をつくりたがっていると非難しているわけではない。

尋問した大祭司はイエスにむかって、こう言った。「生ける神に誓ってわれわれに答えよ。おまえは神の子キリストなのか」［マタイ伝26－63］。大祭司がどういう意味で「神の子」ということばをつかったのか、そこは何とも不明であるが、ユダヤ人のあいだでは、悪い人間をさすのに「ベリアル［悪魔］の子」ということばをつかったように、正しい人間をさすのにしばしば「神の子」ということばが用いられた。神の子とは地上におりてきた神自身であるという信仰の奥義に属する考え方は、粗野なユダヤ人のあいだではけっしていだかれていなかった。[35]

イエスは大祭司にこう答えた。「それは、あなたが言ったことです。しかし、私は言っておく。あなたたちはやがて、ひとの子が全能の神の右に座り、天の雲に乗って来るのを見るであろう」［マタイ伝26－64］

この返答は、最高法院（サンヘドリン）のメンバーを憤らせ、神にたいする冒瀆と見なされた。ただ、最高法院は［ユダヤの自治組織なので］死刑を言い渡す権利をもたなかった。そこでかれらはイエスを、ローマ人の地方総督のまえに引き連れていき、あれこれ理由をならべて告訴した。すなわち、この男は皇帝に税を納める必要はないと言っていること、また自分はユダヤ人の王だと名乗っていること、であるから社会の平穏を乱す者であることを理由に挙げた。したがって、イエスが国家にたいする反逆罪で告発されたことは、まぎれもない事実である。

総督ピラトは、イエスがガリラヤ人だと知ると、かれをまずガリラヤ地方の知事へロデのもとへ送った。ヘロデには、イエスが党派の頭目になりたがっているとか、王になりたがっているとは、とても思えなかった。ヘロデはイエスをさんざん愚弄したあと、ピラトに送り返した。ピラトは、まことに見下げはてた臆病者で、民衆の自分にたいする不満の高まりをしずめるために、イエスを処刑した。ヨセフ［イエスの遺体を引き取った男］によれば、ピラトは前に一度ユダヤ人の反逆を経験していただけに、ますます臆病になっていたようだ。ピラトには、のちの総督フェストゥスがしめしたような度量の大きさ［使徒言行録25－16］がなかった。

ここで私は問う。神の法が求めるのは、寛容か、不寛容か。もし、あなたがイエス・キリストにならいたいのであれば、死刑を執行する側ではなく、ひとのために命を捨てる側になりなさい。

第十五章　不寛容をいさめる発言集

「信仰にかんして、ひとびとから自由を奪い、かれらが神を選ぶのを妨げるのは、神に背く行為である。いかなる人間も、いかなる神も、信奉の無理強いを望まない」(テルトゥリアヌス『護教論』第二四章)

「信仰を守るために暴力を使うことには、司教たちは反対するであろう」(聖ヒラリウス『三位一体について』第一巻)

「強制されての信仰はもはや信仰ではない。信仰は説くべきものであり、強制するものではない。信仰は命じられるものではない」(ラクタンティウス『神聖教理』第三巻)

「道理によって説得できない者を、武器や暴力や投獄でおどして引っぱりこもうとするのは、忌まわしい異端の手口である」(聖アタナシオス、第一巻)

「強制ほど信仰に反するものはない」(殉教者の聖ユスティノス、第五巻)

「われわれは神が許された者まで迫害するのか」。これは聖アウグスティヌスが、ドナトゥス派との論争によって過激化するまえに言ったことば。

「ユダヤ人にたいし、いかなる暴力もふるってはならない」（第四回トレド教会会議決議五六）

「助言をせよ。強制はするな」（聖ベルナールの手紙）

「われわれは、あやまりを打ち破るのに暴力をつかえとはけっして言わない」（フランスの聖職者によるルイ十三世への講話）

「われわれは、過酷な方策を一貫して認めてこなかった」（聖職者会議、一五六〇年八月十一日）

「われわれが知るとおり、信仰は説得によっていだかれるものであり、命令によっていだかれるものではない」（ニームの司祭エスプリ・フレシエ、第一九書簡）

「侮辱するようなことばをつかうことさえ、あってはならない」（デュ・ベレーの司教教書より）

「魂の病はけっして強制や暴力でいやされるものではないことを忘れるな」（ル・カミュ枢機卿の一六八八年教書）

「すべての者に信教の自由をお認めになるように」(カンブレーの大司教フェヌロンがフランス王太子ブルゴーニュ公へ言ったことば)

「強制的に信仰を要求するのは、その精神が、真理を敵視する精神にほかならないことの明白な証拠である」(ソルボンヌ博士フランソワ・ディロワ、第六巻第四章)

「暴力は偽善者を生みだすことができる。そして、脅しのことばがいたるところで鳴り響くとき、説得というものはありえない」(ルナン・ド・ティユモン、『教会史』第六巻)

「古代教会は、信仰をひとびとのあいだで盛んにさせ広めていくのに、少しも暴力を用いませんでした。われわれには、その足跡をたどることこそ、正義と道理にかなうものだと思われたのです」(パリ高等法院からアンリ二世への建言)

「経験がわれわれに教えているように、暴力は、ひとの心のなかに根ざす病をいやすのではなく、病をさらにこじらせる」(ド・トゥー『アンリ四世への献呈文』)

「信仰心は、剣をつかって吹き込めるものではない」(ルネ・ド・スリジエ『アンリ四世とルイ十三世の治世』)

「信仰が強制によってもたらされるかのように考えて、信仰を心に植えつけようと努力するのは、野蛮な熱心さである」(ブーランヴィリエ『フランスの状態』)

「信仰は恋愛と似ている。命令してもどうにもならない。強制はなおさらだ。愛することと信じることほど束縛を嫌うものはない」（アムロ・ド・ラ・ウッセー編『枢機卿アルノー・ドッサ書簡集』）

「もし、あなたが天に愛されて、真理を知ることができたのであれば、それはまさしく天のめぐみだったのです。しかし、父からのさずかりものをもつ者は、父からのさずかりものをもたない者たちを憎むべきなのでしょうか」（モンテスキュー『法の精神』第二五編第一三章）

このように不寛容をいさめる文言ばかりを集めて、一冊の分厚い本をつくることもできるだろう。われわれの知る歴史、演説、説教、道徳書、教理問答はそろって、今日、寛容こそが神の求める義務であることを説き、かつ望んでいる。しかし、われわれが毎日のように口にしている理論は、実践において否定されている。それはどういう不運、どういう不都合のせいなのだろうか。われわれが自分の道徳に反することをおこなうとき、それは自分が教えていることの反対のことをするのが、われわれにとって何らかの利益になると思われるからである。しかし、われわれと意見がちがうひとびとを迫害すること、また、それによってかれらの憎しみをまねくことには、はっきり言って、何のメリットもない。したがって、もう一度くりかえして言うが、不寛容は愚行である。しかし、ひとの良心を抑えつけることで利益をえながら、けっして愚か者ではないひとびとも存在するようだ。そこで、つぎの章は、そういうひとびとにあてて書かれたものである。

第十六章　死にかけている男と元気な男の対話

ある地方都市で、ひとりの男が死にかけていた。そこへ、妙に元気な男があらわれ、ひとがおだやかに死ぬのを邪魔して、こう言った。

おまえ、もうそろそろだな。ならば、いますぐ私の考えに同調しなさい。この書付にサインしなさい。おまえも私もけっして読んだことのない本［ヤンセン著『アウグスティヌス』］には、知ってはならない五つの命題があることを認めなさい。ベレンガリウス［教皇から破門された神学者］にたいするランフランクスの意見、および、聖ボナヴェントゥーラにたいする聖トマス・アクィナスの意見をただちに支持しなさい。フランクフルト教会会議の決定［聖像崇拝の禁止］を否定した第二回ニカイア公会議を受けいれなさい。「父は私より大きい」［ヨハネ伝14－28］ということばが、どうして「私は父と同じくらい大きい」という意味になるのか、いますぐ説明してみなさい。父なる神は自分の属性をすべて子に伝えながら、どうして父性だけは除いたのか、答えなさい。答えなければ、おまえの遺体はゴミ捨て場行きだ。おまえの子どもたちは、おまえの財産をいっさい相続できないぞ。おまえの妻は、持参金も取りあげられる。おまえの家族は、生きるために物乞いをしなければならないが、私の仲間たちは何も恵んだりしない。

死の床の男

何をおっしゃっているのか、私にはほとんどわかりません。何やら私を脅されているようですね。脅しの口調は耳に届き、困った気持ちになります。おだやかだった心が乱れます。死ぬのが怖くなります。お願いですから、お慈悲を。

騒々しい男

お慈悲を、だと。相手が私とまったく同じ考えの人間でなければ、慈悲の心もわからない。

死の床の男

どうか、お察しください。死ぬまぎわにいるいま、私の五感はすべて衰え、理性の扉はすべて閉ざされ、私がもっていた観念はすべて消え去り、ものごとを考える力も失せました。そんな私に、議論などできるでしょうか。

騒々しい男

よろしい。私がおまえに信じてほしいことがおまえには信じられなくても、けっこうだ。おまえはただ「自分はそれを信じます」と言うだけでいい。私にはそれで十分。

死の床の男

偽りの宣誓をお求めですが、どうしてそんなことが私にできましょう。私はもうすぐ神のまえに出なければなりません。偽りの宣誓をすれば神に罰されるんですよ。

騒々しい男

つまらんことを言うな。おまえ、死んだら墓場に埋めてもらいたいだろう。奥さんや子どもにお金を残したいだろう。ならば、偽善者として死ね。偽善は悪いことじゃない。ほら、誰かも言っている、「偽善とは悪徳が美徳に払う敬意である」〔ラ・ロシュフコーの箴言、第二一八〕。なあ、友よ、ちょっとした偽善なら、何の問題もない。

死の床の男

おやおや、あなたは神を軽んじておられる。あるいは、神をお認めではない。死ぬまぎわの人間に、ウソをつくことをお求めですからね。あなたも、やがてはかならず神の裁きを受けることになりますよ。そのとき、このウソの責任をとらねばなりません。

騒々しい男

何だと、この無礼者。私が神を認めていない、と言うのか。

死の床の男

失礼しました。わが兄弟。神をお認めでないように思ってしまいました。まもなく死んでゆく私ですが、私は敬愛するお方に励まされて最後の力をふりしぼり、あなたにこう言いたい。もしあなたが神を信じておられるなら、あなたは私にお慈悲をほどこしてくださるはずです。神は私に妻と子どもをさずけてくださった。どうか、かれらを困窮死させないでください。死んだあとの私の体は、お好きなように処理してください。この身はあなたにおまかせします。しかし、神を信じてください。私はあなたに、心からそれを願います。

騒々しい男

えい、つべこべ言わずに、私が言ったことをやれ。私はそれを望み、おまえにそれを命ずる。

死の床の男

そんなふうに私を苦しめて、それであなたにどんな御利益があるのですか。

騒々しい男

何、私にどんな御利益があるかだと。おまえのサインがもらえたら、聖堂参事会でいい役職につける。

死の床の男

ああ、わが兄弟よ。いよいよ最後のときがきた。私は死にます。私は神に祈ります。神があなたの心を動かし、あなたが心を入れ替えてくれますように。

騒々しい男

サインもしない無礼者は悪魔に呪われるがいい。さて、私は、こいつの筆跡をまねて、こいつのかわりにサインをすることにしよう。

次章で紹介する書簡は、この騒々しい男と同じモラルを表明したものである。

第十七章　聖堂参事会員からイエズス会士ル・テリエへの手紙、一七一四年五月六日付(36)

わが尊師へ

神父様が私にくだされた命令にしたがいまして、イエスとイエズス会をその敵から救い出すもっとも確かな手段を提示させていただきます。私が思いますに、王国内にはもはや五十万人のユグノーしか残っておりません。ただ、その数を百万というひともおり、また百五十万というひともおります。しかし、ユグノーの数がどれほどであろうと、私はつつしんで神父様の命令にしたがい、私の義務をはたすべく、以下に私の考えを列挙させていただきます。

①ユグノーの説教師を一日で全員逮捕し、それから全員を同じ場所でいっせいに

絞首刑にする。これは容易にできることでありますし、民衆を善導するうえで効果があるばかりでなく、民衆にとって楽しい見せ物になります。

②ユグノーの父親・母親は、寝込みを襲って全員殺す。路上で殺せば何かと騒ぎになるし、逃げられてしまう可能性もあるので、それはぜひとも避けねばなりません。全員殺害を実行するのは、カトリックの原則からの必然的な帰結であります。なぜなら、多くの偉大な神学者たちが証明しているように、異端者はひとりでも殺さなければならないとすれば、当然のことながら異端者は全員殺さなければならないからです。

③親を殺した翌日には、ユグノーの娘たちは全員、善良なカトリックの男たちと結婚させる。私がそう思うのは、戦後、わが国の人口が減少しすぎてはならないからです。一方、十四、五歳の男子についての私の意見を言いますと、かれらはすでに悪い考えに染まっており、それを一掃するのは望めそうにありませんので、こういう嫌悪すべき人間がこれ以上生まれてこないように、かれらを全員去勢する必要がありま す。また、年齢がそれ以下の男子については、カトリックの学校に入れて教育し、サ

ンチェスやモリナ［いずれもスペインのイエズス会士］の著作を暗記できるまで笞で叩く。

④アルザス地方のルーテル派の全員にたいしても、右と同じ措置をとる必要がある、と私は思います。私の見まちがいであればこれは取り消しますが、一七〇四年、ヘヒシュテットの戦いでフランス軍が敗れた日、アルザス地方の老婆二人が大笑いしているのを私は目撃しました。

⑤ジャンセニストの問題は、おそらくもう少し厄介なように思われます。なにしろ、かれらは少なく見積もっても六百万という大人数です。しかし、もちろん尊師のような精神をそなえた方は、そういう数を恐れるはずがありません。各地の高等法院はそろってジャンセニストに属すると、私は理解しております。高等法院は、恐れおおくも教皇にさからって、フランス教会の自立と自由を支持しているからです。こういう扱いにくい連中をあなたの意に従うようにさせる手段を、いつもの用心深さであれこれ吟味してくださるよう、尊師にお頼みいたします。昔あった火薬陰謀事件［一六〇五年のカトリックによるイギリスの国王爆殺未遂事件］

は不首尾におわりましたが、あれは加担者のひとりが友人の命を助けようとして秘密をもらしたのが失敗のもとです。しかし、あなたにはひとりも友人がいないので大丈夫。同じような不具合が生じる心配はありません。ドイツの修道士ベルトルド・シュヴァルツが発明した「黒色火薬」なるものを用いて、フランスの高等法院をすべて吹き飛ばすことなど、あなたにはきわめて容易なことでありましょう。私の計算では、ひとつの高等法院につきおよそ三十六樽の火薬が必要です。高等法院の数は十二ですから、三十六樽を掛けあわせますと、総計は四百三十二樽となります。費用は、一樽が一〇〇エキュ［一エキュ＝三リーヴル］だとしても、総額一二万九六〇〇リーヴルにしかなりません。イエズス会の総長にとっては、ほんのはした金です。

高等法院が吹っ飛んでしまえば、司法の業務は、フランスの法律に精通したイエズス会士たちに委ねられるでしょう。

⑥　ド・ノアイユ枢機卿［ジャンセニスムを禁ずる教皇の勅書「ウニゲニトゥス」を承認しないパリ大司教］は、ひとを疑うことを知らない単純な人間なので、毒殺するのは簡単です。

反抗的な数人の司教にたいしても、尊師は同じような改宗手段をとられるでしょう。そうなると、かれらの司教区は、教皇の勅書のおかげでイエズス会士の手に渡るでしょう。そうなると、司教は全員そろって大義の側に立つことになる。そして、そうした司教が、その下にある司祭をすべてぬかりなく選ぶことになります。そこで、私は最後に、尊師の意に沿うべく以下のことを進言いたします。

⑦　ジャンセニストも、少なくとも復活祭の日には聖体拝領［キリストの体とされるパンとワインを食する儀式］をおこなうそうです。ですから、復活祭のときにドイツ皇帝ハインリヒ七世を制裁したやり方、すなわち、聖体のパンに毒をしみこませておくやり方を用いるのは悪くありません。

このやり方には、モリニスト［イエズス会士モリナの考えを受けつぐ一派］にまで殺鼠剤を飲ませてしまう危険性がある、と批判する向きもありましょう。たしかに、その批判はもっともです。しかし、完全無欠な計画というものはありません。どこにもほころびのないシステムというものもありません。小さな問題点があるからといって進むのをやめたら、われわれは何ごともなしえない。しかも、大事なのは可能なかぎり最大の善を実現することですから、最大の善が多少の悪をもたらしても、そこでつまずいてはなりません。そういう不具合はまったく気にする必要がありません。われわれは、良心がとがめることはまったくない。すでに証明されているように、宗教改革をとなえる連中やジャンセニストは、みんな地獄に堕ちることになっています。そこで、われわれはただ、かれらの定めである地獄行きの瞬間を早めるだけなのです。

また、モリニストが天国に行くことになっているのも、やはり明白です。したがって、われわれが何の悪気もなく、ついうっかりモリニストを殺したとしても、それはかれらの歓喜のときを早めてあげることなのです。つまり、いずれのばあいでも、われわれは神慮の代行者なのであります。

殺される人間の数の多さに、いささかおじけづくひとがいるかもしれない。そういうひとびとには、神父さまからつぎのような事実を伝えていただきたい。すなわち、教会が繁栄し始めた時代から一七〇七年まで、およそ十四世紀のあいだに、神学がもとで五千万人以上の人間が虐殺されていること、そして、私が右で提案しているような、首をしめたり、のどを切ったり、毒を飲ませたりして殺すべき人間の数は、およそ六百五十万人ほどにすぎないことを。

それでもまだ、私の計算は正しくないとか、私は比例のやりかたをまちがっているとか文句を言うひとがいるかもしれない。つまり、神学的な特異性や独自の論法のせいで殺されたのは千四百年間で五千万人、一年あたり三万五千七百十四人余にすぎないのに、この私は一年で、それより六百六万四千二百八十五人余も多くの人間を殺す、という理屈です。

しかし、正直な話、それはまったく子どもじみた屁理屈。神を信じぬ者のことばとも言えそうです。なぜなら、私はこの処置によって、すべてのカトリックの命をその最後のときまで救うのです。それは明白ではありませんか。われわれが、ふりかかるすべての批判に応答しようと思うと、われわれはけっきょく何もしないことになるでしょう。

神父さまへ、深い敬意をいだきつつ

アングレーム生まれの聖省長官

つつましく忠実で穏和なるR…より

この手紙に書かれた計画は実行されなかった。それは、ル・テリエ神父がこの計画にいろいろ難点があると考えたからであり、また、この神父自身が翌年［ルイ十四世が死んだ一七一五年］追放されてしまったからである。しかし、われわれはこの計画について、賛成と反対のどちらも検討するべきである。そこで、ル・テリエ神父あての書簡にしめされた考え方は、どのようなばあいにおいてなら、部分的にでも合法的に実行しうるのか、その点を研究してみたい。なるほど、あの計画を全項目にわたって実行するのは、さすがに困難であろう。しかし、自分たちと意見が異なるひとびとを、車責めの刑や絞首刑、あるいはガレー船を漕ぐ苦役の刑に処さねばならないケースがじっさいにある。それがどのようなケースなのか、われわれは見ておかねばならない。それが次章のテーマである。

第十八章　不寛容が人間の権利とされる希少なケース

政府には個々の人間のあやまちを罰する権利があるとされるが、そんな権利などないと言うためには、このあやまちが犯罪ではないことを必要とする。あやまちが犯罪となるのは、それが社会を乱すばあいに限られる。たとえば、それが狂信的行為(ファナティスム)をうながすものだと、たちまち社会を乱す。したがって、ひとが寛容を受けとるにあたいする人間になるためには、まず自分が狂信的な人間ではないようにしなければならない。

かりに、ここに若いイエズス会士の一団がいて、こんなことを考えたとしよう。すなわち、まず教会は神に見放された者たちを忌み嫌う。そして、ジャンセニストは教皇の勅書によって非難されている。ゆえに、ジャンセニストは神に見放された者たちである。イエズス会士たちはこう考えて、オラトリオ会士のパスキエ・ケネルがジャンセニストだというので、オラトリオ修道会の神父たちの建物に火をつけたとしよう。当然のことながら、こういうイエズス会士たちは犯罪者として処罰されることになる。

また、かりに、イエズス会士たちがふらちな教えを世間にふりまいたとしよう。そして、かれらの会がフランスの法律に反するものであるならば、かれらの会が解散させられるのは、やむをえない。かれらはイエズス会士というものではなくなり、一般の市民となる。そういう事態は、根本において、かれらの頭のなかでは不幸なことでも、現実的にはかれらにとって幸せなことなのである。なぜなら、「動きにくい」法衣(スータン)ではなく「動きやすい」ふつうの服を着ること、奴隷ではなく自由人になること、そのどこが不幸なのだろうか。平時には軍隊全部が改編縮小されるが、誰も文句は言わない。ところが、平和のためにイエズス会を改革するとき、どうしてイエズス会士はあれほど大声をあげるのだろうか。

フランシスコ会についても、もし、その修道士たちが聖母マリアをあまりにも強く愛するあまり、マリアの「無原罪のお宿り」を否定するドミニコ会の教会を打ち壊しに行ったらどうなるか。そのときには、フランシスコ会士はイエズス会士とほぼ同じあつかいを受けざるをえないだろう。

ルーテル派やカルヴァン派についても、同じことが言えるだろう。かれらはむなしく、こう主張する。すなわち、われわれは自分の良心の命令にしたがっているだけだとか、人間にしたがうよりも神にしたがうべきだとか、われわれはほんとうの羊の群れであり、狼を全滅させねばならない、と言う。しかし、じつは、かれらこそが狼なのである。

狂信のもっとも驚嘆すべき実例は、デンマークの小さな一宗派に見られる。かれらがよりどころにした原理は、世界で最良のものであった。かれらは同胞が永遠に救済されることを望んだのである。しかし、その原理の帰結はあまりにも奇妙であった。かれらがもっている知識によれば、洗礼を受けずに死んだ乳幼児はかならず地獄に堕ちるのにたいし、洗礼を受けて運よくすぐに死んだ乳幼児は永遠の至福にあずかれる。そこでかれらは、洗礼を受けたばかりの男の子あるいは女の子を、見つけしだい殺していった。つまり、かれらはたしかに、この子らにほどこしうる最大の善をほどこしたのである。かれらのおかげで、子どもたちは罪悪をまぬがれ、この世の貧困をまぬがれ、地獄もまぬがれる。そして、まちがいなく天国に送ってもらえる。しかし、この慈悲深いひとびとは、いくつかのことを考えに入れていなかった。すなわち、大きな善のためだと言って、小さな悪をおこなうことは許されない。また、かれらには乳幼児の命を奪う権利などいっさいない。また、父親・母親の大部分には肉親の情というものがあり、自分の息子や娘が天国に行くために殺されるのを見るよりも、わが子を自分のそばにおいておきたがる。要するに、人殺しはたとえ善意によってなされたものであろうと、裁判官によってかならず罰せられるのである。

さて、ユダヤ人だが、見ようによっては、かれらはわれわれから奪い、われわれを殺す権利を、ほかのどの民族よりももっているようだ。なぜなら、『旧約聖書』には寛容さをしめす実例がたくさん挙げられているにもかかわらず、それと同時に、厳格さをしめす実例や戒律もいくつか挙げられているからである。神はかれらに、偶像崇拝者を殺せ、年ごろの娘だけは生かしておけと、しばしば命じた。かれらはわれわれを偶像崇拝者と見なしている。今日、われわれはかれらを寛容にあつかっているが、将来、もしかれらが支配者となったら、かれらはわれわれの娘しかこの世に生かしておかないだろう。

ユダヤ人は、とくにトルコ人を皆殺しにすることを、ぜひともしなければなるまい。

理屈のうえではそうなる。なぜなら、トルコ人はユダヤ人の諸族の土地を占領しているからだ。ヘト人、エブス人、アモリ人、ギルガシ人、ヒビ人、アルキ人、シニ人、ハマト人、ゼマリ人［創世記10－15以下］の土地が占領され、これらの民族はそろってトルコ人を呪ってきた。長さが二五里以上というその土地は、連続数回にわたる契約によってユダヤ人にあたえられたものであった。そこで、ユダヤ人はその財産をとりもどさねばならない。イスラム教徒は、千年以上も前から、ユダヤ人の財産の横領者なのである。

といった理屈を今日でも唱えるようなユダヤ人がいたら、そんなユダヤ人はガレー船に放り込むぞ、と答えるしかないことは明白だ。

ともかく、不寛容であることが正しいと思われるのは、せいぜいこれぐらいの希少なケースに限られる。

第十九章　中国でのちょっとした言い争いの話

康熙帝の治世がはじまったころ、広東という都市で、ある高官が自宅にいるとき隣の家でひとびとが大声で騒ぐのが聞こえた。高官が、人殺しでもあったのか、と隣家に問い合わせると、たんなる口論ですとの返事だった。デンマークのある教団の司祭と、バタヴィアから来たオランダ人の牧師と、イエズス会の修道士が、たがいに言い争っているだけだと言う。高官は、この三人を自宅に招いて茶菓をふるまい、三人がいったい何で言い争いをしていたのか尋ねた。

イエズス会士がこう答えた。「つねに正しい私が、つねにまちがっている者たちとかかわりをもつのは、たいへんな苦痛です。最初のうちは、できるかぎり我慢をして議論をしていたのですが、最後にはやっぱり我慢ができなくなりました」

高官は三人にたいして、議論のさいの礼節がどれほど大事なものなのかを、きわめておだやかに言って聞かせた。中国人はけっして腹をたてたりしないものだと教えた。

そして、高官は三人にむかって、何を議論していたのかを聞いた。

イエズス会士が答えた。「閣下、お裁きを閣下にお願いします。私以外のお二人は、トリエント公会議の諸決定にしたがうことを拒否しているのです」

「おやおや」と、高官はおどろき、二人の不服従者にむかってこう言った。「大きな集会で決められた意見なら、あなたがたお二人も、尊重すべきだと私には思われます。たしかに、私はトリエント公会議というのがいったい何なのか、それは知りません。しかし、数人でいっしょに考えたことは、たったひとりで考えたことよりもかならず上等です。誰であれ、自分はほかのひとたちよりも智恵があるとか、道理は自分の頭にしか宿らないなどと、思ってはなりません。これが、わが国の偉大なる孔子の教えです。もし、あなたがたが私のことばを信用なさるのであれば、トリエント公会議の決定にはしたがうほうがよろしい」

すると、デンマーク人が口を開いた。「閣下のおことばは、まことにすばらしく賢明であります。われわれも、当然のことながら、大きな集会で決められたことを尊重いたします。したがいまして、われわれはトリエント公会議よりも前に開かれた、かずかずの大きな集会の決定もまた、全面的に支持しているのです」

「おや、そうだったんですか。まことに失礼しました」と、高官は謝った。「それなら、あなたがたのほうが正しいようです。で、こちらのオランダ人とあなたは、このイエズス会士に反対ということで、お二人とも同意見なのですね」

「とんでもない」と、オランダ人は言った。「このデンマーク人は、あなたにたいして猫をかぶっているこのイエズス会士とほとんど同じくらい、とんでもない意見の持ち主なんです。私にはどうにも我慢がなりません」

「私には理解ができません」と、高官は言った。「だって、みなさん、三人ともキリスト教徒ではありませんか。みなさん三人とも、キリスト教を布教するためにわが帝国にいらっしゃったのではありませんか。だとすれば、みなさんはともに同じ教義をおもちのはずではありませんか」

「いえ、こういうことなんです、閣下」と、イエズス会士は言った。「この二人は、たがいに死ぬまで相手を許さない敵どうしなのですが、この二人はともに私に逆らいます。したがって、この二人はどちらもまちがっており、そして、道理は私の側だけにある、これが明白な事実なのです」

「それほど明白なことではありませんね」と、高官は言った。「あなたがたが三人ともまちがっている可能性だって、同じぐらいあるでしょう。私としては、あなたたちのお話を、順々にお聞きしたい」

そこで、まずイエズス会士がかなり長い演説をぶった。そのあいだ、デンマーク人とオランダ人はつまらなさそうに肩をすくめていた。また、高官にはその演説はさっぱり理解できなかった。つぎに、デンマーク人が話した。ほかの二人は、さげすむような目つきでデンマーク人を見ていた。高官には二人目の話はさらにちんぷんかんぷんだった。オランダ人も同じ流れをたどる。そして、ついには三人がいっせいにしゃべりだし、たがいに下品なことばで相手をののしった。気立てのよい高官は、もめごとをおさめるのに苦労した。そして、三人にさとした。「もし、この国であなたたちの布教活動に寛容なあつかいを望むのであれば、まず、あなたたち自身が不寛容な人間であってはなりませんし、世間にとって許しがたい人間になってもいけません」

高官の家を出たあと、イエズス会士はドミニコ会の宣教師に出会った。かれは宣教師に、自分は議論で勝った、と自慢し、真理はかならず勝利するのだ、と胸を張った。

すると、ドミニコ会士はこう言った。「もし私がそこにいたら、あなたは議論に勝てなかったでしょう。私は、あなたがウソつきで偶像崇拝者であることを、はっきりと証明してみせたでしょう」。こうして、言い争いは熱をおび、とうとうドミニコ会士とイエズス会士はたがいに相手の髪をつかんでの取っ組み合いとなった。

このけしからぬ騒ぎの報告を聞いて、高官は二人を牢に入れた。副官が、判事である高官に尋ねた。

「閣下、この者たちの拘禁期間はどれぐらいになさいますか」

「両名の意見が一致するまでだ」

「あらあら。それなら二人とも一生、牢に入ったままです」

「そうか、それでは、二人がたがいに相手を許すまで、としよう」

「いやいや、二人はけっして相手を許したりしません。私はかれらのことを知っております」

「ふーん、そうか」と高官は言った。「それでは、二人がたがいに相手を許すふりをして見せるまで、としよう」

第二十章　民衆には迷信を信じさせておくのが有益か

じっさい、人類はきわめて弱いものであり、かつ、きわめて邪悪なものである。であるがゆえに、人類は、宗教をもたずに生きるよりも、考えられるかぎりのあらゆる迷信、ただし、ひとの命を奪わないていどの迷信に縛られて生きるほうがおそらく望ましいのである。人間はつねに何らかの束縛を必要としてきた。そして、半獣神や森の精や水の精にいけにえをささげるのはどれだけバカげたことであろうと、こうした幻想的な神の姿をあがめることのほうが、無神論に身をゆだねるよりも、はるかに筋がとおり、しかも有益なことであった。理屈好きで乱暴で腕っぷしの強い無神論者というのは、血を見たがる迷信家と同じくらい、有害な厄介者である。

ひとびとのあいだに、神についての健全な観念が存在しないときには、そのかわりにまちがった思想があらわれる。それはちょうど、不景気のときに良貨が足りなければば悪貨が用いられるのに似ている。異教徒も、罪を犯すことを恐れるが、それは偽の神に罰せられるのを恐れるからだ。インドのマラバール人は、仏塔(パゴダ)から罰せられるのを恐れる。このように、社会が成立しているところでは、どこでも宗教が必要なのである。表にあらわれた犯罪には法律が対応し、目に見えない罪にたいしては宗教が監視する。

しかし、ひとたび人間が、純粋で健全な宗教を信じるようになると、迷信はたんに無用なものとなるばかりでなく、きわめて危険なものとなる。神が人間にパンをあたえてくださっているのに、あえてドングリを食べさせようとしてはならない。

迷信と宗教の関係は、星占いと天文学の関係にひとしい。迷信と占星術は、どちらもそれぞれ賢明な母親から生まれたきわめて愚かな娘にほかならない。しかし、この二人の娘が長いあいだ地球全体を支配してきたのである。

フランスが野蛮だった時代、この国の封建領主のうち、館に『新約聖書』を備えているのはせいぜい一、二名だった。その時代には、無教養なひとびとに作り話を語って聞かせるのは許されることだったかもしれない。無教養なひとびととは、そういう封建領主や、頭の弱いその奥方や、粗暴で鳴らすその家臣たちである。ひとびとは、聖クリストフォロスが幼子キリストを背負って川を渡った話を、ほんとうの話だと信じこまされた。ひとびとは魔法使いの話や悪魔にとりつかれた人間の話を聞いて育った。聖ジュヌーに祈れば痛風が治り、聖キアラに祈れば眼病が治るという話を、ひとびとは疑いもせずに信じた。子どもたちは狼男がいると信じ、父親たちは聖フランチェスコの縄に霊力があると信じた。いわゆる聖遺物も無数にあった。

こういうたくさんの迷信の残りカスが、宗教の純粋化がなされたのちも、なおしばらくは民衆に影響をあたえつづけた。周知のとおり、イエス・キリストの臍とされてきた聖遺物を、シャロンの司教ド・ノアイユ卿は没収して火中に投じてしまったが、そのとき、シャロンの町全体が司教を非難した。しかし、司教は篤い信仰心とともに、同じくらい立派な勇気を備えていた。そして、教会にキリストの臍がなくても、キリストを精神によって、そして真理によって礼拝することができると、シャンパーニュ地方のひとびとにとうとう納得させた。

ジャンセニストと呼ばれるひとびとも、迷信の除去には少なからず貢献した。キリスト教の名誉を汚す誤った考え方のほとんどを、国民の精神から、いつのまにやら取り除いてくれたのだ。聖母マリアに三十日間お祈りを唱えつづければ、望むものがすべて手に入り、罪を犯しても罰せられずにすむとは、もう誰も信じていない。最後には、一般の市民も疑いをもち始めた。たとえば、雨を降らせたり、降り止ませたりするのは、聖女ジュヌヴィエーヴではなく、天候気象を支配するのは神自身なのではないか、と思い始めた。修道士たちも、聖人たちがもはや奇跡を起こしてみせないことにあきれた。もし『フランシスコ・ザヴィエルの生涯』の著者たちが、いまふたたびこの世にもどってきたら、とてもああいう奇跡の話を書く気にはなれないであろう。つまり、ザヴィエルが九人の死者を生き返らせた話とか、かれが海上と陸地に同時にあらわれた話とか、かれが海に十字架を落とすと蟹が戻しに来た話とか、いまではとても書けまい。

また、破門についても疑いがもたれるようになった。フランス国王ロベール二世は従妹の王妃ベルトと結婚したが、それは許されないとしてローマ教皇グレゴリウス五世によって破門された。歴史家が伝えるところによれば、かれの破門を知ると、召使いたちは国王の食卓に出された肉を窓から投げ捨てた。また、王妃ベルトはこの近親婚の罰として、鵞鳥（がちょう）を産み落としたのだそうだ。しかし、今日のひとびとはそれを疑う。フランス国王の給仕長は、王が破門されたからといって、食事を窓から捨てるだろうか。王妃は、王が破門されたら、鵞鳥の雛を産むだろうか。

たしかに、城外の片隅には、いわゆる痙攣派［信仰による奇跡を信じる一派］が何人かいるかもしれない。しかし、それは虱で感染る皮膚病みたいなもので、そんな病気にかかるのは最下層の民衆だけである。いまでは理性が日ごとにフランス全土に浸透しつつある。商人の店にも、貴族の館のなかにも入りこみつつある。したがって、この理性の果実を育てなければならない。もはや理性の開花を妨げることはできないのであるから、ますます念入りに育てるべきである。フランスはすでにパスカル、ニコルやアルノー［ともに『ポール・ロワイヤル論理学』の著者］、ボシュエ、デカルト、ガッサンディ、ベール、フォントネルなどのおかげで理性の光を浴びたのだから、もはやフランソワ・ガラス［自由思想を攻撃した十七世紀のイエズス会士］やミシェル・ムノ［十六世紀のフランシスコ会士、説教集が有名］の時代のようなやり方では統治できない。

人類にまちがったことを教えて、人類を愚鈍にすることで報酬をもらい、そして長いあいだ尊敬まで受けてきた先生たちがいた。大先生たちと言ってもよい。この先生がたによれば、穀物が芽を出すためには、まず種が腐って死ななければならない。地球はその土台のうえで不動のままである。地球が太陽のまわりを回っているのではない。潮の満ち干は自然における引力によるものではない。虹は、光線の屈折や反射によってできるものではない、などなど。もし、先生がたが今日、そういうまちがったことを教え、また自分たちの言い分を権威づけるために、聖書のことばをまちがって理解したまま引用したりしたなら、今日の教養人の全員からどのような目で見られるであろうか。かれらを指すのに「けだもの」ということばは少し強すぎるか。しかし、もし、この賢明なる先生がたが自分たちの傲慢な無知を押しつけるために、暴力を用いたり、迫害を加えたりするのであれば、かれらを指すのに「ひどいけだもの」ということばを用いるのは、はたして不適切だろうか。

さて、修道士が語る迷信が軽蔑されるようになればなるほど、司教はますます尊ばれ、司祭はますます敬われるようになる。かれらは善しかおこなわないからであり、他方、ローマ教皇を絶対とする修道士たちの迷信はたくさんの悪をなすからである。しかし、あらゆる迷信のなかで、もっとも危険な迷信は、自分と意見がちがう隣人は憎悪すべきだという迷信ではなかろうか。同胞を嫌悪し、迫害することにくらべれば、イエスの臍(へそ)や、イエスのペニスの包皮や、聖母マリアの乳や衣服を拝むことのほうが、よほどまともである、というのは明らかではないか。

第二十一章　徳は知にまさるべし

教条(ドグマ)の数が少なければ少ないほど、言い争いも少なくなる。言い争いが少なければ、不幸せも少なくなる。もし、そうでなければ、私の考え方がまちがっている。

宗教は、この世、およびあの世で、われわれを幸せにするためにできたものである。あの世で幸せになるために、何が必要か。それは、正しくあることである。では、この世で、われわれの貧しい本性でも望みうるかぎりにおいて幸せであるために、何が必要か。それは、寛容であることである。

形而上学的なことがらについて、すべての人間に画一的な考え方をもたせようとするのは、愚の骨頂であろう。ひとつの町の住民全員を心から敬服させることよりも、全世界を武力で征服することのほうがよほど簡単だろう。

たしかに、エウクレイデスは幾何学のかずかずの真理を、難なくすべての人間に納得させることができた。なぜか。それはいずれもが、いわば「2＋2＝4」のような簡単な公理から明瞭に導き出されるものばかりだからである。しかし、形而上学と神学を混ぜあわせたもののばあいは、けっしてそんなふうにはいかない。

主教アレクサンドロスと司祭アレイオス、別名アリウスが［四世紀、ニカイア公会議で］論争をおこなった。ロゴス［神のことば］が父なる神から流出したそのありかたをめぐる論争であった。ときのローマ皇帝コンスタンティヌス一世は、この二人につぎのような手紙を送ったと、エウセビオスとソクラテスが伝えている。「おまえたちは、自分でも理解できないことについて言い争っている大バカ者である」

対立しあう両派が、もしも皇帝のことばにいっしょにうなずくぐらい賢明であったならば、キリスト教世界は三百年にわたって血まみれになることはなかったであろう。

じっさい、ひとびとにむかって、つぎのように言い渡すこと以上に愚かで、かつ恐ろしいことがあるだろうか。

「わが友よ。おまえたちは、忠実な臣下、従順な子ども、やさしい父親、公平な隣人であるだけでは足りない。あらゆる徳を実践し、友情をはぐくみ、感謝の心を忘れず、おだやかにイエス・キリストをあがめても、まだ足りない。おまえたちは、それに加えて、ひとがどうして永遠なるものから生まれてくるのかを知る必要がある。もし、おまえたちが三位一体の教理のなかで、イエスと父の「同一実体(ホモウシオス)［父にたいする子の従属性を否定］」をきちんと理解できないのであれば、おまえたちは地獄で永遠の火あぶりになるだろう。われわれはおまえたちにそう宣告し、そして、おまえたちが地獄に落ちるまえに、まずわれわれがおまえたちの喉を切る」

もしも、こんな言い渡しがアルキメデスや、ポセイドニオス［キケロの師］や、マルクス・ウァロ［ローマの学者］や、カトーや、キケロにむかってなされたなら、かれらは何と言って答えただろうか。

皇帝コンスタンティヌス一世は、対立する両派を沈黙させようと思っても、その決心を最後まで貫くほど粘り強くはなかった。皇帝は、やろうと思えば、屁理屈屋の頭目たちを宮中に呼び出して、おまえたちはいかなる権限で世の中をかき乱しているのだと尋ねることができた。

「おまえたちは聖家族に連なる資格をもっているのか。ロゴスがつくられたものであろうと、生じたものであろうと、どちらでもよいではないか。大事なのは、ひとびとがロゴスを忠実に守り、良い道徳が説かれ、そして、できるだけそれを実践することではないのか。私はこれまでたくさんのまちがいを犯してきた。それはおまえたちも同様だ。おまえたちは野心のかたまりだ。それは私も同様である。私は帝国を手に入れるために、かずかずのいんちきや、かずかずの残虐な行為をおこなってきた。私は自分の近親者のほとんどをこの手で殺した。いまそれを後悔している。私はローマ帝国を平穏にすることで、自分の罪を償いたい。私の昔の野蛮な行為のかずかずを忘れさせるほどの、ただひとつの善を私はこれからおこなう。その邪魔をするな。私は自分の一生を安らかに終わらせたい。その手助けをせよ」

皇帝がこういうことを述べたとしても、言い争いをしている当事者たちには、おそらく何の影響もあたえられなかったであろう。じっさいには、たぶん皇帝は、逆に、かれらからもちあげられ、そして、すその長い赤色の服を着て、頭を宝石で飾り、宗教会議の議長として良い気分になってしまった。

しかし、である。まさにこの公会議が、アジア［中東］から西洋に渡ってくるすべての災いの、門を開くものとなった。聖書の一節一節が言い争いのもとになり、そこから激しい怒りが生まれ、その激怒が詭弁と剣で武装した。すべての人間が正気を失い、狂暴になった。これにくらべれば、のちに襲来したフン族、ヘルリ族、ゴート族、ヴァンダル族の悪事などははるかに小さなものだった。むしろ、これらの民族が犯した最大の悪は、かれら自身がついにはこの因果な言い争いに加わってしまったことである。

第二十二章　誰にたいしても寛容でありたい

　キリスト教徒はたがいに寛容であるべきだ、というていどの証明なら、たいした技術も、たくみな弁舌も必要ではない。しかし、私はもっと大きなことを言いたいのである。すなわち、すべての人間を自分の兄弟と見なすべきだと言いたい。えっ、何だって、トルコ人も自分の兄弟なのか。中国人も、ユダヤ人も、シャム人も、われわれの兄弟なのか。そうだ、断固そのとおり。われわれはみんな同じ父の子、同じ神の被造物ではないか。

　しかし、それらの民族はそろってわれわれを軽蔑しているぞ。われわれを偶像崇拝者と見なしているぞ。よろしい。私がかれらに言ってやろう。あなたたちは大まちがいをしている、と。私がイスラム教の指導者(イマーム)や仏教の修行僧(タラポワン)に、大筋としてつぎのようなことを語ったらどうなるだろうか。私が思うに、少なくともかれらの高慢な頑なさにショックをあたえることはできるだろう。
「地球は小さな天体であり、ほかの天体と同様、宇宙のなかをぐるぐるまわっているひとつの点にすぎない。われわれはこの広大な空間のなかで漂う。身長およそ五フィートほどの人間など、創造物のなかでは微小なものにちがいない。この目に見えぬほどの小さな存在が、アラビアか、アフリカのどこかで、同じような微小な存在の誰かにむかって、こんなことを言っている。『私の言うことをよく聞け。私は、全世界をつくられた神から啓示を受けた者だ。この地上には、われわれと同じような小さな蟻が九億匹いるが、神が愛しておられるのは、私の蟻塚だけである。ほかのすべての蟻塚は、神から永遠に憎悪されている。私の蟻塚のみが幸せであり、ほかの蟻塚はすべて永遠に不幸である』」

イスラム教の指導者と仏教の修行僧は、私の話をさえぎって、私にむかって「そんなバカげた話をするのは、いったいどんな狂人だ」と尋ねるだろう。そう尋ねられたら、私はこう答えざるをえない。「狂っているのは、あなたたちのほうだ」。もちろん、私はそう言ってすぐ、かれらをなだめようと努めるが、なだめるのはきわめて困難であろう。

つぎに私はキリスト教徒に語りかける。私はここではあえて、宗教裁判所判事のドミニコ会士に声をかけてみよう。

「ちょっとお尋ねします。あなたもご存じのとおり、イタリアでは各地方に方言があります。ヴェネツィアやベルガモと、フィレンツェでは話すことばがまったくちがいます。クルスカ学会がイタリア語を定め、辞典を刊行し、その辞典のことばがかならず守るべき規範となりました。ベネデット・ブォンマッテイが『文法（グラマティカ）』をまとめ、その文法がつねにしたがうべき正しい指針となりました。しかし、それでもなおヴェネツィア人やベルガモ人は自分たちの方言を使うのをやめなかったばあい、クルスカ学会の会長が、会長不在のときはブォンマッテイが、罰としてそういう連中全員の舌を切断することもできたはずだと、あなたはそうお考えなのですか」

宗教裁判所の判事は私にこう答える。

「宗教裁判所はそういう学会とはまったく種類が異なる。宗教裁判所のしごとは、あなたの魂を救済することです。すべて、あなたの幸せのためなのです。たったひとりの証言者がたとえ卑劣な裏切り者や前科者であっても、その証言をえた宗教裁判所長はあなたの逮捕を命ずる。これもあなたの幸せのためです。あなたはひとりも弁護士をつけられない。告発したひとの名前も教えてもらえない。あなたは恩赦を約束されたあとで有罪にされる。あなたは五種類の拷問をつぎつぎに受ける。そのあとで、あなたは鞭打ちの刑か、ガレー船を漕ぐ苦役の刑か、あるいは華々しい儀式とともに火あぶりの刑に処せられる。(37)これはすべて、あなたの幸せのためなのです。これについては、イヴォネ神父、キュシャロン博士、ザンキヌス、カンペギウス、ロワイヤス、フェリヌス、ゴマルス、ディアバルス、ゲメリヌスが明言しておられます。したがって、これらの敬虔な実践への反対はけっして許されないのです」

失礼ながら、私も少し口答えをさせていただく。

「神父様、おそらくあなたのおっしゃるとおりでしょう。あなたが私の幸せを望んでおられることはよくわかりました。しかし、おっしゃったようなことをすべて通過しないかぎり、私は救われないのでしょうか」

たしかに、こういう不条理な恐怖がいまだに毎日この地球の表面を汚しつづけているとは言えない。しかし、かつてはその恐怖がほとんど日常の状態だった。その記録を集めて本にすれば、そういう行為を非難している福音書の束よりも、もっと分厚いものが簡単にできあがるだろう。この短い人生で、自分たちと考えがちがうひとびとを迫害するのは残酷であるばかりではない。そういうひとびとに、永遠に地獄で苦しめ、とまで宣告するのは、あまりにも厚かましいのではなかろうか。創造主である神の意向を、そんなふうに先取りするのは、つかのまの命しかもたない微小な原子にすぎないわれわれがなすべきことではないと、私には思われる。

もちろん、私も「教会の外に救いなし」ということばにさからうつもりはない。私はそのことばを尊重するし、そのことばによる教えもすべて尊重する。しかし、正直な話、われわれに神の意向がすべてわかるのだろうか。神の慈悲のおよぶ範囲がすべてわかるのだろうか。われわれは、神を恐れるばかりで、神にすがって希望をいだくことは許されないのか。教会に忠実であるだけでは不十分なのか。個々人が、神の権利を侵害し、神をさしおいて、すべての人間の永遠の運命を決定しなければならないのだろうか。

われわれは、スウェーデンやデンマークやイギリスやプロイセンの国王の葬式のさいに、これは地獄の火で永遠に苦しむべき者の葬式だ、などと言うだろうか。ヨーロッパには、ローマ教会に属していない住民が四千万人もいるが、われわれはそのひとりひとりに、「あなたはまちがいなく地獄に堕ちる人間なので、私はあなたとは食事も取引も会話もしたくない」などと言うだろうか。

トルコ皇帝との面会を許されたフランスの大使は、はたして心の奥でひそかに、「この皇帝は割礼を受けているので、ぜったいに地獄で永遠の火あぶりにされる」と考えたりするだろうか。もし、フランス大使がほんとうに、トルコ皇帝は神の許しがたい敵だと思い、神の復讐の対象だと信じていたのであれば、大使はそんな人間に話しかけたりできるだろうか。そもそも、そんなところへ派遣されるべきなのだろうか。もし、われわれがじっさいに、自分たちの相手は神に見捨てられた人間たちだとの思いでこりかたまっていたならば、われわれは誰と交わることができるだろうか。また、市民生活の義務をきちんとはたすことができるのだろうか。

おお、慈悲深い神の信者であるあなたがたに聞きたい。あなたがたは性根が残忍なのか。あなたがたは、「神と汝の隣人を愛せ」ということばをすべての戒律の骨子とされているおかたをあがめながら、その純粋で神聖な戒律を、さまざまの詭弁や誰にも理解しがたい論争で台なしにしたのではないのか。あなたがたは、ひとつのあたらしいことばのために、あるいはアルファベットのたった一文字のちがい「キリストは父なる神と、ホモウシオス（同質）なのか、ホモイウシオス（同類）なのか」のために、ひとびとの不和をたきつけて炎上させたのではないのか。あなたがたは、ひとがいくつかのことばを言い漏らしたり、よその民族が知るはずもないいくつかの儀式がなされなかったことを、永遠の罰に相当するものとしたのではないのか。もし、そうだとしたら、私は人類の宿命に涙を流しながら、あなたがたにこう言いたい。

「すべての人間に神の裁きがくだされる日に、私といっしょに行ってみませんか。そのとき、神は人間のひとりひとりに、それぞれの所業に応じて報いをくだされるのです」

「その裁きの日には、昔の、そして今世紀の死者も全員がそろって神のまえにあらわれます。そのとき、われわれの創造主、われわれの父なる神は、人間の模範とされるひとびとにむかって罵声を浴びせると、あなたがたは本気でそう確信しておられるのですか。つまり、あの徳の高い賢者孔子、立法者ソロン、ピタゴラス、ザレウコス［ギリシアの立法者］、ソクラテス、プラトン、ローマ皇帝アントニヌス・ピウスとマルクス・アウレリウス、すべてのひとに愛された善良なる皇帝トラヤヌスとティトゥス、エピクテトス［ギリシアの哲学者］その他、多くの賢者にむかって、神はこう言うでしょうか。『うせろ、おまえたち怪物ども。永遠の厳罰を受けに行くのだ。私が永遠であるように、おまえたちの苦しみも永遠に続く。一方、こちら側にいる者たち、私のお気に入りの者たち、つまりジャン・シャテル［アンリ四世暗殺未遂］、ラヴァイヤック［アンリ四世暗殺者］、ダミアン［ルイ十五世暗殺未遂］、カルトゥーシュ［大盗賊］など、おまえたちは正しい作法にのっとって処刑されて死んだのであるから、おまえたちは永遠に私のそばにいて、私の王国と私の幸せをわかちもつのだ』」

こんなことばを聞くと、あなたがたは恐れをなして、後ずさりする。そして私は、このことばが私の筆先からこうして飛び出してしまったからには、もはやこれ以上あなたがたに語ることばがない。

第二十三章　神への祈り

　したがって、私はもはやひとびとにたいしてでなく、もしも許していただけるなら、神であるあなたに語りかけたい。あらゆる存在、あらゆる世界、あらゆる時間の神であるあなたに語りかけたい。無限の空間のなかで漂う虚弱な生き物、宇宙のほかの場所から存在も気づかれないようなわれわれが、あえてあなたに何かを求めるのを許していただきたい。あなたは最初にすべてを設定されたおかた。あなたのなされた決定は永遠不動。そのあなたに、あえて何かを求めるのを許していただきたい。

　人間がその本性のせいで犯してしまうあやまちには、なにとぞ、あわれみのまなざしを。そして、そうしたあやまちがわれわれに大きな災難をもたらしませぬように。

　あなたはけっして、人間どうしがたがいに憎悪しあうために人間に心をあたえられたわけでなく、人間どうしで殺しあうために人間に両手をあたえられたわけでもない。

われわれがつかのまの、しかし苦しい人生の重荷にたえられるよう、われわれがたがいに助けあうようにしてください。

たしかに、人間どうしのあいだにはかずかずの小さなちがいがあります。人間の貧弱な肉体をつつむ衣服のちがい、いずれも不十分なわれわれの言語のちがい、いずれもバカげた慣習のちがい、いずれも不完全な法律のちがい、いずれも奇妙な意見のちがい、人間の目には大変な格差に見えても神の目にはほとんど大差ない人間の生活条件のちがい、また、「人間」とよばれる微小な原子どうしを区別するこまかいニュアンスの差もあります。しかし、こうした小さなちがいが憎悪や迫害のきっかけにならないようにしてください。

あなたを誉め讃えるために、真昼でも大きなキャンドルに火をともすひとびとが、あなたの太陽の光だけで満足しているひとびとを、迫害したりしないようにしてください。

あなたを愛さなければならないと言うために、衣服のうえに白い布をまとうひとびとが、黒い羊毛の外套をまとって同じことを言うひとびとを、嫌悪したりしないようにしてください。

あなたをあがめるとき、古代の言語の形式的なことばづかいで言おうと、より現代的なことばづかいで言おうと、どちらでもかまわないようにしてください。

赤や紫色で染めた服を着て、この地球という小さな泥のかたまりの小さな一区画を支配し、何かの金属の円形のかけらを所有しているひとびとが、かれらのいわゆる「偉大さ」とか「富」をけっしていばることなく用いるようにしてください。また、その他のひとびとがそういうものをけっしてうらやましげに見ることがないようにしてください。なぜなら、あなたにはおわかりのとおり、そういうものはすべてむなしく、うらやむべきものでも、自慢すべきものでもないからです。

人間たちは、みんな、たがいに兄弟であることを忘れないようにしよう。

専制支配がひとの魂にまでおよぶことを嫌悪しよう。それは、強盗がひとのまじめな労働と工夫の成果を力ずくで奪うのと同じくらい、おぞましい。

戦争によるいたましい災難は避けられないことであるとしても、平和のさなかにおいては、われわれはたがいに憎みあわないようにしよう。たがいに相手を敵視しないようにしよう。そして、われわれは、われわれがこうしてこの世にいる瞬間を利用して、この瞬間をあたえてくださったあなたの善意に感謝することばを、シャムからカリフォルニアまでの千の異なる言語で唱えよう。

第二十四章　追記

本書の意図はただひとつ。それは、ひとびとにもっと思いやりと優しさをもってほしいということであった。ところが、これと正反対の意図のもとに本を書いたひともいる。世の中にはいろんな意見のひとがいるのである。このひと〔カトリック神父ド・マルヴォー師〕は、迫害のやり方についての小さな本を印刷した〔一七六二年〕。書名は『信仰と人道の一致』という（が、これは印刷所のミスで、正しくは『信仰と非人道の一致』とすべき）。

この宗教書の著者は、聖アウグスティヌスをよりどころにする。アウグスティヌスは、はじめのうちはひとへの優しさを説いていたのに、自分がこの世で一番の強者になると、ついには迫害を説いた。このひとはよく意見を変えるひとなのだ。

また、この宗教書の著者は、モーの司教ボシュエも引用する。ボシュエは、あの有名なカンブレーの大司教フェヌロンを迫害したひとである。かれは、フェヌロンが、神はただ神であるがゆえに愛されると述べ、それを印刷したから罪があるとした。ボシュエは能弁なひとである。それは私も認めよう。ヒッポの司教［アウグスティヌス］は、ときどき筋がとおらないことを言うが、それでもほかのアフリカ人より、はるかに弁舌がたくみであった。私はそれも認めよう。しかし、この宗教書の著者にたいしては、私はモリエールの戯曲『女学者』の登場人物アルマンドのことばを借りて、こう言わせていただく。

誰かをお手本にするのなら
そのひとの良いところをマネしなきゃ。［三幕一場］

ヒッポの司教にたいしては、こう言いたい。あなたは意見をお変えになった。失礼ながら、私としては、最初の意見のほうに賛成する。じっさい、最初の意見のほうが良いと思う。

モーの司教にたいしては、こう言いたい。たしかに、あなたは大物だ。私が思うに、あなたは少なくとも聖アウグスティヌスと同じくらい学識があり、しかも、かれよりはるかに雄弁である。ところが、あなたと別の会派ながら、あなたと同じくらい雄弁で、しかも、あなたよりひとに好かれている同僚を、あなたはひどく迫害して苦しめた。それはいったいなぜなのか。

さて、人間愛を否定するあの宗教書の著者は、ボシュエのような人物でも、アウグスティヌスのような人物でもない。私の見るところ、このひとは優秀な異端審問官として最適任の人物である。インドのゴアで「多くの異端者を火あぶりにした」異端審問所の長官になられたらよかったのにと思う。また、かれは政治家でもあり、政治の大原則を披露している。それはこうだ。

「異端者が国民のなかにたくさんいるのであれば、ていねいにあつかい、きちんとことばで説明しなさい。異端者が少ないのであれば、絞首刑にするか、ガレー船送りにしなさい。そうすれば、きわめて良い結果がえられます」

まさにそういう助言を、かれはこの宗教書の八九頁と九〇頁であたえている。

幸いにも、私は善良なカトリックである。ユグノーたちが「殉教」と呼んでいる迫害を、私は少しも恐れる必要がない。しかし、この宗教書の著者が、その本のなかからうかがえるかれ自身のひそかな期待どおりに、いつかこの国の宰相になるようなことになったならば、かれが国王からその認証をえたその日に、私はイギリスに逃げ出すつもりだ。それをあらかじめ通告しておく。

いまのところ、私はただ、神が、こういう種類の連中をひどい理屈屋のレベルにとどめておられることに感謝するばかりだ。この宗教書の著者は、ピエール・ベールまで不寛容の主張者のひとりとして引用する。その手口はなかなか賢くて巧みである。この著者は、ベールが反逆者や詐欺師への懲罰に同意していることを引きあいに、正しい信仰をもつ穏やかなひとびとを火あぶりにしたり、切り刻んだりして迫害すべきであると結論する。

かれの書物は、ほぼ全体が『サン＝バルテルミーの事件の弁明』［ド・カヴェラック師、一七五八年の著作］の模倣である。この書物からは元の書物と同じ弁明者の声か、もしくはそのこだまが聞こえてくる。師匠であれ、弟子であれ、ともかくこういうひとが国を治めることがないように、と願わざるをえない。

しかし、万一こういうひとびとが国を指導する立場になってしまったら、私はフランスを離れたところから、この宗教書の九三頁に書かれたつぎのことばについての申立書をさしだす。

「国民の二十分の一の幸福のために、国民全体の幸福を犠牲にする必要があるか」

このフランスで、ユグノー一人に、ローマ・カトリックがじっさいに二十人いると仮定しよう。私はもちろん、このユグノーが二十人のカトリックを食いものにしてよい、などとは言わない。しかし同時に、疑問に思う。いったいどういう理由で、二十人のカトリックが一人のユグノーを食いものにするのはよいのだろうか。いったいなぜ、ユグノーの結婚は妨げてもよいのだろうか。［ユグノーが多い］ドフィネ州、ジェヴォーダン地方、アグドやカルカソンヌあたりに領地をもつ司教や司祭や修道士はいないのか。そこの司教や司祭や修道士がかかえる農民たちは、聖体変化［パンとワインがキリストの肉と血に変化すること］を信じない不幸なひとびとではないのか。これらの農民が多くの家族をもつようになるのは、司教・司祭・修道士の利益、さらには公共の利益なのではないのか。単形色［ワインを省いてパンのみ］の聖体拝領を受けた者しか子づくりが許されなくなるのだろうか［パンとワインの両形色の拝領に固執する者は異端とされた］。じっさい、それは公正でも誠実でもない。

例の著者はさらにこう述べている。

「ナントの勅令［ユグノーの許容］の廃止［一六八五年］は、さまざまな弊害を生んだと言われるが、けっしてさほどの弊害は生じなかった」

たしかに、弊害はじっさいよりも大きいと言うなら、それは誇張だ。そして、ほとんどすべての歴史家が犯すあやまちは、誇張にある。しかし、宗教論争をするひとびとがそろって犯すあやまちは、自分たちのせいで生じた弊害をまったくなかったように言うことである。したがって、われわれはパリの［カトリックの］神学博士の言うことも、アムステルダムの［プロテスタントの］説教者の言うことも、信じないようにしよう。

これについては、ダヴォー伯に判定してもらおう。オランダ駐在の外交官で、一六八五年から一六八八年までの回想録［『オランダにおけるダヴォー伯の交渉』、一七五四年］第五巻の一八一頁によれば、迫害されたユグノーが国外に運びだした二〇〇〇万リーヴル以上の財貨の所在を自分なら明らかにすることができると申し出た者がひとりいたという。しかし、ルイ十四世はダヴォー伯に手紙［一六八五年十月十八日付］でこう返事している。「カトリックに改宗する者も無数にいるとの報告を毎日受けている。きわめて頑ななユグノーでさえその流れにしたがうことになるのは疑いない」

この文面から明らかなように、ルイ十四世は自分の権力の広がりをきわめてすなおに信じていた。かれは毎朝、臣下からこう聞かされていたのだ。「陛下、陛下は世界でもっとも偉大な王。陛下のおことばには、世界中がただちに敬服します」

ポール・ペリッソン。大蔵卿フーケのもとで首席事務官として財をなしたペリッソン。フーケの失脚とともに共犯者として三年間バスティーユの獄中ですごしたペリッソン。カルヴァン派の信者だったがカトリックの助祭となって、なかなかの聖職禄をもらうようになり、ミサのための祈禱文とギリシアの女神イリス［虹の神］にささげる詩集を出版し、財務官にして改宗係官というポストを手に入れたペリッソン。そう、このペリッソンが、分厚い改宗者名簿を三ヵ月ごとに国王のもとへ持参する。この名簿は一枚につき七、八エキュの費用がかかる。ペリッソンは国王に、国王が望めば自分は同じ費用でトルコ人の全員を改宗させられると信じこませた。臣下たちは入れ替わり立ち替わり、そろって国王をあざむいた。国王はこうした甘言に乗せられずにいられただろうか。

しかし、ダヴォー伯は国王に苦言も呈している。ヴァンサンという男がアングレームの近くで五百人以上の職人をかかえて〔製紙工場を経営して〕いるが、かれが国を離れれば国にとって損害が生じるだろう、と国王に知らせた。回想録の第五巻一九四頁を参照。

また、ダヴォー伯は、オランジュ公〔オランダ総督〕が亡命したフランス人士官のもとで二個の連隊をたちあげたことを知らせている。さらに、三隻のフランス艦から脱走した水夫たちがオランジュ公の艦隊に勤務していることも伝えている〔二二九頁〕。オランジュ公は、先の二個連隊のほかにも、二人の大尉が指揮する亡命者の士官候補生の中隊も編制している。二四〇頁。ダヴォー伯は、ド・セニュレ氏〔海軍大臣〕に一六八六年五月九日付の手紙でこう書いている。「フランスの各種の製造業がオランダに定着し、二度とそこから出て行くことはないでしょう。そういう事態を眺めねばならない辛さを、私は包み隠すことができません」

以上の証言に加えて、一六九九年のフランスの地方長官たち全員の証言も読んでいただきたい。そのうえで、ナントの勅令の廃止は、あの『信仰と非人道の一致』の著者のご高説にもかかわらず、良い結果よりも悪い結果を生んだのではないか、判断していただきたい。

つぎは、高邁な精神で知られるある元帥の数年前の発言だ。「〔ルイ十四世の命令でおこなわれた〕竜騎兵によるユグノー迫害が必要なことであったのかどうか、私にはわからない。しかし、それがふたたびおこなわれないこと、それは絶対に必要である」

さきほど〔第十七章で〕私は、ル・テリエ神父が文通相手からもらった手紙を公表したが、正直な話、そのとき私は少しやりすぎたかなと思った。なにしろ、手紙を書いた修道士はそのなかで大量の火薬の使用を提案しているので、こういう内容では誰からも信用してもらえないだろうな、と私は思った。こんな手紙は作り物だと誰もが思うだろう。ところが、幸いにも、私のこうした不安は『信仰と非人道の一致』を読んだときに消え去った。その一四九頁に、つぎのようなありがたいおことばがあったからである。

「体格の良い病人なら瀉血〔悪い血を除去する治療法〕を施しても衰弱はしない。これと同様に、フランスからプロテスタントをすべて抹殺しても、フランスが衰弱することはないであろう」

この慈悲深いキリスト教徒は、その少しまえに、フランス国民の二十分の一がプロテスタントであると述べている。したがって、かれはフランス国民の二十分の一が血を流して死ぬことを望んでいるのだ。かれの目には、プロテスタントの殺戮は瀉血による治療と同じような施術でしかない。神よ、どうか、かれとともにわれわれも、国民の二十分の三［原文のまま］には含まれませんように。

さて、こういう誠実なひとでさえ国民の二十分の一の抹殺を提案しているのであれば、ル・テリエ神父のお友だちが国民の三分の一を、火薬で吹き飛ばしたり、絞め殺したり、毒を飲ませて殺してしまおうと提案したとしても、どこに不思議があるだろうか。したがって、私が公表したル・テリエ神父あての手紙がほんものであることは、ほとんど疑いようがない。

宗教書『信仰と非人道の一致』の著者は、結論として、不寛容はきわめてよいことである、と述べるにいたる。「なぜならば、不寛容はイエス・キリストによって非難されたことがないからだ」そうだ。しかし、イエス・キリストはパリのあちこちに放火してまわる連中についても非難したことがない。はたしてそのことは、放火犯人を聖人の列に加えてよい理由になるだろうか。

こうしていま、人間の本性の、温和で慈悲深い声が聞こえてくる一方で、本性の敵である狂信が猛々しい叫び声をあげている。そして、平和がひとびとのまえにあらわれてくる一方で、不寛容は自分の武器をひたすら鍛えている。おお、あなたがた、諸国民の裁定者であるあなたがたは、ヨーロッパに平和をもたらしたかたがたであるが、いまこそ心を決めていただきたい。和合を求めるのか、殺戮を求めるのか。

第二十五章　続きと結語

一七六三年三月七日、ヴェルサイユにて国務顧問の全体会議が開かれた。国務大臣らが出席し、大法官が司会するなか、請願書の審査官ド・クローヌ氏がカラス事件について報告した。氏は、裁判官らしい公平さ、事情にくわしい者ならではの正確さ、演説上手の政治家らしい簡潔で率直な話しぶりで報告をおこなった。そういう態度こそ、こういう会議にはふさわしいものである。

宮殿の回廊には、あらゆる身分の者たちが大勢おしよせ、群がって、会議の決定を待っていた。決定はまず国王に伝えられた。決定は一票の反対もなく全会一致で、トゥールーズの高等法院に、カラス裁判の書類とカラスを車責めという極刑にした判決の理由を、そろえて国務顧問会議にさしだすよう命じていた。国王陛下はこの決定を承認した。

このように、ひとびとの心のなかには人間愛と正義がなおも存在している。とりわけ顧問会議には、つまり、民から慕われ、そしてもちろん慕われるにあたいする国王の顧問会議には、それがあるのである。無名の市民の不幸な一家族の事件が、国王陛下、諸大臣、大法官、ならびに顧問会議全体の関心事となり、戦争か平和かといった大問題と同じくらい慎重に検討され議論された。公平の尊重、人間全体の利益、これが裁定者たち全員にとっての指針となった。そして、公平を重んじる心やすべての道義心をわれわれにあたえてくださったのは神のみである。この慈悲深い神に感謝したい。

ここではっきりさせておくが、われわれはカラスという不幸な人物とは何のつながりもない。カラスは、トゥールーズの八人の判事が、歴代の王の勅令に反し、また万国の法にも反して、きわめて薄弱な証拠にもとづいて死刑にした人物である。われわれは、その息子マルク＝アントワーヌともかかわりがない。この青年が妙な死に方をしたせいで、八人の判事はあやまちを犯すことになったのである。われわれは、この青年の母親ともかかわりがない。この母親は不幸であったが、態度は尊敬にあたいした。われわれは、何の罪もないその娘たちともかかわりがない。娘たちは母親とともに二〇〇里の道を旅して、一家の災難と一家の無実を国王に訴えに来た。われわれは、不寛容の精神がジャン・カラスを死に追いやったことをきっかけに、寛容についてのわれわれの考えを書き記すことになったわけだが、そのときわれわれを突き動かしたのは正義と真実と平和を願う気持ちのみであった。そのことは神がご存じだ。

顧問会議全体がいまではそう考えているように、トゥールーズの八人の判事はまちがいを犯したと、われわれも言う。しかし、そう言ったからといって、かれらを傷つけることにはならないと思う。むしろ逆に、かれらがヨーロッパ全体に釈明する道を、われわれは開いてあげたのだ。その道とは、漠然とした状況証拠と狂ったような群衆の叫び声が自分たちの判決を誤らせたと告白することである。未亡人に許しを乞うことである。無実の一家の全面的な崩壊をできるかぎり修復することであり、苦難のさなかにある一家を救援しているひとびとに協力することである。この判事たちは一家の父親を不当にも死刑にしてしまったのであるから、かれらが父親にかわって孤児たちの面倒を見るべきである。とはいえ、それは、悔悛(かいしゅん)がきわめて正しいことだとしても、そのごくわずかなしるしを孤児たちが受けいれてくれたならばの話だが。したがって、あるべき姿は、判事たちが悔悛のしるしをさしだし、カラス一家がそれを拒絶することであろう。

とりわけ自分が深く後悔していることをきちんと示すべきは、トゥールーズの町役人(カピトゥル)ダヴィッド氏である。かれは先頭に立って、無実の者を迫害した。死刑台で息絶えようとしているカラス家の父親を、かれはなおも罵り、はずかしめた。それはまさしく信じがたいほどの残忍さである。しかし、神は、みずからの不正のつぐないをする者には許しをあたえる。であれば、人間も神にならって、そういうひとを許さねばならない。

一七六三年二月二十日付で、ラングドックから私あてに、つぎのような手紙が送られてきた。

「……寛容にかんするあなたの著作は、人間愛と真実であふれていると思われます。しかしながら、カラス一家にとっては利益よりも不利益をもたらすことになるのではないでしょうか。あなたの本は、車責めの刑に同意した八人の判事の心を、おそらく深く傷つけることでしょう。かれらは、あなたの本を燃やしてしまうよう、高等法院に要請するでしょう。すると、狂信的な連中（そういう連中はかならずいます）は、激しい憤りの叫び声をあげて、理性の声に刃向かうでしょう……」

この手紙にたいして、私はこう返事した。

なるほど、トゥールーズの八人の判事は、やろうと思えば、私の本を燃やしてしまうことができます。それはきわめて簡単なことでしょう。私の本よりはるかに上等な『田舎の友への手紙』［パスカルによるイエズス会批判の書］でさえ、燃やされてしまいましたからね。誰であれ、自分にとっておもしろくない書物や文書を、自分の家で焼き捨てることは許されています。

そもそも私はカラス一家とは何のつながりもありませんし、私の著作は一家にとって利益にも不利益にもなるはずがありません。国王顧問会議は、ただ法にもとづき、かたよることなくきちんと裁定をくだします。きちんとした書類と手続きを踏まえて、公正に判定します。法律を扱うわけでもなく、裁かれる事件そのものを論じたわけでもない書物に左右されるはずがありません。

トゥールーズの八人の判事による判決の是非について、さらには寛容というものの是非について、どれほどりっぱな大型本を出版してもそれはむなしい。顧問会議も、またいかなる裁判所も、そういう書物を訴訟書類とは見なさないでしょう。

寛容について私が書きつづるのは、ひとつの請願書です。私はただ人道的な立場から、控え目にこれを権力の座にある方、そして知恵と用心をもって行動される方にさしだします。やがていつかは実りがあるように、私は一粒の種をまくのです。私たちは時が熟するのを待ちましょう。やがて、王の善意、諸大臣の賢明さ、そして理性の精神がその光をあまねく広げ始めるでしょう。

自然は、人間たちの全員にむかって、こう語ります――

私はおまえたち人間を、そろって虚弱で無知なるものとして生みだした。それは、おまえたちをこの地上でほんの短いあいだ生きさせて、そして、おまえたちの遺体をこの大地の養分にするためである。おまえたちは虚弱なのだから、たがいに助けあわねばならない。おまえたちは無知なのだから、たがいにものを教えあい、我慢しあわねばならない。

おまえたちがそろって同じ意見になったばあい、といってもそういうことはけっしてありえないのだが、もしもそうなったばあい、そこで反対の意見を言う者がたったひとりしかいなくても、おまえたちはそのひとを許さなければならない。なぜなら、かれにそのような考えをいだかせたのは、ほかならぬこの私だからだ。

私はおまえたちに、土地を耕すための二本の腕をあたえた。私はおまえたちに、自分で行動できるよう理性のかすかな光をあたえた。私はおまえたちの心のなかに、ひとへの思いやりを芽生えさせた。それは、おまえたちがたがいに助けあい、耐えてこの世で生きぬくためである。この芽を枯らしてはならない。腐らせてはならない。この芽は神聖なものである。そう心せよ。そして、宗派どうしのおぞましい怒鳴りあいで、こうした自然の声がかき消されないようにせよ。

この私だけがおまえたちをひとつに結びあわせる。おまえたちがごくつまらない口実で始めた悲惨な戦争のただなかにあっても、そして、あやまちや偶然や不幸ばかりがはてしなくつづく舞台であるこの世において、私はおまえたちをひとつに結びあわせる。おまえたちどうしを、たがいに必要な存在にして、おまえたちの意に反しようとも、ひとつに結びあわせるのだ。

この私だけが、反目の連続を終わらせる。同じ国民のなかの、貴族と法官の反目、また、この二つをあわせた集団と聖職者の集団の反目、都市住民（ブルジョワ）と農民の反目、こうしたはてしない反目の有害な連続を終わらせるのは、私だけである。このように反目しあうひとびとは、自分たちの権利の限界がまったくわかっていない。しかし、そういうひとびとでさえ、最終的には、かれらの心に語りかける私の声に思わず知らず耳を傾けてしまう。

私は、私ひとりでかずかずの裁判所における公正を維持している。私がいなければ、判決は雑然とした法律の山のなかで、すべて優柔不断な気まぐれにゆだねられる。これらの法律はしばしば偶然に、一時的な必要のためにつくられたものである。法律は地方ごとにちがい、都市ごとにちがい、同じ地域のなかでも法律どうしがほとんどつねにくいちがう。ほんとうに正しい判定へと導いてあげられるのは私だけであり、法律はただごまかしや言い抜けのもとにしかならない。私の声に耳を傾ける者はつねに正しい判定をくだす。一方、たがいにぶつかりあう意見を妥協へ導くことだけを追求する者は、つねに道に迷う。

かつて私が自分の手で土台をつくった巨大な建造物がある。それは堅固で、しかも質素であった。人間たちは誰でもそこへ、何の危険もなく入ることができた。人間たちは、そこへきわめて奇妙で下品きわまる無益無用の飾りつけを加えたいと望んだ。

いま、この建物は全面的に崩壊し、廃墟になっている。人間たちは、その石のかけらを、たがいの顔に投げつけあっている。そこで私は人間たちにむかって、こう叫ぶ。「やめろ。おまえたちがつくったこんないまわしい建物の残骸はすべて除去するのだ。そして、私がつくったけっして揺るがぬ建物のなかで、私とともに穏やかに暮らせ」

［一七六三年版の『寛容論』はここで終わる。つぎの章は一七六五年刊の著作集に含まれた『寛容論』に付加されたもの］

新しく加えられた章　カラス一家を無罪とした最終判決について

一七六三年三月七日から最終判決の日まで、さらに二年の月日が過ぎた。狂信が無実の者の命を奪うのはきわめて簡単なのに、理性が無実の罪を晴らすのはこれほどむずかしいのである。

きちんとした法的な手続きを踏めばどうしても時間がかかるが、それは我慢すべきものであった。カラスの死刑判決のときには、この手続きが守られず、それだけにますます国務顧問会議では手続きを厳密に踏まねばならなかったのだ。トゥールーズの高等法院にあった訴訟の関連書類すべてを顧問会議に提出させ、書類の精査をおこない、結果の報告をあげるまでに、一年では足りなかった。この骨の折れるしごとをおこなったのは、またしてもあのド・クローヌ氏である。およそ八十人の判事からなる会議で、トゥールーズの判決は破棄され、裁判を一からやりなおすことが命じられた。

そのころ、全国のほとんどすべての裁判所は、ほかの重大事件にかかりっきりであった。イエズス会士は［一七六四年、王の勅令により］フランス全土から追放された。フランス国内のイエズス会の修道会は廃止させられた。これまで不寛容な迫害者であったイエズス会士が、こんどは迫害される側になったのだ。

あのめちゃくちゃな告解証明書の運動［ジャンセニストの排除を狙った動き］は、イエズス会がしかけたものだと暗黙のうちに受けとめられ、じっさいイエズス会が公然と支持してきたので、このことですでにイエズス会にたいする国民の反感がかきたてられていた。また、イエズス会の宣教師のひとり［マルティニーク島の司祭ラヴァレット］の巨大な破産、しかもいんちきな部分もあると誰もが思った大破産は、イエズス会の信用失墜を決定づけた。「宣教師」と「破産者」は、なかなか結びつかないものであるからこそ、この二つのことばだけで、イエズス会の有罪がすべてのひとびとの心のなかで確定したのである。

そして、国民のなかにかすかに残っていたイエズス会への信用に、最後の打撃をくわえたのは、ポール・ロワイヤル修道院［一七一〇年に取り壊されたジャンセニスムの総本山］の廃墟と、幾多の著名人たちの怨霊であった。それらの骸骨は、墓で眠っていたときもイエズス会士によって侮辱され、今世紀の初めにはイエズス会士が勝手に作成した命令書によって墓から掘り起こされてしまった。この廃墟と骸骨が総がかりで反撃にたちあがったのである。かれらがこうむった迫害の歴史を知るには、『フランスでのイエズス会士による破壊行為』［一七六五年］という好著がある。その著者は哲学者［ダランベール］なので、内容に偏りがなく、筆致もパスカルなみに緻密で雄弁である。しかも、この著作の理性の光はパスカルのような偉大なひとびとでもしばしば惑わされるかずかずの偏見によって、曇らされていない分だけすばらしい。

さて、イエズス会にかかわるこうした大事件が起きると、イエズス会を支持する一部のひとびとはこれを宗教にたいする蹂躙(じゅうりん)だと唱えたが、国民の絶対的な大多数はこれをむしろ宗教による報復だと考えた。ともかく、この大事件のおかげで、数ヵ月のあいだ、民衆の関心はカラス裁判からまったく逸れてしまった。ところが、国王が「宮中請願審査」と呼ばれる法廷にカラス裁判の最終審査をゆだねると、民衆はたちまちイエズス会のことは忘れてしまった。民衆は、舞台のシーンがつぎからつぎに変わるのが好きなのだ。そして、こんどはもっぱらカラス裁判が民衆の関心事になってしまった。

宮中請願審査の法廷は一種の最高裁判所であり、請願審査官によって構成される。そこでは廷臣たちのあいだの訴訟と、国王が再審を命じた訴訟があつかわれる。カラス事件にかんして、ここ以上に事情にくわしい法廷はありえなかった。なにしろ、まったく同じ判事たちが、すでに再審の二度にわたる予審をおこない、この事件の本質もその形態も、完璧に把握していたからである。

ジャン・カラスの妻、その息子、およびラヴェス氏は、ふたたび牢に入れられた。年老いたカトリックの女中も、ラングドックの奥地から呼び出された。この老婆は、親による子殺し、弟による兄殺しがおこなわれたと、ほとんど無根拠に想定されていた時間、一瞬たりとも自分の主人夫婦のそばから離れずにいた女性である。

そして、宮中請願審査は、かつてジャン・カラスを車責めの刑にし、その息子ピエールを追放刑にした裁判のさいの証拠書類にもとづいておこなわれた。

ここで、あたらしい意見書が世間にあらわれた。ひとつはエリー・ド・ボーモン氏[パリの弁護士]による雄弁なカラス弁護であり、もうひとつは、青年ラヴェス氏の意見書である。トゥールーズの判事たちがこの青年を刑事訴訟に連座させたのはそもそも不当であり、また、この青年を無罪放免にしなかったことでかれらはさらに矛盾を重ねた。

ラヴェス青年はみずから訴訟事実にかんする意見書を作成した。世間の誰もが、この青年の意見書はド・ボーモン氏の意見書と肩をならべるほどりっぱなものだと思った。むしろ、青年のばあいは、まさしく自分自身のために語り、かつ自分とともに鉄の鎖につながれた一家族のために語っており、二重に迫力があった。青年は、カラス一家の父と母が息子を殺したとされる時間、自分は一瞬その場を離れたと証言する気になりさえすれば、鉄の鎖から解き放たれ、トゥールーズの牢獄から出られたはずだ。つまり、それはかれの気持ちひとつだった。かれは拷問にかけるぞと脅されていた。拷問と死刑が目のまえでちらつかされた。一言しゃべりさえすれば自由の身になれたのである。しかし、かれはウソの証言をするぐらいなら、拷問にかけられたほうがましだと思った。青年は意見書のなかでことの詳細を率直に明らかにした。それはきわめて気高く、シンプルで、飾りも何もない素直さによって、世のひとびとを感動させた。青年はただひとびとを説得したかっただけで、名声を求める気持ちはさらさらなかったのに、世間から賞賛された。

青年の父親は有名な弁護士であったが、この意見書の作成にはまったく関与しなかった。父親は、弁護士のしごとをしたこともない息子が、とつぜん自分と肩をならべるほど成長したのを知った。

ところで、カラス夫人が娘たちと一緒に収監されていた牢には、身分の高いりっぱなかたがたが大勢おしかけた。そして、カラス夫人たちの姿に心を打たれ、涙を流した。人道主義と高貴な精神は、カラス夫人たちに援助を惜しみなくあたえた。いわゆる「隣人愛」なるものは、カラス夫人たちに何の援助もあたえなかった。隣人愛というのは、信仰に篤いひとが自慢するものだが、しばしば出し惜しみされるうえに、出すときには相手を侮辱するものである。しかも、信仰に篤いひとびとは、あいかわらずカラス一家に反感をいだいていた。

ついに(一七六五年三月九日)、その日が来た。ようやく、無実の者が全面的に勝利した。

まず、審査官ド・バカンクール氏が、訴訟手続きの全体を報告し、この事件をきわめて細部にわたって説明した。そして、すべての裁判官の満場一致で、カラス一家は無罪と宣告された。かつてトゥールーズの高等法院で、不当にも苛酷な裁きを受けた一家が晴れて無罪とされたのである。父親の名誉も回復された。そして、本来ならばトゥールーズの判事たちがみずからおこなうべきであった訴訟費用、損失・損害の賠償の請求とかれらを裁いた判事たちを告訴する上訴ができることを認めた。

パリ中が歓喜につつまれた。広場や歩道は群衆であふれた。かつての不幸な一家、いまや晴れて無罪となった一家を、一目見ようとひとびとが駆けつけた。裁判官たちもそこを通りぬけるとき、たくさんの拍手と感謝のことばを浴びた。こうした光景をさらに感動的なものにしたのは、この日、三月九日がカラスにたいする残虐きわまりない死刑執行の（ちょうど三周年にあたる）日だったことである。

請願審査官の諸氏はカラス一家に、完全に正しい裁定をくだした。しかし、それだけなら、ただ自分たちのしごとをきちんとおこなったにすぎない。かれらはもうひとつ、べつの義務を果たした。それは善をほどこすという義務である。一般に、裁判所はただ公正な裁きをくだせばよいと、裁判所自身がそう思っているので、善をほどこすという義務はめったに果たされない。請願審査官の諸氏は、カラス家の破産を国王が下賜金で償ってほしいと願い、そのむねの書簡を連名で国王にさしだすことを決めた。この書簡はさしだされた。国王はこれに応えて、カラス家の母親と子どもたちに三万六〇〇〇リーヴルをあたえられた。そのうちの三〇〇〇リーヴルは、カラス家の女中に、すなわち一貫して主人夫婦を守りつづけ、そして真実を守りつづけた、あのりっぱな女中にあたえられたものである。

国王「ルイ十五世」は、すでになされたかずかずの善行とならぶこの善行によって、国民が愛する国王にあたえた「最愛王」という呼び名にふさわしいかたになられた。国王が模範をしめされたことで、ひとびとの心に寛容が根づいてくれますように、と祈りたい。寛容というものがなければ、狂信が地上を荒らすことになる。あるいは、少なくとも地上をつねに悲しみでみたすことになるからである。

ここであつかわれたのはたったひとつの家族の事件にすぎないが、周知のとおり、数千もの家族が、さまざまな宗派の妄信的な激情によって殺されてきた。しかし、数世紀にわたる殺戮の時代のあと、今日では、キリスト教社会全体が平和の陰に憩っている。こうした平穏な時代だけに、カラス一家の不幸な事件はきわめて印象深いものとならざるをえない。それは、のどかな晴天の日にとつぜん起こる落雷のようなものである。たしかに、めったに起きないけれども、しかし、じっさいに起こる。陰気な迷信がこういう事件を生みだすのである。知性が虚弱なひとびとは、陰気な迷信に動かされ、そして考え方が自分たちと異なる人間を犯罪者にしたててしまう。

原注

第一章

（1）一七六一年十月十二日
（2）遺体が市役所に移されたあとで、鼻の先に小さな引っかき傷、そして胸のうえに小さなあざが見つけられたが、この体の傷は遺体運搬のさいの何らかの不手際によるものであった。
（3）宗教上の理由で実の子を殺したことで父親が非難されている例は、私の知るかぎり歴史上で二つしかない。
第一の例は、聖バルバラ（フランスではサント・バルブと呼ばれる）の父親である。かれは娘の浴室に二つの窓を作るよう命じていたのに、娘のバルバラは神の三位一体をあらわしたくて、父親が留守のとき三つめの窓を作らせた。彼女が大理石の円柱に**指先で**十字を切ると、この十字は大理石に深く刻まれてしまった。［非キリスト教徒である］父親は激しく憤り、剣を手にして娘を追いかけた。娘が山に逃げると、山は二つに分かれて娘を通す。父親は山をぐるりと回って、娘をつかまえた。娘は丸裸にされて、鞭で打たれる。すると、神は白い雲で娘の体を包んだ。しかし、けっきょく父親は娘の首をはねた。以上は

『聖人伝』［ペドロ・デ・リバデネイラ編］による。

第二の例は、［西ゴート王国の］ヘルメネギルド公である。かれは国王である父親にたいして反乱を起こし、五八四年の戦いで敗れ、一士官によって殺された。ところが、父親がアリウス派であったために、かれは［一五八五年に］殉教者に加えられた。

（4）「ドミニコ会の修道士が私の牢に来て、改宗しなければ父と同じような死に方になるぞ、と言って私を脅しました。このことを私は神の前で証言します」。一七六二年七月二十三日、ピエール・カラスの陳述。

（5）この冊子は多くの都市で海賊版が出され、カラス夫人は、高潔なひとびとのはからいがもたらすはずの果実を失った。

（6）フランス語のデヴォはラテン語のデヴォトゥス［献身的］に由来する。古代ローマのデヴォティ［献身的な人士］は、共和国を救うために身を捧げた者をさす。クルティウスやデキウスといったひとびとのことである。

第三章

（7）かれらは、聖別されたパンとワインにキリストの体と血が実在しているとする説に反対して異端とされたトゥールのベレンガリウス［十一世紀フランスの神学者］の感性を受けついでいる。かれらに言わせれば、ひとつの体を無数の異なる場所に存在させることは、たとえ全能の神であっても実現不可能だ。主体はいないのにその属性だけは存在するというのもありえない。目や味覚や胃袋にとってパンやワインとして存在するものが、そういうものとして現にそこにある瞬間に消え去るということなど、絶対にありえない。かれらはそう考え、かつてベレンガリウスの誤りとして糾弾された異端の説をことごとく肯定したのである。かれらが自分らの確信の根拠としたのは、初期教会の教父たち、とりわけ殉教者ユスティヌスがユダヤ教の聖職者との対話のなかで明言していることばである。「上等の小麦粉を奉納するのは……イエス・キリストが自分の受難を記念して食事をとるようにとわれわれに命じられた聖餐の象徴です」（『ユダヤ人トリュフォンとの対話』［第四一章］、一七一九年、ロンドン）

かれらは、聖遺物崇拝についても四世紀ごろに出た意見を引用して反対する。たとえば、初期教会の長老ヴィギランティウスのつぎのことばだ。「死んだひとの小汚い灰を敬う、さらには崇拝までする必要があるだろうか。殉教者は死んで灰になっても、なおその魂が動いているのか。偶像崇拝の風習が教会のなかに入りこんでしまった。昼日中でも大燭台に火がともされるようになった。われわれは、生きているあいだならお互いに相手のために祈ることができるが、しかし、死んだあと、そんなお祈りが何の役に立つ」だが、このヴィギランティウスのことばに、あの聖ヒエロニムスがどれほど強く反対したかについては、かれらは口をつぐむ。つまり、かれらは何につけても初期教会の時代のようにしたいと望んだにすぎない。教会が成長し強大になれば必然的にその規律も拡大強化せざるをえなかったことは認めたがらなかった。かれらは教会の富を非難したのだが、しかし、礼拝の威厳を保つのに富はどうしても必要なもののように思われる。

（8）真実を語り伝えた歴史家として尊敬すべきパリ高等法院院長ド・トゥー［ジャック＝オーギュスト、一五五三〜一六一七］は、こうした純粋無垢の不幸なひとびとのようすを記述している。（ド・トゥー『現代史』第四巻［一六〇四年］）

すっかり荒らされ、目に入るものは住民たちの死体だけとなった土地の、その一部分はド・サンタル夫人の領地であった。夫人は国王のアンリ二世に裁きを求め、国王はパリ高等法院にその裁きをまかせた。ゲランというプロヴァンスの法務官ただひとりが、虐殺の首謀者として斬首刑に処せられた。ド・トゥーに言わせれば、ゲランひとりに罪が背負わされた。「なぜなら、かれは宮廷内に友人がいなかったからである」

第四章

(9) フランシスクス・ゴマルスはプロテスタントの神学者。ライデン大学の同僚教授アルミニウスの説[人間の自由意志を説く]に反対して、かれは、神は人間の大半を永遠の火あぶりにすることを初めから予定しておられると主張した。この恐ろしい教義は受け入れられたが、それはそうしなければ迫害されたからである。オランダ共和国の宰相オルデン・バルネフェルトはゴマルスに反対する側に立っていたため、「神の教会をはなはだしく悲しませた」という理由により、一六一九年五月十三日、七十二歳で斬首の刑に処せられた。

(10) フランスの狂信的な雄弁家[カヴェラック神父]が、ナントの勅令の廃止を弁明する書物のなかで、イギリスのことをこう語っている。「にせものの宗教はこのような果実を生まざるをえなかった。さらに、もうひとつの果実も熟しつつあった。あの島国の住民たちが収穫することになるその果実とは、全世界からの軽蔑であった」。この書物[『ナントの勅令の廃止にかんするルイ十四世の弁護』、一七五八年]の著者が、イギリス人は軽蔑にあたいし、じっさい全世界から軽蔑されると述べたのは、はっきり言って、いかにもタイミングが悪い。私が思うに、ある国民が勇敢さと犠牲的精神を示し、世界の各地で勝利をおさめているときに、その国民は軽蔑にあたいし、じっさい軽蔑されるなどと言っても、そのことばは誰もまともに受けとらないだろう。こういう軽蔑が語られている奇妙な一節は、不寛容にかんする章のなかにある。しかし、不寛容を説くようなひとびとこそ、まさしく軽蔑にあたいするのだ。この醜悪な書物は、あたかもヴェルブリーの狂人［一七六二年に処刑されたイエズス会士ジャック・ランゲ］が書いたもののようにも思えるが、書いたのは布教にたずさわる人間ではなかった。布教をおこなう人間がこんな本を書くわけがない。憎悪のかたまりのような著者は、サン＝バルテルミーの大虐殺まで正当化するにいたる。恐ろしいパラドックスにみちたこういう本が、すくなくともその奇怪さで評判になって、全世界のひとびとの手に渡るだろうと考えるひともいよう。しかし、大丈夫。かれはほとんど知られていない。

（11）ポール・リコー「イギリスの外交官でオスマン帝国の専門家」の著書『ギリシア正教会およびアルメニア正教会の現状』一六七九年」を参照。

（12）エンゲルベルト・ケンペルの著書『日本誌』フランス語版、一七二九年」およびその他、すべての日本関係の書物。

（13）ルーアンの知事ド・ラ・ブールドネ氏の報告によれば、ナントの勅令廃止によるユグノーの逃亡によって、コードベックやヌーシャテルの帽子製造業は衰退した。カーンの知事フーコー氏によれば、商取引が全般的に半減した。ポワティエの知事ド・モープー氏によれば、毛織物製造業が全滅した。ボルドーの知事ド・ブゾン氏は、クレラックとネラックの商業も滅びたと嘆いている。トゥーレーヌの知事ド・ミロメニル氏によれば、トゥールの商業は年に一〇〇万フランも下がった。これらは、すべて「ユグノーにたいする」迫害の結果である(一六九八年度の全国知事報告集を見よ)。とりわけ、フランスに敵対する側に移らざるをえなくなった陸海軍の士官、および船乗りの数をかぞえてみよ。その数の減少はフランスにとってしばしば大打撃となったことを見よ。そして、不寛容が国家にとってどれだけ大きな害をもたらす原因であったかを見よ。

いや、われわれは無謀にも、大臣のかたがたにここでいろんな見解を提示したいわけではない。大臣のかたがたがすぐれた天分と豊かな感受性のもちぬしであること、そしてその心根は高貴な生まれにふさわしく気高いものであることを、われわれはよく承知している。海軍を再建するためには、わが国の海岸に住むひとびとをいささか寛大にとりあつかう必要があることは、大臣のかたがたも十分に理解されるであろう。

第八章

(14) ユダヤ人は、アルケラオ［ヘロデ大王の子］がアロブロゲス族の土地［フランスのヴィエンヌ］へ追放され、そして、ユダヤ［ユダの地］がローマ帝国の支配下に入ってからは、裁判する権利を失った。しかし、ローマ人は、ユダヤ人が熱狂して同族を裁く行為にたいしては目をつぶった。つまり、神を冒瀆したと見なされる者に石を投げ、みんなで寄ってたかって殺しても、ローマ人は黙認した。

(15) ウルピアヌス『ローマ法範』1-2、「ユダヤの迷信にしたがう者も高位につくことは許されていた」

(16) タキトゥスによれば、「それは、日ごろから忌まわしい行為で世人から恨み憎まれ『クリストゥス信奉者』と呼ばれていた者たちである」(『年代記』15-44［国原吉之助訳］)。キリスト教徒という名称は、当時のローマでまだよく知られていなかった。タキトゥスは、皇帝ウェスパシアヌスおよびドミティアヌスの時代の人間であり、その時代のことばで書いている。かれはまた「人類敵視の罪」と書いているが、タキトゥスの文体においてこれはキリスト教徒が「人類を敵視していること」と「人類から敵視されていること」を両義的にしめしていると言えるだろう。

では、じっさいのところ、初期の布教師たちはローマで何をしていたか。かれらはごく一部のひとびとの心をとらえようと努めていた。かれらはそのひとびとにきわめて純粋な道徳を教えていた。いかなる権力にも反抗しなかった。かれらは身分も低く、生活のレベルも低いうえに、極端に謙虚であった。かれらはほとんど存在が知られていなかった。ユダヤ人ともほとんど分離していなかった。かれらの存在を知らない人類が、どうしてかれらを敵視することができただろうか。どうしてかれらが人類を敵視するようになれただろうか。

ロンドン大火［一六六六年］のときも、カトリックが犯人とされた。しかし、じっさいはそうではないのに、幾人かのカトリックが自分たちの有罪を肯定したのは、宗教戦争のあとだからであり、火薬陰謀事件［一六〇五年］のあとだったからである。

皇帝ネロの時代の、初期のキリスト教徒が同じような関係にあったわけではないことはたしかだ。歴史の暗部に入りこむことはとてもむずかしいが、ネロ自身がローマを燃やして灰にしてしまうことを望んでいたと、そう言える根拠をタキトゥスはひとつも提示していない。一方、ロンドンの大火については、チャールズ二世がロンドンを燃やしたと疑うに足るりっぱな根拠がある。チャールズ二世は、先の国王である父親［チャールズ一世］

が〔清教徒革命により〕民衆から死を求められ、民衆の目の前で首を切られて処刑されたのであるから、少なくともそれを口実にできた。しかし、ネロのばあいは口実もなく、弁解もなく、放火による利益もない。それでも、ネロがやったという奇妙な噂はすべての国の民衆のあいだに広まった。今日でも、そうした不当な、しかもバカげた話をわれわれは聞かされている。

タキトゥスは、元首たちの性質に通じていたから、民衆の性質についても通じていたはずである。つまり、民衆の意見はつねに空虚で、つねに飛躍し、荒々しいが、うつろいやすい。民衆の目には何も見えないのに、民衆はすべてを語り、すべてを信じ、そしてすべてを忘れることができる。

フィロン［ユダヤ人哲学者］によれば、「セイヤヌス［親衛隊長官］は皇帝ティベリウスのもとで、かれら［ユダヤ人］を迫害したが、セイヤヌスが死ぬと、皇帝はかれらにふたたびすべての権利を回復させた」［『ガイウスへの使節』］。かれらはローマの市民からは蔑視されながらも、ローマ市民としての権利をもっていた。小麦の配給も受けていた。配給の日がユダヤ人の安息日に重なったばあいには、ユダヤ人には別の日が設けられることさえあった。それはおそらく、ユダヤ人が国家にあたえた大量の金銭のおかげであった。つまり、どこの国においてもユダヤ人は寛容を金で買ったのであり、金がかかった分だけのものをかれらはすぐに手に入れたのである。
このフィロンのことばは、タキトゥスの文言を完璧に説明してくれる。タキトゥスによれば、［迷信に染まった解放奴隷のうち］四千人のユダヤ人やエジプト人はサルディニア島に移送された。「かれらが激しい気候で死んだとしても、損失は悔やむに足らない」―［『年代記』2-85］
私なりに付言すれば、フィロンはティベリウスを賢明で公平な皇帝と見ているが、私が思うに、ティベリウスが公平であったのは、公平がかれの利益に合致していたかぎりにおいてである。しかも、フィロンがかれを誉めているのは、タキトゥスやスウェートーニウスが非難するティベリウスの恐怖政治に少しは絡んでいるのではないかと、私はにらんでいる。体が不自由な七十歳の老人［ティベリウス］が研究三昧の生活を送るためにカプリ島に隠遁したという話は、私にはとても本当とは思えない。研究などというのはかれの性分ではないし、荒々しさのみなぎる青年期のローマにもまったくなじまなかったものである。タキトゥスやスウェートーニウスはこの皇帝を直接には知らない。かれらは楽しみながら一般大衆の噂話を収集した。オクタヴィアヌス、ティベリウス、および後継者たちはそろってひどい皇帝であった。なぜなら、自由であるべき民衆を抑えつけて支配したからである。歴史家たちはこうした皇帝の悪口を言って楽しんだ。そして、後世のひとびとは歴史家のことばをそのまま信じた。なぜなら、ひとびとには記憶もなく、当時の日記もなく、文書もないからである。また、歴史家は証拠を明示しない。歴史家は好きなだけ悪口が言える。あとはお好きなように、と後世の判断にまかせる。歴史家のことばをわれわれはどこまで怪しむべきか。文明国のなかで起き、偉大な著作家たちが真実と見なしている公的なできごとを、われわれはどこまで信用すべきか。また、偉大な著作家たちがまったく何の証拠もなしに列挙する噂話の信用性について、われわれはどういう限界を設けるべきか。こういうことを、賢明なる読者はきちんと意識しておかねばならない。

第九章

(17) 教会がりっぱなことと見なしていることは、もちろんわれわれもりっぱなことと見なす。われわれはかずかずの殉教者の名をあげることができる。しかし、われわれは聖ラウレンティウスを尊敬しながらも、つぎのようなことは事実かどうか疑ってもよいのではないか。まず、当時の教皇シクストゥス二世が［逮捕され、斬首される前に］かれにむかって「おまえも三日後に私のあとを追うだろう」と言った。ほどなくして、ローマの長官がかれにキリスト教徒たちの金を渡すようにと要求してきた。助祭であった聖ラウレンティウスは、町の貧しいひとびとをすべて集めた。かれは長官を貧者たちの居住地区へ案内した。かれは裁判にかけられた。尋問を受けた。長官は鍛冶屋に命じて、人間を火あぶりにできるほどの大きな焼き網をつくらせた。ローマの初代の治安判事がこの奇妙な処刑にじかに立ち会った。聖ラウレンティウスは焼き網のうえで焼かれながら、こう言った。「私を食べたいのなら、こちら側はもうよく焼けたから、ひっくり返して反対側を焼いてくれ」。さて、そもそもこんな焼き網などというのは、ローマ人の発想のなかにはない。キリスト教徒ではない著作家たちでさえそんな変なことは一度も語ったことがないのに、どうしてそんな変なことがなされうるだろうか。

(18) 最高神、すなわち天界のあらゆる存在のさらにその上にたつ大君を、ローマ人がどのように認識していたかを知るには、ウェルギリウスの文章を読めばいい。

「おお、ひとびとと神々のことを、永遠に力によって統治し、雷光によって恐れさせる者よ」［『アエネーイス』第一巻二三三～二三四行］

「おお、父よ、おお、人間の、そして事物の永遠の主権者よ」［『アエネーイス』第一〇巻一八行」

ホラティウスは、もっと力強いことばで説明する。「ユピテル以上に偉大なる神は存在しないのだし、ユピテルに比する者はなく、それに次ぐ者もいないだろう」〔『歌集』第一巻第一二歌一七〜一八行〕

ローマ人のほとんど全員が授かった秘儀のなかで、公然と語られたのは神の単一性のみである。オルペウス教の美しい聖歌を見よ。メダウルッシュ〔北アフリカ〕の雄弁家マクシムスが教父アウグスティヌスにあてた手紙を読め。マクシムスはそのなかで「最高神が理解できないのは愚か者だけだ」と述べている。異教徒のロンギヌスも、教父アウグスティヌスにあてた手紙のなかで、「神は単一であり、理解不能であり、その名を口にすることもできない」と述べている。キリスト教神学者ラクタンティウスは、寛大すぎるとはとても言えないひとだが、かれでさえその著〔『神聖教理』第三章〕で「ローマ人はあらゆる神々を最高神に服従させている」と白状している。キリスト教神学者テルトゥリアヌスも、その著『護教論』〔第二四章〕のなかで、帝国全体が世界の主としての唯一神を認めており、この神の力と威信は無限である、と書いている。キケロの哲学の師であるプラトンの書を開けば、つぎのようなことばに出会える。すなわち、「神はただひとつしか存在しない。その神をあがめ、愛し、われわれも清らかさと正しさで神に似るように努力しなければならない」。奴隷であった哲学者エピクテトスも、ローマ皇帝であったマルクス・アウレリウスも、たくさんの箇所で同じことを語っている。

(19) ここまで言い切ったからには証明が必要であろう。物語にかわって歴史が登場して以降、われわれの見るエジプト人はたんに迷信深くて、意気地のない民族にすぎないと言わねばならない。カンビュセス二世［ペルシア王］はたった一度の戦いでエジプトを奪った。アレクサンドロス大王は一度も戦闘をおこなうことなく、またどの町を包囲することもなく、法律をエジプトに与えた。プトレマイオス王朝の諸王も、たやすくエジプトを占領した。カエサルとアウグストゥスもまた容易にエジプトを征服した。ウマル［正統カリフ］はエジプト全体をひとつの村としてあつかった。マムルーク［イスラムの軍人奴隷］は、コルキス［グルジア（現在はジョージア）］などコーカサス山脈一帯の民族であるが、ウマルのあとにエジプトを支配した。聖ルイ［ルイ九世］の十字軍を打ち破り、聖ルイを捕虜にしたのもこのマムルークである。しかし、このマムルークもけっきょくはエジプト人となる。つまり、土着の民族と同様に、軟弱で臆病で怠慢で浮ついた人間になってしまった。かれらはオスマン帝国のセリム一世のもとに服従させられ、かれらのスルタン［支配者］は絞首刑となり、かれらの領地はまた別の野蛮人が占領するようになるまでオスマン帝国の属領となった。

歴史家ヘロドトスによれば、伝説上の時代、セソストリスという名のエジプト王は宇宙の征服を断固としてめざして、国を出た。こんな話は、ピクロコル〔『ガルガンチュア物語』〕やドン・キホーテの冒険譚と同様のものであることは言うまでもない。また、そもそもセソストリスという名はエジプト人の名ではないうえに、こんな話はそれ以前のすべてのできごとと同様、『千夜一夜物語』の列に並べられる作り話にすぎない。征服された民族が、自分たちの祖先は偉大であったという物語を語るのはありふれた光景である。ある国のある貧しい一族もじつは昔の王族の末えいである、といった話と似たようなものだ。エジプトの神官たちがヘロドトスに語った話によれば、セソストリスという名の王はコルキスまで征服に出かけたという。そんな話は、まるでフランス王がノルウェーを征服するためにトゥレーヌを離れたというようなものだ。

そんな話を集めれば何万巻にもおよぶだろうが、どれもこれもがほとんどありそうにもない話ばかりである。そんな話よりも、コーカサス山脈に住んでいた頑強で獰猛な民族であるコルキス人、およびアジアを何度も荒らしてきた騎馬民族スキタイ人がエジプトまで侵入してきたという話のほうが自然である。また、コルキスの祭司たちは民衆に割礼のやり方を語っているので、これはかれらがエジプト人から征服された証拠にもならない。ギリシアの歴史家ディオドロスによれば、セソストリスに打ち負かされた諸国の王たちは、そろって毎年それぞれの国の奥から貢ぎ物をもってきたが、セソストリスはこの王たちを馬車馬のかわりに使い、かれらを自分の馬車につないで寺院まで引っぱらせた。こんなガルガンチュア物語めいた話はいつの時代でもくりかえされる。きっと、これらの王たちはこんなふうに馬がわりに使われるためにわざわざ遠くからやってくるほど、お人好しの王たちであったのだろう。

ピラミッドやその他の遺跡について言えば、それらはエジプトの王族の傲慢さと悪趣味以外の何物でもなく、また愚かな民衆の奴隷的な働きをしめすものにほかならない。エジプトの民衆は、かれらの唯一の財産であるその腕を、ご主人様の愚劣な見せびらかし趣味のために用いた。この民族の政府は、まさしく強大さを誇っていた時代に、不条理で専制的な政府としてあらわれる。民衆は、地球の土地全体が自分たちの王のものだと主張した。

こうして奴隷たちが世界を征服したのである。

エジプトの神官たちの深遠な学識というのは、いまなお古代の歴史の、すなわち古代の物語のもっともこっけいきわまりないもののひとつである。太陽は一万一千年の運行のあいだに、沈む方角から昇ったことが二回、昇る方角に沈んだことが二回あって、そのまま運行を続けている、などと語った者たちは、おそらくあの怪しい予言書『リエージュ大暦』の作者［マチュー・ランスベール］にも劣る連中だろう。国家を支配したこれらの神官たちの宗教も、アメリカ大陸のもっとも未開な民族の宗教には及ばない。なにしろアメリカの先住民はワニや猿や猫、そして玉ねぎを拝んでいた。今日、これぐらいバカげた宗教に匹敵するのは全世界でもおそらくダライ・ラマ信仰ぐらいしかないだろう。

エジプト人の芸術は、かれらの宗教よりも上等、というわけではない。古代エジプトの彫刻で、芸術作品と言えるものはひとつもない。上等な作品もあるがそれらはすべて、プトレマイオス朝およびローマ帝国の時代にギリシアの芸術家たちがアレキサンドリアでつくったものである。また、エジプト人は幾何学を学びとるためにもギリシア人を必要とした。

有名なボシュエは、ルイ十四世の皇太子に捧げた『普遍史論』のなかで、エジプト人の美点を高く賞賛している。それは若い皇太子の目をくらますことはできるかもしれないが、学者たちをほとんど満足させられない。いかにも雄弁であるが誇張だらけだ。歴史家であれば、雄弁であるよりも哲学的でなければなるまい。とはいえ、エジプト人についての以上の考察も、やはりひとつの推量でしかない。古代文明について語れば、けっきょくは、すべて推量というしかないのではなかろうか。

(20) 聖イグナチオスが死刑になったことまでは疑うまい。しかし、かれの殉教を描いた物語を読めば、良識をそなえた人間なら、心のなかにあれこれ疑問がわいてくるのではなかろうか。その物語を書いた無名の作家によれば、「トラヤヌスは、キリスト教徒の神を自分の帝国にしたがわせることができなければ、自分の栄光にいささか傷がつくと考えた」のだそうだ。何という考えだろう。トラヤヌスは、神々を征服したいと考えるような人間だったのだろうか。イグナチオスが皇帝のまえにあらわれると、皇帝はかれにこう言ったそうだ。「おまえは何者だ、不浄な聖霊か」。そもそも皇帝が囚人にむかって話しかけるとか、直接非難するとか、ありそうにない話だ。それは皇帝のふるまいとしてありえない。かりにトラヤヌスがイグナチオスを自分の面前に来させたのであれば、「おまえは何者だ」などと聞くはずがない。何者かは知っているはずだからだ。「不浄な聖霊か」とかも、トラヤヌスのようなひとが口にすることばではありえない。それはエクソシストの文言であり、ひとりのキリスト教徒がそれを皇帝のことばとして伝えているとしか思えない。善良な神よ、

「自分のなかにイエスをいだいているので、皇帝にむかって「自分は神の名をいただいた者だ」と答え、そしてトラヤヌスはイエス・キリストについてイグナチオスと長々と談義したことになっているが、われわれはそんな場面を想像できるか。トラヤヌスは長い会話の終わりに、こう宣告したそうだ。「イグナチオスはすでに心のなかに十字架上のひと［イエス・キリスト］をいだいて神に賛美されているので、われわれはイグナチオスを鉄鎖でしばることを命ずる」。キリスト教徒の敵であるソフィストなら、イエス・キリストを十字架上のひとと呼ぶかもしれないが、皇帝が裁定のなかでそういう表現を用いることはまずありえない。十字架での死刑は古代ローマではよくおこなわれていたものであるから、法律の文体で、キリスト教徒の信仰の対象を「十字架上のひと」と呼ぶこともありえない。したがって、法律でも皇帝でも、判決においてそういうことばを使うことはない。

伝えられるところによれば、聖イグナチオスはローマのキリスト教徒たちに長い手紙を書いている。「私は鎖につながれているが、あなたたちに手紙を書く」。たしかな話、もしかれがローマのキリスト教徒たちに手紙を書くことが許されていたのであれば、このキリスト教徒たちは迫害されていなかったことになる。ということは、トラヤヌスにはキリスト教徒の神を自分の帝国にしたがわせる意図がなかったわけだ。あるいは、もしこのキリスト教徒の全員が迫害の被害者になったのであれば、イグナチオスがかれらに手紙を書いたことこそ、とんでもなく軽率なことだった。つまり、それはかれらを表面にさらし、官憲にひきわたし、イグナチオス自身をたんなる密告者にしてしまったことになる。

殉教者の姿を描き伝えた者たちは、本当らしさや記録の作法にもっと心をくだくべきであったのではないか。聖ポリカルプの殉教にはさらに疑問がわく。処刑のとき、天の高いところから「勇気を出せ、ポリカルプ」という声がおりてきたと言うが、キリスト教徒にはその声が聞こえ、信者でない者には聞こえなかった。ポリカルプが柱にしばりつけられ、火刑の火がつけられると、その炎はポリカルプの足下から離れ、かれの頭のうえでアーチをつくったと言う。そして、そこから一羽の鳩が飛び出し、炎までもが敬う聖人の体から放たれる香料の匂いが、集まったひとびとを包んだ。しかし、火でさえ近づけなかった聖人なのに、首を切る剣の刃には抵抗できなかった。いや、こういう物語のなかに真実よりも敬虔な心を読みとりたい方々には、こんな注釈をつけてまことに申し訳ないと言わねばなるまい。

第十一章

(21) ジョン・ロックの良書『寛容についての書簡』を見よ。

(22) ドイツのイエズス会士ヘルマン・ブーゼンバウムは、後年フランスのイエズス会士クロード・ラクロワが編んだ書物〔『道徳神学』〕のなかで、こう述べている。「どの国であれ、教皇によって破門された国王を殺すことは許される。なぜなら、世界は教皇のものであり、ひとがその委託によってなすことはキリストの愛を示す行為だからである」。精神病院でこしらえられたようなこの文言が、イエズス会にたいしてフランス全体の反発をまねいた。イエズス会が何度も説教し、そして何度も取り消してきたこのドグマほど、世間によって非難されたものはない。イエズス会は、聖トマス・アクィナスやドミニコ会の修道士たちの結論もほとんど同じであることを証明して自己を正当化しようとした(たとえば、イエズス会が一七六二年に発行した小冊子『聖トマスについて、一社交人から一神学者への手紙』)。たしかに、神学博士で神意の通訳者(自称)であるトマス・アクィナスは〔『神学大全』で〕こう書いている。すなわち、信仰を捨てた国王は国王たる権利も失う。ひとびとはその国王に服従してはならない(第二巻第二部第一二問)。教会はその国王を死刑にすることができる。皇帝ユリアヌスが許されたのはただキリスト教徒が強くなかったからにすぎない(同前)。異教徒はすべて殺すべきである(第二巻第二部第一問および第一二問)。専制的な国王から民衆を解放した者は賞賛されるべきである、などなど。ひとびとはイエズス会の守護天使[トマス・アクィナス]を大いに尊敬している。しかし、イエズス会士のジャック・クレマン[国王アンリ三世の暗殺者]やラヴァイヤック[国王アンリ四世の暗殺者]のように、その意を実行に移す者がフランスにあらわれたという点において、ひとびとはこの守護天使をどう扱うのであろうか。

さらに言わねばならない。パリ大学総長ジャン・ジェルソンは、聖トマス・アクィナスよりも過激であり、フランシスコ会士ジャン・プチはジェルソンよりもはるかに過激であった。はっきり言って、こうした国王殺しを唱える悪魔的な主張は、教皇が地上の神であって、王座の主や国王の命を勝手に定めることができるとするほとんどすべての修道士たちの、昔からの愚かな考えに由来するものでしかない。そのとき、われわれの知性は、ダライ・ラマの不死を信じるタタール人よりもはるかに劣る。ダライ・ラマはかれらに自分の座った椅子式便器を授ける。タタール人は便器のなかのいただきものを乾かし、聖遺物として容器に入れて、うやうやしく口づけする。私としては、教皇が国王の世俗的権力を支配し、また何ごとによらず私を支配する権利をもっていると考えるよりも、とにかく平和に暮らすのが第一ゆえ、ダライ・ラマの乾いた糞を自分の首にぶらさげるほうがまだましだと言いたい。

第十二章

（23）本書にいくつか有益な注をつけたいと考えているが、ここではつぎの点に注目したい。すなわち「創世記9によれば」、神はノアおよびすべての動物と契約を結ぶが、神はノアに、「動いている命あるものはすべてあなたたちの食料」にしてよいと認める。ただし、血液だけは除く。「肉は、命である血を含んだまま食べてはならない」と言う。神はさらにこうつけ加える。「あなたたちの命である血が流されたなら、私は賠償を要求する。いかなる獣からも要求する」

この文言やその他の文言から、昔のひとがみんな、ずっと今日まで考えてきたこと、分別のある人間ならかならずそう考えていることが見えてくる。つまり、動物にも何らかの意識がある、ということ。神は植物や鉱物とは契約を結ばない。植物や鉱物にはまったく感覚がないからだ。神は動物とは契約を結ぶ。神は動物には、ときとして人間よりもすぐれた感覚をあたえてくださった。そして、そういう感覚とかならず結びついた何らかの観念も動物にはあたえてくださった。であるからこそ、神は人間に、動物の血を食料にするような野蛮さを望まなかった。なぜなら、じっさい、血は命の源であり、したがって血は感覚の源だからである。動物から血を全部ぬいてみなさい。動物の臓器はすべて活動をしなくなる。聖書は、魂、あるいは「霊魂」と呼ばれるものはまさしく血のなかにあると、何度も述べているが、まったく理屈にかなっている。そして、それはきわめて自然な観念であるから、あらゆる民族がそう考えた。

われわれが動物にたいして抱くあわれみの情も、この観念にもとづく。ユダヤ人のあいだで受けいれられている「ノアの子らの七つの戒律」のなかにも、生きた動物の生肉を食べてはいけないという戒律がある。この戒律は、それまでの人間たちが動物の体を切り刻み、その脚を切り取って食べていたこと、さらに、その動物を生かしたまま体の一部をつぎつぎと食べるほど残忍だったことを証明する。じっさい、いくつかの野蛮な民族のあいだでこの慣習は残ってきた。たとえば、いまでもギリシアのヒオス島でバッコス・オマディオス［ディオニュソス］にいけにえをささげるとき、生の肉が食べられるのが目撃される。神は、人間が動物を食料とすることを許すかわりに、ときには人間を動物の餌にするよう勧める。しかし、どちらにせよ殺される側を苦しめるのは野蛮であることは認めねばならない。自分の手で育てた動物を自分の手で殺すのは恐ろしいことである。それは自然の感情で、ただそれが慣習だということのみが恐怖を軽減する。良心がとがめて動物を殺せない民族もつねに存在した。そうした抑制はいまでもインド半島にある。また、イタリアやギリシアに存在したピタゴラス教団は、肉食をつねに禁じた。ポルフュリオス〔新プラトン主義の哲学者〕はその著『節制論』において、かれの弟子が肉食という野蛮な食欲を捨てられずに学派を去ったことを激しく非難している。

獣はたんなる機械にすぎないと主張したいのであれば、自然の光を捨てなければならない、と私には思われる。神は獣にもあらゆる感覚の器官をそなえさせたと認めながら、神は動物に感情をいっさいあたえなかったと主張するのは、明らかに矛盾する。

また、動物の発する声で、要求・苦痛・歓喜・不安・愛情・怒りその他、動物のあらゆる感情が区別できるはずであり、それができないというひとは動物のことがまったくわかっていないひとだ、と私には思われる。動物は感じてもいないことを上手に声であらわしているというのであれば、それこそ奇妙である。

以上の指摘は、創造主である神の力や善意について考えようとするひとびとに、多くの反省点を提供するであろう。全能である神は、みずからの手でつくりあげた存在に、命・感情・観念・記憶を授けられた。しかし、われわれは、こうした身体の器官がどのようにして形づくられたか、どのようにして成長していくか、自分たちがどのようにして命を受けとったか、感情・観念・記憶・意志がどのような法則によってこの命と結びつくのか、さっぱりわからぬままである。われわれは永遠に深刻な無知のままである。無知がわれわれの本性に属する。ところが、われわれは無知でありながら、たえず互いに言い争う。互いに迫害しあう。これはちょうど闘牛が、なぜ、どうして自分に角があるのか無知のままで、互いに角で戦いあうのと同じである。

(24) 多くの著述家がこの文章から大胆な結論を導き出している。すなわち、金の子牛(これは[古代エジプトの]聖牛アピスにほかならない)にかんする章は、ほかの多くの章と同様、モーセが記した書にあとから付加されたものだとする。

アブラハム・イブン・エズラ[十二世紀スペインの聖書注釈学者]は、モーセ五書[旧約聖書の最初の五書]が古代イスラエル王国の時代に編まれたものであると見た最初の学者である。イギリスのウィリアム・ウォラストン[『自然宗教』の著者]、アンソニー・コリンズ[自由思想家]、マシュー・ティンダル[理神論者]、シャフツベリ[道徳哲学者]、ジョン・ボーリングブロック［政治思想家］その他、多くの学者が主張したように、磨いた石やレンガや鉛板や木に自分の考えを刻むのが、当時の唯一の書記法であった。モーセの時代、カルデア人やエジプト人はそれ以外の書記法を知らなかった。そういう方法では詳しい物語は書けず、ただひとびとがどうしても後世に伝えたいことだけを、きわめて簡略にヒエログリフ［神聖文字］で刻んだのである。砂漠に住むひとびとは、大きな書物を刻むことができない。砂漠では、ひとびとはたびたび住まいを移さなければならない。砂漠では、着物を提供してくれるひとも、着物を裁断してくれるひとも、サンダルを修繕してくれるひともいない。だから、四十年のあいだ、ひとびとの着るものがすり切れず、足がはれることもなかったのは、神がさずけた奇跡としか言いようがない［申命記8－4］。学者たちが言うには、生活に絶対必要な技術もなく、パンさえ作れなかった時代に、文字を刻んだ彫盤がたくさんつくられたことはありそうにない。幕屋［祭壇を囲んで幕を張りめぐらした小屋］は、柱が青銅で、その柱頭はたっぷりの銀で覆われていたという話については［出エジプト記38－19］、学者たちはこう答えるであろう。砂漠のなかでもそういう命令が下されたことはありうるが、その実行はもっと豊かな時代になってからでしかありえない。

学者たちに理解できない話はまだある。民衆は貧しいのに、山のふもとで大きな金の牛をつくって崇めた〔出エジプト記32〕。その山で神がモーセに語るとき、雷と稲妻が光るのを民衆は見、角笛の音が空から鳴り響くのを民衆は聞いた〔同19〕。学者たちが驚くには、モーセが山から下りてくる前日に、民衆はモーセの兄〔アロン〕のもとに集まり、大きな金の牛を所望した。では、どうやってアロンはたった一日で金の牛を鋳像できたのだろうか〔同32-4〕。また、どうやってモーセはこの像を粉々にできたのだろうか〔同32-20〕。学者によれば、どんな芸術家であれ金の像を三ヵ月以内で作るのは不可能である。そして、金の像をひとびとに飲ませるために粉々にするというのは、もっともすぐれた化学の技法をもってしてもむずかしかろう。こうして、アロンによるごまかしも、モーセによる所業も、どちらも事実であれば奇蹟でしかない。

人間愛、魂の善良さは学者を誤らせたりもするが、学者たちに、モーセが民衆に罪をつぐなわせるために二万三千人を殺させたという話を信じがたくさせているのも、そのせいである〔ただし、同32-28によれば、モーセから「自分の兄弟、友、隣人を殺せ」と命じられて、レビの子らが殺した民衆の数は三千人〕。二万三千人ものひとびとが、第三の奇蹟もないまま、レビの子らによって虐殺されるままになったというのも、学者たちには考えられない。民衆はこうして恐ろしい罰を受けたのに、誰よりも罪深いはずのアロンが逆にごほうびを与えられた［同33－19、およびレビ記8－2］。虐殺された自分の兄弟たち二万三千人の遺体は、祭壇のふもとに積み上げられ、いけにえとしてささげられた一方で、アロンがその大祭司となったのは、まことに奇妙である。

ひとりの男がミディアン人［イスラエル人の敵］の娘といるところを見つかったというあやまちを全員につぐなわせるため、モーセの命令によって二万四千人のイスラエル人が虐殺された話［民数記25－9］も、やはり信じがたい。異邦人の女性と結婚したユダヤ人の国王は、ソロモンをはじめ、たくさんいるので、ミディアン人の娘との結びつきがそれほどの大罪であるとするのは、とうてい納得しがたい。ルツはユダのベツレヘム出身ではあれ、モアブ人女性であった。聖書はつねに彼女のことをモアブの女ルツと呼ぶ。ルツは母親の勧めにしたがってボアズの床に入る。大桝で六杯の大麦をもらい、ボアズの妻となり、ダビデの祖父を生む。

ソロモンの妻となったラハブは異邦人であるばかりでなく、娼婦であった。ウルガータ［標準ラテン語訳聖書］ではつねにメレトリクス［遊女］という肩書きが添えられる［ヨシュア記6－17］。夫、ソロモンはユダの国王で、ダビデの子である。遊女ラハブはキリスト教教会の姿そのものとされる。それは多数の教父たちの考えであり、とりわけオリゲネス［アレキサンドリア学派の神学者］の『ヨシュア記講話』の考えである。

バト・シェバはヒッタイト人で、ウリヤの妻だったが、のちにダビデの妻となり、ソロモンの母となった。さらにさかのぼれば、族長ユダはカナン人の娘を妻とした。ユダはアラム人のタマルを自分の子どもの妻としたが、そのタマルと交わり、自分でそれと知らぬまま近親相姦を犯した。とにかく、相手はイスラエル人ではなかったのである。

このように、われらの主イエス・キリストはユダヤ人であるが、五人の異邦人をその幹とする家系の出である。そこで、かずかずの異民族がイエスと血を分けていると見てよい。

すでに述べたように、旧約聖書の最初の五書を、モーセののち長い年月をかけて編まれたものと見た最初の人物は、スペインのラビ［ユダヤ教の聖職者］アブラハム・イブン・エズラである。かれは聖書のたくさんの文言をその根拠とする。「カナン人はそのときこの国にいた［創世記15－21］。モリヤ山が神の山と呼ばれる［歴代誌下3－1］。バシャンの王オグの棺はラバに保存されている［申命記3－11］。かれはバシャンをヤイルの村と名づけ、今日にいたっている［同3－14］。イスラエルにはモーセのような預言者はまったくいなかった。イスラエルのひとびとを治める王がまだいなかった時代に、エドム地方を治めていた王たちはつぎのとおりである……［創世記36－31］」。以上の文言は、モーセ以後のできごとを語っているので、モーセが書いたはずがない、とイブン・エズラは主張する。この主張にたいして、これらの文言はモーセよりずっとのちに写本者たちが書き加えた注釈にすぎないと答えるひとびともいる。

ニュートンは、誰もが尊敬をこめてその名を呼ぶけれども、かれも人間であるから、まちがうこともありえた。かれは『ダニエル書』と『ヨハネ黙示録』にかんする注解書の序文で、モーセ五書や『ヨシュア記』や『士師記』はもっとずっとのちの作者たちの手になるものだとする。かれがその根拠としたのは、『創世記』第三六章、『士師記』第一七、一八、一九、二一章、『サムエル記』第八章、『歴代誌』第二章、『ルツ記』第四章である。じっさい、『創世記』第三六章や『士師記』の各章で国王のことが語られ、『ルツ記』でダビデのことが語られているから、これらの書はイスラエル王国の時代に編まれたものだと思われる。何人かの神学者がそう考えており、その筆頭はあの有名なジャン・ルクレールである。しかし、その意見は、ただ溝の深さを知りたがる好奇心しかもたない少数の学派だけのものである。そんな好奇心は、けっして人間がもつべき義務のうちには入らない。学のある者も無学の者も、国王も羊飼いも、短い一生を終えて、永遠の主のまえに進み出るとき、われわれはみんな、自分は公正で、情けがあり、思いやりがあり、寛大な人間でありたいと思う。そのとき、モーセ五書が何年に書かれたのか自分は正確に知っていたとか、古代ユダヤの律法学者が利用していた注釈と本文を自分は区別できたとか、そんなことを自慢する者はひとりもいない。また、神もわれわれに、おまえはタルムード［ユダヤ教文書］ではなくマソラ［ユダヤ社会に伝わるヘブル語聖書］を選んだか、とか、おまえはヘブライ文字のカフとベート、ヨッドとヴァヴ、ダレットとレーシュ［いずれも文字の形が似ている］を取り違えなかったか、とか問うたりしない。神はわれわれを、絶対に、われわれの行為にもとづいて判断なさるのであって、ヘブライ語の知識にもとづいて判断なさるのではない。われわれは、信者の合理的な義務にしたがって、教会の決定を堅く守る。

さて、われわれは最後に、『レビ記』の重要な文言を取りあげて、この注をしめくくりたい。『レビ記』は金の牛の崇拝ののちに編まれた書である。神はユダヤ人に、毛の生えた動物を崇めてはならないと命じた。「かれらがかつて淫行をおこなったあの山羊の魔神に二度と献げ物をささげてはならない」（17－7）。この奇妙な教えは、迷信と魔術の国エジプトから来たものかどうかはわからない。しかし、われわれの知るいわゆる魔女のしきたり、すなわちサバト［土曜の夜の集会］に行く、山羊を崇める、山羊を相手に信じがたい破廉恥行為にふける、など、考えるだに恐ろしいものだが、それは古代ユダヤ人の風習だと一般に信じられている。たしかに、ヨーロッパの一地方で妖術を教えてきたのはユダヤ人であった。何という民族であろうか。きわめて奇妙でおぞましいいとなみ（レビ記18－23）をする民族は、金の牛に引きつけられたひとびとがこうむったのと同じような罰を受けるべきであったと思われる。ところが、立法者はそれについてたんなる禁止を命じるにとどめた。そこで、われわれもここでは、ユダヤのひとびとについてのたんなる知識として、この事実をしめすにとどめる。獣姦は、かれらのあいだではふつうにおこなわれていた。ユダヤ人は、どの立法者も想定しなかったような行為を、犯罪行為としてわざわざ禁止しなければならない唯一の民族であったことから、そう推定される。

ユダヤ人はパランやオレブやカデッシュ・バルネなどの荒れ野で暮らして、疲労し、窮乏し、だから男よりも弱い女はたくさん死んでしまった、と考えてよいだろう。じっさい、ユダヤ人には若い女性が不足していたと言わねばならない。ユダヤ人は、アスファルト湖［死海］の右左の町や村を襲ったとき、ひとびとを皆殺しにしたが、年ごろの娘だけは除いたのもそのせいである。

いまでも砂漠で暮らしているアラブ人は、キャラバン［隊商］とむすぶ契約には、年ごろの娘を自分たちに提供することをかならず加える。こういうひどい土地で暮らす若い男たちは、カラブリア［イタリア南部］の羊飼いがよくおこなっているとされること、つまり獣姦をせずにはいられないほど、人間の本性が堕落してしまうもののようである。

最後に残る問題は、はたしてこうした動物との交わりから怪物が生まれたかどうかを知ることである。ギリシア神話のサテュロスや牧神やケンタウロスやミノタウロスなど、半人半獣の物語ははたしてどれほどの根拠がある話なのかを知ることである。こうした怪物の存在は、話としては語られるけれども、科学的にはいまだに証明されていない。

(25) ミディアンは約束の地にまったく含まれていなかった。それはアラビア・ペトラエアのなかのエドムの小さな地域である。アルノン川の北に始まり、ゼレドの川で終わる。アスファルト湖［死海］の東側の岩山のなかにある。その地には、今日、アラブ人の小さな一部族が住む。広さで言えば、縦がおよそ八里［三二キロ］で、横はそれよりやや短い。

(26) エフタが娘を生贄（いけにえ）としてささげたことは、聖書によって明らかだ［士師記11-39］。ドン・カルメ［十八世紀の聖書学者］は論文『エフタの誓いについて』で言う。「神はこうしたささげものをお認めにならなかった。しかし、民衆がそういう殺人をするばあい、殺人を実行する者を罰するためであれ、殺人を実行せざるをえない者のつらさを軽減するためであれ、そういう殺人を民衆の誰も恐れていないことを神は望まれた」。聖アウグスティヌスと、ほとんどすべての教父たちは、エフタの行為を非難する。一方、聖書［士師記11－29］が言うには「主の霊がエフタに臨まれた」。また、聖パウロは『ヘブライ人への手紙』第一一章［11－32］でエフタをほめたたえ、エフタをサムソンとダビデと同列にあつかう。

聖ヒエロニムスは、ユリアヌスへの手紙のなかで、「エフタは娘を主にささげた。そして、まさにそのことによって使徒たちはエフタを聖人に加えたのである」と述べている。このように、判定はまったく正反対に分かれるので、われわれはそれについて意見をもつことを許されない。われわれは意見をもつことを恐れなければならない。

(27) 王アガグの死は、ほんとうの犠牲と見なすことができる。サウルはこのアマレクの王を捕虜にし、和議の申し出を受けとった。ところが、祭司のサムエルが、妥協はいっさいまかりならぬとサウルに命じた。つぎのことばはサムエルのものである（列王記上15［正しくはサムエル記上15－3］）。「行け。アマレクを討ち、アマレクに属するものは一切、滅ぼし尽くせ。男も女も、子供も乳飲み子も、牛も羊も、らくだもロバも打ち殺せ。容赦してはならない」

「こうしてサムエルは、主の御前でアガグを切り殺した」

ドン・カルメによれば、「この預言者はすっかり逆上し、みずから剣を手にとって、主の栄光のために復讐し、サウルを唖然とさせた」

ご覧のとおり、この宿命的なできごとにおいては、ひとつの犠牲的精神があり、ひとりの祭司がおり、ひとりの犠牲者がいた。したがって、これはほんとうの犠牲である。

われわれが歴史で知る民族は、中国人を除いてすべて、神に生贄として人間をささげてきた。プルタルコス〔『ローマにかんする問題』82〕によれば、ローマ人でさえ共和制の時代には、生贄をささげた。

カエサルの『ガリア戦記』〔1-24〕によれば、カエサルが勝利したとき、ゲルマン人の捕虜を釈放したら、ゲルマン人は受けとったその捕虜たちを生贄にして神にささげた。

タキトゥスは書物『ゲルマニア』においてゲルマン人をちょっと賞めているけれども、私に言わせれば、カエサルが返した捕虜にたいするゲルマン人のこうした人権侵害や、ゲルマン人が恐怖をやわらげるために生贄になる男たちを女たちに殺させたこと、などによってタキトゥスの賞賛は否定される。タキトゥスがこの書物でしめしたのは、自分の知らないゲルマン人にたいする賞賛よりも、ローマ人にたいする皮肉であったように思われる。

ついでに言えば、タキトゥスは真実を語ることよりもむしろ皮肉を語ることを好んだ。かれはどうでもよいことまで含め、すべてのことを好んで醜悪に描く。かれの底意地の悪さは、かれの文体とともにわれわれを楽しませる。なぜなら、われわれは悪口と機知を愛するからである。

さて、人間を生贄としてささげた話にもどろう。われわれの祖先も、ゲルマン人とまったく同様、人間を生贄にした。それは天然のままのわれわれの本性としての愚かさの極致である。そして、それはわれわれの判断力の弱さがもたらす結果のひとつである。われわれもかつてこう言っていた。神にささげるのは、もっとも高価でもっとも美しいものでなければならない。われわれにとって、自分の子ども以上に価値のあるものはない。したがって、神に生贄としてささげるものには、そのうちでもっとも美しく、もっとも若い者を選ばねばならない。

アレクサンドリアのフィロン〔ユダヤ人哲学者〕はこう述べている。神はアブラハムの信仰を試すために一人息子のイサクを犠牲としてさしだすよう命じたが、それ以前にカナンの地では、ひとびとが自分の子を生贄としてささげることがしばしばあった。

エウセビオス〔聖書注釈者〕が引用しているサンコニアトン〔古代フェニキアの哲学

者」によれば、フェニキア人はたいへんな危険におそわれるたびに、自分の子どものうちでもっとも大事な子どもを犠牲とした。また、神がアブラハムの信仰を試したのと同じ時期に、イルスはその子イエフダを犠牲にした。以上のような古代世界については、その闇のなかに入りこむのはむずかしいけれども、しかし、こうした恐ろしい犠牲のいとなみがほとんどいたるところでおこなわれていたことは、あまりにも真実なのである。さまざまな民族は、しだいに文明化されていくにつれて、そうした蛮習を捨てた。礼節が人類を高みに導くのだ。

(28) こうした一見奇抜なふるまいに驚くのは、古代の風習にかんする知識がほとんどなく、自分の身辺で見たことがないものごとはどう考えていいかわからないひとだけだろう。とにかく、当時のエジプト、およびアジアの大部分において、ほとんどのものごとは図や象形文字、記号や型で表現された。

預言者は、エジプト人やユダヤ人のあいだでは「見者」と呼ばれていたが、かれらは自分が予見したことを表現するばあい、寓話を用いるばかりでなく、記号を用いて表わした。たとえば、四大預言者のひとり、イザヤは羊皮紙をとって、そのうえに「ハシュ・バズ(略奪は素早く)」と書き、女預言者に近づく。彼女は身ごもり、男の子を産む。イザヤはその子をマヘル・シャラル・ハシュ・バズと名づけた(イザヤ書8)。この名はまさにエジプトやアッシリアのひとびとがユダヤ人にたいしておこなうことになるさまざまな悪を表象する。

イザヤはさらに言う。「その子がバターと蜂蜜を食べる年齢を過ぎ、悪を捨てて、善を選ぶことを知る前に、あなたたちが忌み嫌う土地は二人の王に渡される。主は口笛を吹いて、エジプトから蝿を、アッシリアから蜂を呼ばれる。主はかみそりを借りて、アッシリア王の足の毛もひげも、すべてそり落とされる」[イザヤ書7-15〜20。ヴォルテールによる引用文のまま]

この蜂とか、ひげや足の毛のそり落としの預言は、いまでは多少の知識がなければなかなか理解できまい。蜜蜂を集めるのに、フラジオレット[木管楽器]その他、田舎風の楽器をつかう習慣があった。男のひげをそり落とすのが、男にたいする最大の侮辱であった。足の毛とは陰毛のことであった。レプラのような恐ろしい病気になると、全身の毛がそり落とされた。これらはすべて、今日のスタイルからすればきわめて異様な姿であるが、これはまさしく、主が数年のうちに民を抑圧から解放することを意味するものにほかならなかった。

また、同じくイザヤの話だが（同20）、かれは丸裸で歩き回った。それは後に、アッシリアの王がエジプトとエチオピアから一群の捕虜を丸裸にして引き連れていくことを示すものであった。

預言者エゼキエルは言う（エゼキエル書4以下）。かれはさしだされた羊皮紙の巻物を食べる。それから、パンを人糞で包み、左脇を下にして三百九十日よこたわり、つぎに右脇を下にして四十日よこたわる。これは、ユダヤ人にはパンが不足していることを理解させるためであり、捕囚の暮らしが何年もつづかざるをえないことを意味する行為であった。かれがわが身をしばったのは、ユダヤの民族がしばられていることをあらわす。かれは髪の毛とひげをそり、それを三分割する。最初の三分の一は町のなかで殺されるひとびとをあらわす。つぎの三分の一は町の外壁の周辺で死ぬひとびとを表わす。最後の三分の一はバビロンに移らせるひとびとをあらわす。

預言者ホセアは、不倫をしている女とむすびつく（ホセア書3）。かれはその女を銀貨十五枚と大麦一ホメル半［約三三〇リットル］で買い取った。かれは女に言った。「おまえは淫行をせず、ほかの男のものとならず、多くの日のあいだ私のもとで過ごせ。これは、イスラエルの子らがこれから長いあいだ、王も高官もなく、生贄も聖なる柱もなく、エポデ

［法衣］もなく過ごすことになるからだ」。端的に言えば、ナビ［ヘブライ語で預言者］とか、見者とか、預言者は、自分が予見したものを表現するのに、たいていのばあい記号しか用いないのである。

預言者エレミヤもやはりその慣習にしたがった。かれが首に綱をまき、背中に首輪とくびきを載せたのは、自分のそんな姿を見せつけて民衆の奴隷状態を表現するためであった。その点に注目したいのであれば、この時代は古代の世界に似ており、現代とはまったく異なる。つまり、市民生活も法律も戦争のしかたも宗教上の儀式も、すべてが絶対的に異なる。われわれは古代世界のひとびとと似たところがまったくない。そのことを納得するには、ホメロスの叙事詩、あるいはヘロドトスの『歴史』の第一巻を開いてみるだけでよい。ただし、現代と古代の習俗を比較するとき、われわれは自分の判断を自分で疑わしいと思わねばならない。

自然そのものも、今日とは異なる。魔術師は、いまではもう失ったが、かつては自然にたいして特殊な能力を持っていた。かれらは蛇に魔法をかけ、死者の霊を呼び出すなどした。神は人間に夢を吹き込み、人間はその夢を解釈した。予言の能力はごくふつうの能力であった。ネブカドネザル王が雄牛に変わり、ロトの妻が塩の柱に変わり、五つの都市が死海に変わったなど、われわれはそういう変身物語をいくつも知っている。

いまでは存在しない種類の人間もいた。レファイム人、エミム人、ネフィリム人、アナク人など、巨人族は消滅した。聖アウグスティヌスは、ふつうの人間の奥歯の百倍も大きい巨人の歯を見たことがあると、その著『神の国』第五巻に書いている。『エゼキエル書』［27－11］によれば、ガマディムという小人族はティルスによる包囲にたいして勇ましく戦った。聖人たちが書いたこれらの物語は、世俗の民が伝える物語とほとんど一致する。病気も、治療法も、今日にはないものがある。魔物にとりつかれた者には、鼻先に指輪を置いてバラドという草の根をかがせると、魔物は指輪に逃げこむとされる。

結論を言えば、古代の世界は、あらゆる点でわれわれの世界とまったく異なるので、今日においてはそこから行動の規範をいっさい引き出すことができない。かりに、その遠い昔の古代世界において、ひとびとが信仰をめぐって、迫害したり、逆に抑圧されたりしたとしても、今日の恩情あふれる法律のもとでは、そうした残酷な行為はけっして模倣してはなるまい。

第十三章

(29) 肉体は滅んでも魂は滅びない。これはエジプト人のあいだで広くゆきわたっていた考え方であるが、モーセがこれを学んだと言うための証拠は、モーセの戒律のなかに一箇所しかない。それはきわめて重要な箇所である。それは『申命記』の第一八章のつぎのことばだ。「雲の形を見て予言したり、蛇に呪文をとなえたり、大蛇ピュトンの精にうかがいをたてたりする占い師、見者、それから死者に問い尋ねたり、死者に真実を求める霊媒、あなたはけっしてこういう連中に相談してはならない」〔ダヴィッド・マルタン訳『申命記』一七〇七年、18－10～11〕。

この一節からうかがえるように、死者の霊を呼びだすいわゆる霊媒は、霊魂の不滅を前提としている。ただ、モーセのいう呪術師はとんでもない嘘つきにほかならず、自分が使えると思っている呪術についてきちんとした考えなどもっていないかもしれない。呪術師は、死者に語らせることができるとか、自分たちの魔術で死者の肉体を生きている状態にもどすことができると、ひとびとに信じこませようとした。しかし、自分たちのこっけいなやり方で、霊魂の不滅を信じこませられるかどうかは、しっかり考えていなかった。魔術師はけっして哲学者ではなかった。かれらの正体は、無知な民衆のまえで曲芸を披露してみせる芸人であった。

もうひとつ注意すべき点がある。奇妙なことに、大蛇をあらわすピュトンというギリシア語の名詞が、ヘブライ人のあいだで知られるよりもずっと以前に『申命記』のなかに出てくる。つまり、ピュトンというのはヘブライ語にはないことばだから、したがって正確な翻訳もできないわけだ。

ヘブライ語にはさまざまの克服しがたい問題がある。ヘブライ語は、フェニキア語、エジプト語、アッシリア語、およびアラビア語の混合であり、しかも、それが今日ではさらに変化している。動詞は現在形と未来形しかなく、意味は文脈で判断するしかない。同じ文字でも、母音はさまざまに発音される。点［母音記号］の発明者は問題を増やしただけである。副詞はどれも二十もの意味がある。同じ単語がまったく逆の意味だったりする。

こうした問題に加えて、ヘブライ語はそもそも、ことばとして貧しく、無味乾燥である。ユダヤ人は芸術とも縁がなく、自分たちが知らないことは表現することができない。一言で言えば、ヘブライ語とギリシア語の関係は、農民のことばと学者のことばの関係にひとしい。

（30）このエゼキエルの意見がユダヤ教会では優勢になった。しかし、ユダヤ人のなかにも、永遠の罰を信じ、神は父親の罪を子孫にまでおよぼすと信じる者がいた。今日、ユダヤ人は五十世代以上にわたって罰を受けているのに、なおも永遠の罰を恐れねばならないわけだ。イエス・キリストの死に関与しなかったユダヤ人、エルサレムにいても無関係だったユダヤ人、そしてエルサレムを離れて世界中に散らばっていたユダヤ人、どうしてそういうひとびとの子孫がこの世で罰せられることになるのか、不思議である。かれらは、父祖においても無罪であり、子孫はもちろん無罪なのに、罰せられる。ユダヤ人がこのようにこの世で罰せられつづけること、というか、ユダヤ人がほかの民族と異なる生活を強いられること、祖国をもたずに商売をしなければならないこと、これはけっして神による永遠の罰と見なすことはできない。神による罰というのは、神を信じないことによってもたらされるものであり、きちんと心を入れかえれば免れられるものであるからだ。

(31) われわれがイメージする地獄や天国、それと似たような教えをモーセ五書のなかに見つけようとしたひとびともいるが、かれらはそもそも変な思いちがいをしていた。その思いちがいの発端は、ことばをめぐる空虚な議論にある。ウルガータ［標準ラテン語訳聖書］は、深い溝を意味するヘブライ語のショールを、ラテン語でインフェルヌムと訳し、そのラテン語はフランス語で「地獄」と訳された。その訳のせいで、古代のヘブライ人にも、ギリシア語でいうハーデス［冥府］やタルタロス［冥府の最底部］の観念、またほかの諸民族もべつのことばで表現していた「死後の世界」の観念があったと、ひとびとは考えてしまった。

たしかに『民数記』第一六章［16－31～33］は、コラ、ダタン、アビラムの天幕の下で、地が口を開いたと語る。その口はかれらと、その持ち物いっさいを天幕もろとも飲みこみ、かれらは生きたまま地底へ、「陰府」へ落ちていった、という。しかし、『民数記』のこの箇所は、けっして三人のヘブライ人の霊魂とか、地獄の苦しみとか、永遠の罰を問題にしているのではない。

『百科全書』の「地獄」の項に、古代のヘブライ人は「それを真実だと思っていた」とあるが、それはおかしい。もし、そう思っていたとすれば、モーセ五書はわれわれにとって認めがたい矛盾をかかえていることになる。どうしてモーセは、文脈と関係なく一箇所だけで、死後の苦しみについて語ったのであろうか。どうしてそれを戒律のなかで少しも語らなかったのであろうか。

「地獄」の項の筆者は、『申命記』第三二章［32－21～24］を引用しているが、その引用は細切れだ。その全文はこうである。「かれらは神ならぬものをもって、私のねたみを引き起こし、むなしいものをもって、私の怒りを燃えたたせた。それゆえ、私は民ならぬ者をもって、かれらのねたみを引き起こし、愚かな民をもって、かれらの怒りを燃えたたせる。わが怒りの火は燃え上がり、地の底にまで及び、地とその実りをなめ尽くし、山々の基を焼き払う。私は、かれらに災いを加え、私の矢をかれらに向かって射尽くすであろう。かれらは飢えてやせ衰える。猛禽がかれらを激しく嚙んで、食い殺す。私は猛獣の牙と、地を這う蛇の猛毒をかれらに送る」

この引用文と、われわれがイメージする地獄の責め苦という観念とのあいだに、はたしてどんなつながりがあるのだろうか。むしろ、この文章からは、われわれの知る地獄なるものが古代のユダヤ人のあいだではまったく知られていなかったことが明らかになるように思われる。

「地獄」の項の筆者は、『ヨブ記』第二四章［24−15〜19］も引用する。これも全文はこうだ。「姦淫する者の目は、夕暮れを待ち、だれにも見られないように、と言って顔を覆う。暗黒に紛れて家々に忍び入り、日中は閉じこもって、光を避ける。このような者には、朝は死の闇だ。朝を破滅の死の闇と認めているのだ。かれらは水面では軽いが、地上では呪われた者ゆえ重い。ぶどう畑に向かう者もいない。かれらは雪の水のうえを歩き、猛暑のなかを歩く。かれらは墓場まで罪を重ねていく」。これは別の訳では「暑さと乾燥が雪解け水をも消し去るように、墓場が罪人を消し去る」。七十人訳聖書［ヘブライ語からギリシア語への翻訳］では、「かれらの罪は記憶のなかで呼び戻される」。

私は全文をそのまま引用した。そうしなければ、ただしい観念はけっして形成できないからだ。

いかがだろうか。この文のなかに、モーセがユダヤ人にむかって死後の懲罰や報賞という単純明快な教えを授けたという証拠が、一言でも見出せるだろうか。

ヨブの書は、モーセの戒律とは何の関係もない。そのうえ、ヨブがユダヤ人でないこともほぼ確実だ。これは『創世記』にかんするユダヤ人問題で、聖ヒエロニムスが述べた意見である。『ヨブ記』［1－6］に出てくる「サタン」という名前は、ユダヤ人には知られていなかった。モーセ五書に「サタン」は出てこない。サタンという名前は、ガブリエルやラファエルと同じく、カルデア［のちのバビロニア］に行ったとき、はじめて知った名前であり、バビロンの捕囚以前は知られていなかった。したがって、ここでヨブを引用するのはまことに場ちがいなのである。

『イザヤ書』の末尾［66－23〜24］も引用される。「新月ごと、安息日ごとに、すべてのひとは私の前に来てひれ伏すと、主は言われる。ひとびとは道路に出ると、私に背いた者らの死体を見る。死体についた蛆は死なず、死体を焼く火は消えることがない。かれらはすべてのひとに忌み嫌われる」

たしかに、主に背いた者は道路に捨てられ、通りかかるひとの目にいつまでもさらされ、蛆虫に食べられる、とされている。しかし、そのことから、モーセはユダヤ人に霊魂の不滅を教えたのだとは言えない。また、「死体を焼く火は消えることがない」ということばは、通行人の目にさらされる死体は地獄の苦しみを永遠に味わわされるという意味ではない。

モーセの時代のユダヤ人は霊魂不滅の教えを信じていたと言うために、どうしてイザヤのことばを証拠にもちだせるのだろうか。イザヤが預言したのはユダヤ紀元三三八〇年で、モーセが生きていたのはユダヤ紀元二五〇〇年ごろ。つまり、イザヤは八百年も後のひとである。ある人物がこんな意見をもっていたと言うために、八百年後の書物の一節を、しかも、そんな意見が語られてもいない一節を引用して、それで証明できたと称すること、また、そういうめちゃくちゃな引用を許すことは、常識にたいする侮辱、もしくはつまらない悪ふざけである。

霊魂の不滅、死後における懲罰と報賞を、新約聖書が教え、認め、確言していることは疑う余地のない事実である。また、そういう教えはモーセ五書のどこにも見出せないこと、これもまた疑う余地のない事実である。このことは、あの大アルノー〔神学者アントワーヌ・アルノー〕がポール・ロワイヤル擁護論で明快に力強く述べている。

ユダヤ人は、のちには霊魂の不滅を信じるようになったが、その精神性はまったくわからなかった。ユダヤ人はほかのほとんどすべての民族と同様、霊魂というのは敏捷で、空気のように軽い物質で、それが動かす物体の形であらわれると考えた。「亡霊」とか「死者の霊」とよばれるものがそれである。

古代の教父たちの多くもそういう考えであった。たとえば、テルトゥリアヌスもその著『魂の証について』第二二章で、こう述べている。「われわれは霊魂を、神の息吹から生まれた不滅で、有形で、有体で、質的には単純なるものと定義する」

聖イレネオはその著〔『異端反駁』〕の第二巻第三四章で、こう述べている。「霊魂は、死すべき人間とは異なり、体をもたない」。さらに言う。「イエス・キリストの教えによれば、霊魂は人間の体のイメージを保つ」。しかし、イエス・キリストがそんな教えをさずけた証拠はどこにもない。聖イレネオがいったい何を言っているのか、理解するのはむずかしい。

聖ヒラリウスは、『マタイ伝』の注釈のなかで、霊魂をもっと明瞭に、かつ積極的に認める。つまり、霊魂は物質的な実体をそなえるとした。

聖アンブロシウスは、その著『アブラハム論』第二巻第八章で、三位一体の本体でないかぎり物質から遊離するものはありえないと述べている。

こうした尊敬すべき教父たちの哲学は誤っていた、と非難することはできる。しかし、かれらの神学は根本的にきわめて神聖であったと思わざるをえない。なぜなら、かれらは霊魂の不可解な本性はわからないままに、霊魂の不死をうけあい、そして霊魂がキリスト教徒のままであることを望んだからである。

さて、われわれは霊魂がまさしく霊的なものであることを知っている。しかし、霊的なものとは何であるか、それはまったく知らない。われわれは物質とは何であるかもきわめて不完全にしか知らず、物質ならざるものについても、はっきりした観念をもつことができない。われわれが感覚で知るものについても、それが何であるかはよくわからないのだから、ましてや感覚で知りえないものについて、自分自身ではまったく理解できない。われわれは理解することも表現することもできないものについて、わずかにでも観念をいだきたいので、形而上学や神学の深い淵のなかに、われわれの日常用語からいくつかのことばを移し込む。形而上学や神学のような、わけのわからない領域でも、理解できるものなら理解したいと思い、日常用語をその支えにしようとするのである。

そこで、われわれは物質ならざるものを表現するために、息吹とか風とか精とかいうことばを用いる。この息吹、風、精といったことばは、ふわふわと軽やかな本体といった観念へと、いつのまにかわれわれを導く。そして、純粋に霊的なものの理解にいたるために、われわれは自分に理解可能なものをそこから切り落とす。しかし、われわれはけっして明確な観念には到達できない。われわれは「本体」［英語でいえばサブスタンス」ということばを口にしながら、それが何であるかさえ知らない。それは文字どおり、見えないところに［サブ」立つもの［スタンス」を意味する。そして、まさにそのことにより、それは理解しえないものとなる。なぜなら、見えないものをどう理解できよう。

神の秘密を知ることはこの世でなされるものではない。であるのに、われわれはこの深い闇のなかに身を投じて、たがいに叩きあう。闇のなかで何も見えないので、われわれは自分たちが何を叩いているかもわからず、自分たち同士をむやみやたらに叩きあうのである。

こういうことをじっくり考えていくと、理性のある人間なら、われわれは他人の意見に寛容でなければならず、また、それはそうするだけの価値がある、と結論するにちがいない。

ここで示したあれこれのことがらは、ほんとうの問題、すなわち人間は寛容であるべきかという問題の根本と、けっして無関係ではない。なぜなら、人間はいつの時代でも、あの説この説どちらの側も、どれほど誤ってきたかが証明されるならば、人間はいつの時代でも、たがいに寛容であるべきであったことも、同時に証明されるからである。

(32) 宿命の教義は古く、いたるところに見られる。ホメロス［『イーリアス』］を読めば、全編がこれだ。ゼウスは息子のサルペドンの命を救いたいのに、運命が息子の死を宣告した。ゼウスは運命にしたがうしかなかった。かつての哲学者たちが言うには、運命とは、自然によって必然的に生みだされた原因と結果の必然的な連鎖、もしくは、神の摂理によって順序づけられた原因と結果の連鎖である。どちらかといえば、後者のほうがずっとわかりやすい。宿命の全体系はアンナエウス・セネカの詩［『倫理書簡』107］のつぎの一行に示される。

「運命は望む者を導き、欲しない者をひきずる」

ひとびとがつねに認めてきたように、神は、永遠に変わらぬ普遍的な法則によって、宇宙全体を統治してきた。自由をめぐる支離滅裂な論争はすべて、この真理をもとにして生じた。なぜなら、賢明なるロックが登場して、自由とは行動する能力であると証明するまで、自由はまったく定義されないままだったからである。この能力を神は人間にさずける。

人間は自由に行動するが、それは神の定めた永遠の秩序にしたがう。人間は、世界という大きなマシーンのひとつの歯車にすぎない。昔のひとはみんな自由について言い争いをしてきた。しかし、最近までは、この問題で迫害がなされたことはない。アントワーヌ・アルノー、ド・サシ、ピエール・ニコル［いずれもジャンセニスト］その他、フランスの理性の光だった多くのひとびとを、この論争のゆえに投獄し、国外に追放したのは、なんとも恐ろしく愚劣なことであった。

(33) 輪廻にかかわる神学的な物語はインドから渡来した。われわれは、われわれが思っている以上に、インドから多くの物語を受けいれてきた。輪廻の教義は、オウィディウス［古代ローマの詩人］の『変身物語』第一五巻でみごとに説明されている。この教義はほとんど世界中のどこの地でも受けいれられ、そして、どこの地でもかならず叩かれた。しかし、古代において、そんな物語を書いたピタゴラスの弟子［オウィディウス］を投獄すべきだと訴えた司祭がいたという話は、聞いたことがない。

(34) 古代のユダヤ人も、エジプト人も、また同時代のギリシア人も、人間の魂が天に昇るとは思っていなかった。ユダヤ人の考えによれば、月や太陽はわれわれの頭より数里［一〇キロほど］上のあたりを、同じ軌道で回っている。そして、空は分厚く頑丈にできた天井で、そこで大量の水の重みを支えている。水はときどき隙間から漏れ落ちてくる、というのだ。古代ギリシア人によれば、神々の宮殿はオリンポス山にあった。ホメロスの時代には、英雄たちの死後の住み処は海のかなたの島にあるとされた。これはエッセネ派［ユダヤ教の一派］の考え方でもある。

ホメロスの時代から後になると、あれこれの惑星が神々に割り当てられた。しかし、われわれが月にひとつの神を割り当てるのは、月に住むひとびとが地球にひとつの神を割り当てるのと同じで、じつに勝手な話だ。ユーノー［ローマ神話の女神］とイーリス［ギリシア神話で虹の女神］はどちらも雲のほかに宮殿をもたない。彼女らには足を踏まえる場所もなかったわけだ。シバ［南アラビア］のひとびとは、どの神もそれぞれ星をもつとした。しかし、星はそれぞれ燃える太陽と同じであるから、神が火の性質をそなえていないかぎり、そこに住むことはできない。

以上により、古代人が天の国をどう考えていたのかを問題にすることは、まことにむなしい。古代人はそんなものを考えていなかった、というのが最良の答えである。

第十四章

（35）神の子とは神自身の化体であるというまことに恐れ多い玄義を、ユダヤ人が特別の啓示もなしに理解するのは、不可能とは言わないまでも、じっさいきわめてむずかしかった。『創世記』（第六章）は有力者の息子を「神の子」と呼ぶ。また、『詩篇』〔80－11〕では、杉の大木が「神の杉」と呼ばれる。預言者サムエルは、民衆の不安を「神の不安」が民衆に移ったものと呼び、大きな風を「神の風」と呼び、サウルの鬱病を「神の憂鬱」と呼んだりする。ところが、ユダヤ人は、イエスが「神の子」を名乗ったときには、それをそのまま文字どおりの意味で受けとめたようである。しかし、かれらがこのことばを神にたいする冒瀆だと受けとめたのであれば、それはまたユダヤ人が神の化体という玄義について無知であることの証明でもある。神の子とは、人間たちを救済するために地上に送られてきた神の化体であることを、ユダヤ人は理解できないのである。

第十七章

（36）本書が書かれた一七六二年の段階では、フランスでイエズス会はまだ廃止されていなかった。イエズス会士がそれで不幸な犠牲者になったのであれば、もちろん筆者はかれらに敬意をいだいたであろう。しかし、かれらが迫害されたのは、かれらがそれまでずっと迫害者だったからにほかならない。それはけっして忘れてはならない。イエズス会士よりももっと不寛容な連中、自分たちの厳しくて不条理な意見を受けいれない者にはいつか弾圧を加えかねない連中、そういう連中を身震いさせるようないましめになってほしいものだ。［この注は一七六三年版にはなく、一七七一年版に付されたもの］

第二十二章

（37）『異端審問マニュアル』［一七六二年の出版で、自由主義者の司祭アンドレ・モルレ著］という良書を参照せよ。

解説

『寛容論』からの問いかけ――多様なるものの共存はいかにして可能か？

福島清紀
（元富山国際大学教授）

ヴォルテール（本名フランソワ＝マリー・アルエ）の『寛容論』（一七六三年）の邦訳はこれまでに三冊刊行された。現代思潮社（古典文庫）の『寛容論』（一九七〇年）、冨山房（冨山房百科文庫）の『カラス事件』（一九七八年）、中央公論新社（中公文庫）の『寛容論』（二〇一一年）。いずれも中川信訳である。このたび光文社古典新訳文庫に収められた斉藤悦則訳は四冊目となる。斉藤訳は、ヴォルテールがある言葉に込めた意味をできるかぎり平易な日本語に置き換える工夫が随所に見られる点で、『寛容論』の翻訳史に新たなページを書き加えた訳業と言えよう。

この古典新訳文庫の一冊として同じ斉藤訳で二〇一五年にヴォルテールの『カンディード』（「リスボン大震災に寄せる詩」も完全訳で収録）が刊行された。作品の主人公カンディードは幾多の災いに立ち向かい、『寛容論』の著者はプロテスタントが巻き込まれた冤罪事件に闘いを挑む。人間界を襲うさまざまな自然災害のみならず、テロやヘイトスピーチ、ヘイトクライムなど、理不尽極まりない暴力行為が世界各地で頻発し、罪なき人たちが諸悪の犠牲となっている二一世紀の今日、この二つの作品を併せ読むことを通じて、読者は人生観・世界観上の問題に深く思いを致す手がかりが得られるはずである。

カラス事件のあらまし

一七六一年一〇月一三日夜、南仏ラングドック州の州都トゥールーズの布地商人ジャン・カラス（プロテスタント）の家の二階で、当夜の来客コベール・ラヴェスをまじえた夕食が終わると、長男マルク゠アントワーヌが食卓を離れて階下へ降りて行った。しばらくして次男ピエールが、客ラヴェスを送りに二人で降りたところ、彼らは首にロープを巻きつけた長男の死体を発見した。これがカラス事件の発端である。トゥールーズのプロテスタントの家庭で変死人が出たのを機に、どのような事態が出来（しゅったい）したか。町のひとびとがカラス家のまわりに集まり、そうこうするうちに「下層民のなかの狂信的な誰かが、『ジャン・カラスが息子のマルク＝アントワーヌを絞め殺したぞ』と叫んだ。この叫びはくりかえされて、たちまち一斉に唱和される。また、べつの連中があらたな情報をつけくわえた。すなわち、殺された息子は明日、カトリックへの改宗の宣誓をすることになっていた。だから、カトリックを憎悪するこの家族とラヴェス青年によって絞め殺された、というのである。それを聞いたつぎの瞬間、それはもうひとびと全員の確信となった」（一五〜一六頁）。

司法当局がこのような流言に煽（あお）られて、同夜カラス家にいたひとびとを拘束するのにさほど時間はかからなかった。トゥールーズの町役人（カピトゥル）、ダヴィッド・ド・ボードリグが勢い込んで慣例や規定に反した訴訟手続きを進め、カラス夫妻、次男ピエール、客ラヴェス、女中の五人を投獄してしまう。カラス夫妻にはほかに四人の子供――二人の息子ルイ、ドナおよび二人の娘ロジーヌ、ナネット――がいたが、彼らはいずれも当夜の出来事に直接には巻き込まれていない。ルイは一七五七年にカトリックに改宗し、両親のもとから独立して生活しており、ドナは遠方の地ニームで徒弟奉公の身にあった。また、娘たちは郊外へ出かけて留守であった。

この事件の審理は当初、市役所の判事が担当したが、のちにトゥールーズ高等法院の手に委ねられる。(1) 高等法院による審理の過程で、ジャン・カラスの自白を引き出すべく厳しい訊問、数次にわたる拷問が行われた。しかしながら、カラスは自己の無実を訴えつづけ、高等法院は決定的な証拠を見出せぬまま死刑判決を下す。ジャン・カラス以外の被告に対しては、一七六二年三月一八日、ピエールの終身追放、他の三名の無罪という判決がそれぞれ下された。

ジャン・カラスは実子殺しの容疑で逮捕され、一七六二年三月一〇日、身の潔白を叫びつつ処刑された［ヴォルテールは九日としている］。やがてスイスとの国境に近いフェルネーに秘密委員会を設置したヴォルテールは、宗教上の狂信的な差別意識の絡んだこの冤罪事件に対して、「理性」への全幅の信頼に立って世論を喚起し、被告の名誉回復のために奔走する。ジャン・カラスの名誉回復と全被告の無罪が勝ちとられるのは、ようやく一七六五年三月九日のことである。齢(よわい)七〇に達しようとする「フェルネーの長老」が社会の「狂信」「偏見」に抗して遂行した果敢な思想闘争の軌跡が、『寛容論』には刻まれている。(2)

事件の背景

トゥールーズは一六世紀以来、プロテスタント（カルヴァン派）の勢力が強く、プロテスタントとカトリックとの血なまぐさい抗争が絶えない町であった。ヴォルテールは当地のひとびとの行動様式の一端を『寛容論』で次のように描写している。「トゥールーズの民衆は一般に迷信深く、しかも激しやすい。自分と宗教が異なる者にたいしては、たとえ相手が兄弟であっても、怪物視する。アンリ三世〔宗教対立を終わらせようとした国王〕の死を神に感謝して盛大に祝ったのも、また大アンリ、良王アンリと呼ばれるアンリ四世を国王として認めると公言するようなやつの首はただちにかき切ってやると誓ったのも、ここトゥールーズのひとびとであった。この町は、二百年前に異端の市民を四千人も虐殺した日を記念して、いまでも毎年、行列やかがり火で盛大に祝っている」（一五頁）

ヴォルテールによる脚色がどの程度まで施されているかはさておき、事実、一五六二年五月一七日、トゥールーズで行われたあるプロテスタントの葬儀に端を発するプロテスタントとカトリックの武力衝突に際して、カトリック側が休戦――実は偽装休戦――を申し出たためにプロテスタントは武装を解除した。それに乗じてカトリック側はおよそ四千人のプロテスタントを殺害、以来トゥールーズ市民は毎年この日を祝ってきたのである。カラス事件の起きた一七六二年は、その二百年祭の前年であった。

周知のように、アンリ四世による「ナント勅令」(一五九八年)は、一六八五年一〇月一五日[署名]、ルイ一四世の発した「フォンテーヌブロー勅令」によって撤回された。ナント勅令は正式には「和平勅令(L'Édit de Pacification)」と呼ばれる。この勅令は、フランスのプロテスタントに信仰の自由を認めたものであると説明されることがあるが、「国王とカトリック教会がプロテスタントたちに与えた束の間の休戦協定であったとさえいわれる[3]」のであり、したがって過大評価は避けなければならない。プロテスタントたちには教会堂、安全地帯、政治集会の場、結婚地域などが与えられたが、このことは裏返して言えば、指定された地域以外では活動が認められず、また、安全が保障されていなかったことを意味する。つまり、ナント勅令は「プロテスタント信徒を一定の領域に閉じこめるための措置[4]」であり、ナントの和平は、敵対する二つの宗派の間に単なる妥協案を定めて平和的共存を作り出したにすぎない。

しかもこの勅令は、宗教戦争が始まって以来、王国平定の最初の試みではなかった。フランスでは、一五六二年に宗教戦争(ユグノー戦争)が勃発してから一五九八年までの間に六度の勅令が発せられたが、いずれも対立する党派を永続的に武装解除する力のない休戦でしかなかった。九八年の勅令もまた「束の間の休戦協定」にとどまる。しかしそれでも、この勅令が君主の宗教とは別の宗教を奉じる人々に一定範囲の信仰活動を認めたことは否定できない。このように王の信奉する宗教とは別の宗教を受け入れることは、王の権力がいつの日か一部の臣民たちの異議申し立てに直面する危険を冒すに等しかった。「一つの信仰、一つの法、一人の国王（une foi, une loi, un roi）」という原則が優勢を占めていた一六世紀のヨーロッパにおいて、フランスのケースは特異である。こうした例外的な状況は、大筋において、アンリ四世の孫ルイ一四世による撤回まで八七年間続く。

もっとも一六八五年の撤回以前からすでにナント勅令は空文化され、一六七七年頃から国王の「竜騎兵（ラ・ドラゴナード）」[5]によるプロテスタント迫害は行われていたのであって、フォンテーヌブロー勅令はそういう動きを追認したものにすぎなかったとも言える。[6]しかしながら、この勅令が牧師の追放、プロテスタントの亡命禁止、教会の破壊等々の措置によって迫害を強化したことは確かである。

こうした迫害を機に、おびただしい数のプロテスタントがフランスから他の国々に亡命し、これによってフランスの産業界は大きな打撃を受けた。ヴォルテールも『寛容論』第四章の末尾の注（五三、二二三頁）で、この宗教的迫害が招いたフランスの産業の衰退に言及しているほどである。「ユグノー」[7]と呼ばれたフランスのカルヴァン派プロテスタントは、「カトリック・フランスにおいて少数被圧迫者でありながら、16・17世紀のフランス経済においてきわめて重要な地位を占めていた」[8]。彼らは「フランスの資本主義的発展の中枢的担い手」であり、ルイ一四世のもとで財務総監を務めたコルベールは、「イギリスやオランダとの対外重商主義戦争においてユグノーが果たした生産的役割のため、彼らを保護せざるを得なかった」[9]。しかしコルベールの死後、状況は激しく変化する。ナント勅令の撤回は、「多数の生産的なユグノーの亡命という事態」を惹き起こした。その亡命者の数は約二十万人と言われている。[10]「ユグノー」に対する弾圧が国策として終了するのは、一七八九年の革命によってである。

これに対してプロテスタント側は、一七〇二年に反乱（「カミザールの乱」[11]）を企てたが、それも一七一三年に鎮圧され、差別的な社会体制の下での呻吟を余儀なくされた。職業のなかにはプロテスタントの就職が禁じられているものが一定数あっただけでなく、彼らは洗礼を受けられなかったために市民の身分を剝奪されており、結婚しようとしても内縁関係を甘受せざるを得なかった。プロテスタントの子供は非嫡出子と見なされ、遺産の譲渡も認められていなかった。

ナント勅令の撤回以降、フランス王国には公式にはもはやプロテスタントは存在せず、その代わりに存在するのは「新カトリック（nouveaux catholiques）」（「N・C」と略称された）のみである。しかし、ミサに参列すること、告解すること、聖体を拝領することを控えていたこれら「新カトリック」が、じっさいには「自称改革派の宗教[12]」の信徒であることは誰もが知っていた。一八世紀フランスにおけるプロテスタントの活動の態様はきわめて複雑である。プロテスタント信仰を禁止するフォンテーヌブロー勅令は文字通りに実施されていたわけではない。例えば、ジャン・カラスは生地の主任司祭によって洗礼を受け、のちにトゥールーズではなくイル・ド・フランスのある村の教会で合法的に結婚した。彼は自分の六人の子供にはカトリックの洗礼を受けさせている。息子四人はイエズス会のコレージュで学業を修めたが、それでもなお彼らは、ただ一人（三男ルイ）を除いて「ユグノー」であり続けた。ラングドックのようにプロテスタント人口が稠密（ちゅうみつ）な地方では、知事はプロテスタントに対して諸規則を厳格に適用することはできなかった。当局の暗黙の無関心にも助けられ、やがてプロテスタントの宗教生活は、アントワーヌ・クールを中心人物とする「荒野の教会」のもとで再組織される。一七四四年には国内の教会会議の招集さえ可能になったが、この信仰復興運動はカトリック側の反撥と当局による運動鎮圧劇を招き寄せ、一七四四年を境にラングドックの情勢は緊迫の度を強めた。憲兵隊が「荒野の教会」狩りに踏みきったのである。十年もたたぬうちに二千名が捕えられ、一七四五年と四六年には二百名のプロテスタントが漕役船（ガリー船）送りの刑に処せられたという。一七六二年にヴォルテールが数え上げたところでは、一七四五年以降、八人の牧師が絞首刑に処せられていた。このようにカラス事件の十年以上前の段階ですでにカトリックとプロテスタントとの抗争が再燃していたのである。

こうした宗教上の対立に加えて、「七年戦争」による経済的逼迫が市民の生活を襲っていた。一七五六年に始まったこの戦争では、シュレジェンの帰属をめぐるプロイセンとオーストリアの対立を軸として、プロイセンはイギリスと、オーストリアはフランス、ロシアと同盟を結んで戦い、これと並行して、イギリスとフランスは激しい植民地争奪戦を繰り広げた。その過程でフランスは北米やインドでほぼすべての植民地を失い、大西洋でもイギリスに制海権を握られるなど、大きな打撃を受けることとなる。国家の財政を圧迫された影響はラングドックにも及び、生活の窮乏化に苦しむ多数の農民が都市に流入し、失業者・浮浪者の増大に拍車をかけた。トゥールーズもその例外ではなく、町には、被抑圧感情が恐るべき抑圧装置にいつ転化してもおかしくない、不穏な空気が漂っていたようである。(13) さらに、敵国であるイギリスとプロイセンはプロテスタントが多数派を占める国であったことも、他の諸事情と複合して可変的な民衆の感情にある種のバイアスを生み出す可能性を孕(はら)んでいた。(14)

ジャン・カラス逮捕の前後に、これと類似した事件——「ロシェット事件」と「シルヴァン事件」——が起きたという事実に照らしてみても、ヴォルテールが直面していた問題がいかに根深いものであったかが察せられよう。前者は、一七六一年九月一三日、「荒野の教会」の牧師ロシェットがプロテスタントのために結婚式を執行した罪で逮捕され、翌年二月一九日にトゥールーズで処刑された事件、後者は、一七六二年一月四日、トゥールーズから七〇キロばかりのところにあるカストルで、当地の土地監督官シルヴァン(プロテスタント)の娘エリザベートが古井戸から死体で発見され、一家が殺害の嫌疑を受けた事件である。要するに、カラス事件はけっして孤立した事件ではなかった。これら一連の事件を惹き起こした不寛容な社会的諸関係を、やがてヴォルテールは思想闘争の対象として見据えていく。

「寛容」という観念について

ヴォルテールは『寛容論』で、「不寛容（intolérance）」を正当化するための先例を過去に求めることに対する反証として、ギリシア人やローマ人は「寛容（tolérant）」であったと縷々述べてはいるが（第七、八章）、不寛容な当代フランス社会の現実に挑んでいたヴォルテールの戦略的な意図はその記述から汲み取れるとしても、そうした古代のひとびとは「寛容（tolérance）」という観念を当の言葉で考えていたわけではない。

日本語の「寛容」は一般に、他者の言動を広い心で受け入れること、他者の欠点や過ちを厳しく責めないことを意味するが、今日のヨーロッパの諸言語に見られるその原語は、容認や黙認のほかに許容誤差、耐性などいくつかの意味をもつ。しかも、価値観の異なる他者の思考・行動を許容することを美徳と考え、多様性を高く評価する発想が当の原語には含まれているが、そうした発想は古くからあったものではない。それは、ヨーロッパのひとびとがルネサンス期に経験する新たな宗教的状況のなかで芽生え、複数の宗派・宗教の共存を世俗の平和の根本条件の一つとする統治理論との関わりで、徐々に形成された近代的な発想なのである。[15]

さしあたりフランス語のtolérance（トレランス）を例に挙げよう。この言葉の歴史はそれだけでトレランスという観念の多義性を示している。ラテン語を用いていた著述家たちにおいては、トレランスの元になる言葉は試練における粘り強さや、もろもろの不都合・逆境あるいは自然的な諸要素に耐える力を意味した。「耐える・我慢する」という意味の語toleròは、人が自分に対してなす努力を指す。医学的な語彙はこの意味で用いられ、有機体のトレランスは、病的な兆候なしに薬や一定の化学的・物理的作用体の働きに耐える能力のことである。このことから、個人もしくは集団が変容を被ることなく変化要因の作用に耐える能力という意味も派生する。

トレランスはまず人が諸事物に対して維持する関係に関わっており、それが他者との関係の形態を示すのは意味の転移によるが、やがてトレランスが固有の意味を獲得するのもこの方向においてである。トレランスが、自他の間にみられる思考様式の差異の認識に基づいて他者の立場を容認する態勢を意味するようになるのは一七世紀末のことであった。[16]

フランス語の一七世紀的用法を示す文献の一つに、一六九〇年に初版が出版されたアントワーヌ・フュルティエールの『汎用辞典 一般的なフランス語の古語・新語並びに学問・芸術用語をすべて収録』がある。同辞典の一七二七年版によれば、「寛容」は、「異端者」をどの程度まで「許容（tolérer）」すべきか、もしくは「許容」すべきでないかという問題をめぐって激論を重ねてきた神学者たちの間で、「何年か前から頻繁に使用されるようになった語」である。この語は本来、「許容された事柄」への暗黙の非難を含んでおり、是認できない事柄であっても、思いやりのある態度でそれを「大目に見ること」を意味する。また、「教会内寛容」と「世俗的寛容」が区別されており、前者は、「教会」において異説が唱えられたとしても、教義の根本に関わるものでなければ、それを主張するひとびとを「教会」は寛大に扱うことを意味する。これに対して後者は、国家の利益・安寧に反するような教義を教えるのでないかぎり、国家はいかなる宗派も処罰しないということである。この「世俗的ないし政治的寛容」は、宗教の相違に関わりなく世俗社会の法律の恩恵に浴する権利を含む。しばしば信教の自由とも訳されるフランス語のトレランスは、このフュルティエールの記述をふまえるならば、世俗社会でキリスト教の諸宗派またはキリスト教以外の諸宗教を信奉する自由だけでなく、教会内における少数意見の許容をも含意していたのであり、しかも当初は、信仰上の異説を大目に見るという、むしろ消極的な意味で使われていた。しかし、宗教戦争が諸条約の締結により曲がりなりにも終息した後も、キリスト教の新旧の対立に各地の世俗権力の利害関心が深く絡み合い、宗教的確執がきわめて複雑な様相を呈するなかで、寛容の観念は、専制的な権力に抗する個人や少数派の内面的自由に関わる問題としてしだいに積極的な意味を担うようになる。

寛容という観念の意味変容に対応して多様な差異の共存を是とする考え方が西欧で広く共有されるまでの道はけっして平坦ではなかったが、その道を少しずつ切り拓いていったのが啓蒙思想である。

「狂信」と「理性」

一七世紀後半のイギリスに始まる啓蒙思想の潮流は、一八世紀にはフランス、ドイツを経てヨーロッパに広がりをみせた。「光明〔啓蒙〕の数世紀に先行した無知の長い中間時代〔中世〕」[17]という『百科全書』「序論」の記述に込められた思想的自己主張が示すように、一八世紀は「光明の世紀」「批判の世紀」であり、旧来の因習・偏見・迷信といった蒙昧(もうまい)の闇から人間を解き放とうとする時代の到来であった。このような思想潮流の真只中にあったヴォルテールは、『寛容論』で、理性的精神がその光明をあまねく及ぼすべく活動を始めることへの期待に促されつつ、同時代の「狂信」を次のように告発する。

「何と、これは現代のできごと。哲学が多大の進歩をとげた時代のできごとなのだ。国中の、百を数えるアカデミーが民衆の啓発に努め、習俗を穏和なものにしようとしているときに起きたことなのである。それはあたかも狂信(ファナティスム)が、最近うちつづく理性の成功に憤り、理性に踏みつけられてますます激しくのたうちまわっているように見える」(一九〜二〇頁)

二一世紀の今日、「哲学」がはたして「多大の進歩」をとげたと言えるかどうか、筆者にはわかりかねるが、冒頭で述べたような人為的な諸悪の現存に鑑(かんが)みるに、特定の観念の絶対視とそれに基づく他者差別は、宗教的領域のみならず世俗的領域のさまざまな局面で起こりうる。ヴォルテールはカラス事件を、「のどかな晴天の日にとつぜん起こる落雷のようなもの」と表現し、こうした事件は「たしかに、めったに起きないけれども、しかし、じっさいに起こる。陰気な迷信がこういう事件を生みだすのである。知性が虚弱なひとびとは、陰気な迷信に動かされ、そして考え方が自分たちと異なる人間を犯罪者にしたててしまう」（二二六〜二二七頁）と言った。ここに言う「迷信」を党派的憎悪に置き換えるならば、それが考え方の差異を犯罪視するに至るメカニズムの解読は、いまなお未解決問題であると言わざるを得ない。そうであるかぎり、「これは現代のできごと」という言葉は、洋の東西を問わず、現代社会に生きている誰かが明日口にする言葉かもしれないのである。

《tolérance》がヴォルテールの中心的な言葉の一つになるのはカラス事件からであり、『ラ・アンリアッド［アンリ四世頌］』（一七二八年）にも『哲学書簡』（一七三四年）にもないこの言葉を、以後、ヴォルテールは「プロテスタントの境遇の改善を要求するための切り札にする」[18]。後世の人間に、「ドレフュス事件以後、フランスでは何かが変わるように、カラス事件以後、人間精神の内部で何かが変わったと言っても過言ではない」[19]とまで言わしめたカラス事件とは、ヴォルテールにとってどのような思想的意味をもっていたのであろうか。まずヴォルテールがこの事件に関心をもつに至った動機をいくつかの書簡の文面に沿って明らかにしておこう。

ヴォルテールの動機

ヴォルテールがこの事件について初めて関心を表明した一七六二年三月二二日付ル・ボー宛書簡にはこう記されている。

「あなたはおそらく、わが息子を絞殺したかどでトゥールーズの高等法院によって車責めの刑に処せられたひどいユグノーのことを、お聞きになったでしょう。しかしながら、この聖なる改革派の男は立派な行為をしたと信じていたのです。なぜなら、彼の息子はカトリックになろうとしていたので、この行為は背教を防ごうとするものであったからです。彼は自分の息子を神に生贄として捧げ、そして自分がアブラハムよりもずっとすぐれていると考えていたのです。(中略) われわれはたいした価値のある人間ではありませんが、しかしユグノーはわれわれよりももっと劣っています」

ヴォルテールはこの時点ではまだジャン・カラスの有罪を自明視していた。おそらくさまざまな流言をまともに受け取っていたのであろう。例えば、カラスの息子マルク＝アントワーヌが絞殺された、しかもそれが父親によってであった、あるいは、マルク＝アントワーヌがカトリックへの改宗の意思をもっていた等々についての確証は、じっさいには何もなかったのである。

ところが、それから二、三日のうちに新たな情報がもたらされたためか、三月二五日付ベルニス枢機卿宛の書簡では慎重な態度への変化が見られる。

「自分の息子の首を吊ったかどで車責めの刑に処せられたあのカラスの恐ろしい事件を、私がどのように考えるべきか、なにとぞ御教示下さるよう猊下にお願いする次第です。と申しますのも、当地では彼はまったく潔白であり、いまわの際に神を証人にしたと言われているからです。三人の判事が判決に反対したと言われております。私はこの事件が気になります。楽しみのなかにあっても私はこの事件のために悲しくなり、楽しみも台無しです。トゥールーズの高等法院かプロテスタントのいずれかを、われわれは恐怖の眼差しで見なければなりません」

ヴォルテールがなぜこの事件をこれほどまでに気にし始めたかといえば、そこに

「人間本性」に背馳(はいち)する恐るべき「狂信」を読み取ったからである。その間の事情をヴォルテール自身は次のように語る。

三月二五日付、フィオ・ド・ラ・マルシュ宛書簡
「私は人間として、またいくぶんかは哲学者としてそのこと［カラス事件――引用者注］に関心をもっています。どちらの側に恐ろしい狂信があるのか、私は知りたいのです」

三月二七日付、カーン宛書簡
「あなたはカラスの車責めの刑について確かな情報をおもちですか。彼は無実だったのでしょうか、それとも有罪だったのでしょうか。いずれにしても、これはもっとも啓発された世紀のもっとも恐るべき狂信です」

三月二七日付、ダルジャンタル伯宛書簡
「カラスが有罪であろうと無実であろうと、人間本性の名誉を傷つけるこの恐ろしい事件についての情報を、ショワズール伯に頼んで入手して下さいませんでしょうか。たしかにどちらかの側に恐ろしい狂信があります」

このように慎重に情報を分析しようとしていたヴォルテールは、そうこうするうちに何か決定的な情報を得たとみえて、四月四日には、百科全書派とのいわば仲介者であったダミラヴィルに、カラスの無実を確信した旨の書簡を送る。この書簡は、ダミラヴィルを介して百科全書派の人物たちの間で回覧されることを想定してしたためられたものであった。ヴォルテールは一五七二年八月二四日のサン＝バルテルミーの祝日にパリで起きたプロテスタント虐殺にも言及し、こう書いている。

「親愛なる皆さん、トゥールーズの判事たちが、このうえもなく無実な人間を車責めの刑に処したことは明白です。そのため、ほとんどラングドック全体が恐怖に慄(おのの)いています。われわれを憎み、われわれと戦っている外国の国民は激しい憤りを感じています。サン＝バルテルミーの日以来、これほど人間本性の名誉を傷つけたものはありません。非難の叫び声を上げるのです。叫び声を上げなければなりません」

ジャン・カラスの無実を確信するに至ったヴォルテールは、幾人かの協力者を得て秘密委員会を発足させ、ジャン・カラスの名誉回復運動に挺身する。ヴォルテールは知人、宮廷の有力者、さらにはプロイセンのフリードリヒ大王、ロシアのエカテリーナ女帝にも書簡を送り、またこの書簡攻勢と並行して家族の者の請願書、供述等を代筆して小冊子を出版するなど、国内の世論のみならず全ヨーロッパの国際世論をも喚起しようと努めた。そうした活動の一環として『寛容論』は書かれたのである。

「自然」が発する言葉

ヴォルテールが『寛容論』で遂行する狂信批判においては、自然が、人間界を相対化する超越的な地平として重要な位置を占める。言い換えれば、自然は、神という超越者と同定することはできないにせよ、人間理性に対してやはり一種の超越性を保持し、現存の秩序の変革への思想的ヴェクトルを根拠づけている。ヴォルテールは、自然が発する声をこう叙述する。

「おまえたちがそろって同じ意見になったばあい、といってもそういうことはけっしてありえないのだが、もしもそうなったばあい、そこで反対の意見を言う者がたったひとりしかいなくても、おまえたちはそのひとを許さなければならない。なぜなら、かれにそのような考えをいだかせたのは、ほかならぬこの私だからだ。／私はおまえたちに、自分で行動できるよう理性のかすかな光をあたえた。私はおまえたちの心のなかに、土地を耕すための二本の腕をあたえた。私はおまえたちに、ひとへの思いやりを芽生えさせた。それは、おまえたちがたがいに助けあい、耐えてこの世で生きぬくためである。この芽を枯らしてはならない。腐らせてはならない。この芽は神聖なものである。そう心せよ。そして、宗派どうしのおぞましい怒鳴りあいで、こうした自然の声がかき消されないようにせよ」（二二五〜二二六頁）

ここに明らかなように、ヴォルテールは、人間の身体の労働とその手の働きをまさしく人間自身のものと捉える(とら)ロック流の自然権思想をふまえて、人間界における「意見」の多様性とその多様性への寛大さを配慮する主語として、自然を位置づける。個々人が宗派あるいは党派のおぞましい狂乱に抗して自立する胚芽を彼らの内面に植えつけた主体、それが自然なのである。

ヴォルテールによれば、自分の手で耕した土地からの収穫物が自分のものであるという権利は、「自然の法」が全人類に教え示す権利にほかならず、「人間の権利」はどのような状況であろうとも、この「自然の法」に基づいてのみ確立されうるものである。そして、「自然の法と人間の権利、そのどちらにも共通する大原則、地上のどこにおいても普遍的な原則」が、「自分がしてほしくないことは他者にもしてはいけない」ということであった（六一頁）。

ヴォルテールは「自然」が発する言葉をさらに書き綴る。

「同じ国民のなかの、貴族と法官の反目、また、この二つをあわせた集団と聖職者の集団の反目、都市住民（ブルジョワ）と農民の反目、こうしたはてしない反目の有害な連続を終わらせるのは、私だけである。このように反目しあうひとびとは、自分たちの権利の限界がまったくわかっていない。しかし、そういうひとびとでさえ、最終的には、かれらの心に語りかける私の声に思わず知らず耳を傾けてしまう。／私は、私ひとりでかずかずの裁判所における公正を維持している。私がいなければ

ば、判決は雑然とした法律の山のなかで、すべて優柔不断な気まぐれにゆだねられる」（二二六〜二二七頁）

司法当局が恣意的な手続きだけでひとりのプロテスタントを処刑するに至ったことは、あまりにも「権利の限界」をわきまえぬ所業であった。ヴォルテールによれば、公正を維持すべき法律が「はてしない反目」しか惹き起こさないときには、それを超えた類的普遍の場面で発せられる自然の声に、各人がその内面で耳を傾けなければならない。なぜなら、正義に基づく裁きの場は自然のほかには存在しないからだ。こうしてヴォルテールは、現存する社会秩序のありようを裁きうる発語の主体としての自然の超越性を力説する。

しかしそれならば、自然は神に取って代わったのだろうか。神の声ではなくて自然の声という表現が用いられていることは、ヴォルテールにおいて神が自然の背後の単なる色あせた想定物と化したことを意味するのだろうか。

端的に言えば、ヴォルテールは神の存在を決して疑ってはいない。それどころか、地上の人間世界が味わう数多の不幸を慰藉してくれる超地上的存在として、神の存在を明確に認める。『寛容論』とほぼ同時期に執筆された『哲学辞典』が示すように、ヴォルテールは「原罪」の教義に対しては仮借なく批判を加えるが[20]、少なくとも最高存在にして創造主たる神の存在は肯定する立場を保持している。

あらためて指摘するまでもないが、近代西ヨーロッパにおいては、キリスト教神学の合理化・人間学化の進行とともに、「有神論」に代わって「理神論」がしだいに有力な立場となっていく。「有神論」は、神を人格的・意志的存在と見なし、宇宙創造ののちも絶えず世界と人間精神に働きかける摂理・啓示・奇跡の主体と捉える立場であり、これに対して、「理神論」は、神の発動性を宇宙創造に限定し、創造されてのち宇宙は神から独立して自己展開する力をもつと考える立場である。そうしてみると、ヴォルテールの神の捉え方は広義の「理神論」に属すると言えよう[21]。「無神論」はヴォルテールの是認するところではなかった。また、もっぱら「自然」にのみつき従う方向で宗教を否定するやり方も、彼は斥けた。

「知識を深めたいのに勉強する時間があまりとれない人間、そういう人間は世の中に多すぎるぐらいいる。かれらはこう言っている。『私は宗教の指導者たちにだまされてきた。だから、宗教には真実などまったくない。私は、あやまりに縛られるより、自然のなかに飛び込みたい。人間の虚構に服するより、自然の法に従いたい』。また、不幸なことに、さらに極端にまで進むひとびともいる。かれらは自分たちが虚偽によって抑制されてきたと知ると、真理による抑制までをも拒絶しようとする。つまり、無神論に向かう。まわりが偽善的で残忍であったせいで、かれらも知的に退廃するのである」(一〇二頁)

ヴォルテールによれば、これが「あらゆる宗教的なまやかしとあらゆる迷信の、確かな帰結」なのである。それゆえに、「カトリックは何人かのユグノーの首を切ったが、ユグノーもまたカトリックを何人か殺した。したがって、神は存在しない」とか、このうえなく恐ろしい犯罪を行うのに告白や聖体拝領やあらゆる秘跡が利用されてきた、だから神はまったく存在しないとか、そういった推論は愚かな論法でしかなかった。

それならば『寛容論』の著者はどのように推論するのだろうか。「私なら逆の結論を出す。すなわち、『だからこそ、神は存在する』と。われわれはこの世で束の間の命しかないのに、神をさんざん誤解したまま、神の名でたくさんの罪を犯してきたが、神はこうしたわれわれの幾多の恐ろしい不幸を慰めてくださるであろう」（一〇三頁）。人間に不幸をもたらす犯罪が地上に満ち満ちていたがゆえに神が求められた、ということか。

ともあれ、ヴォルテールの立論を支える《自然的なるもの》への信頼は、どこまでも神の存在を前提としていた。自然が人間理性に対する超越的な地平として存立したゆえんも、そこにあると思われる。ヴォルテール自身は必ずしも諸概念を体系的に分節化しているわけではないが、少なくとも『寛容論』においては、神・自然・理性、これら三者それぞれの占める位置が重層的な関係を成している。つまり、神の存在を前提とする自然の類的普遍性への信頼が、さらに地上の人間理性への信頼と重なりあっているということである。大地を耕すための二本の腕とともに人間に授けられた理性が、まさに人間理性として世俗社会の真只中にその地歩を築きつつあった。

このような人間理性への信頼に基づく狂信批判の構図をさらに明らかにするために

は、『哲学書簡』以来ヴォルテールの内部で持続していたと考えられる、フランス社会の後進性の自覚にもふれておく必要がある。

フランス社会の後進性の自覚

イギリスの思想・文化の紹介に紙数を費やした『哲学書簡』は、じつは、カトリック教会が精神上の絶対的権威として君臨するフランス社会への痛烈な文明批評の書であった。一八世紀中葉のイギリスでは、イギリス国教会の信徒でなければ公職に就けないという状況はあったけれども、魂の救済への通路のどれを選択するかは個人の自由な判断に委ねられるべきだとする考え方が、社会の共有観念になりつつあったのに対して、フランスでは、カトリック教会がそうした通路を占有し、司法制度の不備と相まってプロテスタントを迫害し続けていたのである。そのような社会に生きていたヴォルテールにとって、イギリスの思想・文化は、自国の進むべき方向を過つことなく指し示してくれる、いわば羅針盤であった。「イギリス人は自由な人間として、自分の好きな道をとおって天国へ行く」（「第五信」[22]）、「もしイギリスに宗派がひとつしかなかったなら、その専制は恐るべきものになるだろう。もしも宗派がふたつなら、両派はたがいに喉を切り合うだろう。しかしイギリスには宗派が三十もある。だから、みんな仲よく平和に暮らしているのである」（「第六信」[23]）といった『哲学書簡』の叙述に見られる信仰の自由、諸宗派の平穏な共存への羨望も、フランス社会の後進性の自覚を物語るものである。次のような『寛容論』の一節にも同様の現実認識が明瞭に認められる。

「われわれフランス人は、ほかの国民がもっている健全な意見をいつも一番最後にしか受けいれられない国民なのだろうか。ほかの国民はすでにあやまりを正した。われわれは一体いつ、あやまりを正すのであろうか。ニュートンがすでに証明した法則を、受けいれるまでにわれわれは六十年かかった。種痘によって子ども命を救う手立てを、われわれはこのごろようやく実施し始めたばかりだ。農業の正しい諸原理を実行に移したのも、つい最近でしかない。では、われわれがヒューマニズムの健全な諸原理を実行し始めるのはいつだろうか」（一〇〇～一〇一頁）

『哲学書簡』の「第十一信」、「種痘について」はカトリックの僧侶たちの偏見に対する攻撃であったが、種痘にまつわる偏見は、フランス社会がかかえる根深い問題の一つの現われにすぎなかった。再審運動に向けて踏み出したヴォルテールの眼前には、神の意向の代弁者を僭称（せんしょう）する特定宗派の権力支配があった。「われわれの理性の力は弱々しく、われわれの法律は不備だらけだ。それは日々実感させられることである」（二一～二二頁）と言わざるを得ない現実があった。なかでもプロテスタント虐殺の二百年祭を間近に控えたトゥールーズでは、「カラス一家を車責めにする処刑台こそがこの祭の最大の飾りつけになる」（一九頁）とまで言われるありさまだったという。宗教戦争がくすぶり続けるラングドックに世紀の光明はまだ射し込んではいなかった。

ヴォルテールはこのような足下の現実を見据えつつ、寛容の制度化に貢献したジョン・ロックの思想的業績への関心を読者に喚起しようとする。

「もうひとつの半球に目を向けてみなさい。カロライナ〔北アメリカにおけるイギリスの植民地〕をご覧なさい。あの賢明なるジョン・ロックがその地の基本法を作った。カロライナでは、法律によって公的に認可される宗教を設立するには、家族の長である男七名の申請があれば足りる。こうした度を越したゆるやかさでも、混乱が生じたことはまったくない。ここでこんな例をあげたのは、けっしてフランスにその真似をさせたいからではない。ここではただ、寛容さが最大限にまで行きすぎたばあいでも、ごく些細な悶着すら起きなかった事例を紹介したにすぎない」(五一～五二頁)

ヴォルテールは、トゥールーズ高等法院やカトリック教会を刺激しすぎないよう注意を払っていたからなのか、ロックの業績をそのままフランスで活かせるとまでは主張しないが、フランス社会の現状に対する批判の一端はうかがわれる。当のロックは、イギリスで反動的な「クラレンドン法典」が施行されて間もない一六六九年頃、北米カロライナ植民地のための「カロライナ基本憲法」の起草作業に参画し、教会を組織する自由、礼拝の方法の自由等を謳ったいくつかの条項を書き、その後さらに、自己の寛容思想の集大成ともいうべき『寛容についての書簡』を執筆した。(24) ヴォルテールはこの『書簡』をも読んだふしがある。というのも、『寛容論』のなかで、理性の担い手たる市民の権利を擁護する一節の末尾に、「ジョン・ロックの良書『寛容についての書簡』を見よ」という注をヴォルテール自身が付しているからである（一〇四、二四九頁）。

ヴォルテールが接したと推測されるロックの寛容思想は、おおよそ次のような内実を具えていた。すなわち、「国家」と「教会」のそれぞれが関わるべき領域を峻別し、「国家」への「教会」の介入を排除すると同時に、「国家」から宗教性を剝奪して「国家」を中性化すること、そしてそのことを根本前提として、魂の救済という局面での「私人」相互間および「教会」相互間の自立的平等性を是認することである。一八世紀中葉のイギリス人が享受していた信仰の自由は、少なくともそうした寛容思想の遺産を着実にふまえる方向で形成されたものであった。このようなイギリスの現実に同時代のフランス人が羨望の念を禁じ得なかったとしても、けっして不思議ではない(25)。

当代フランス社会は、人間理性の無力を感じさせるほどに過ちに満ちていた。それにもかかわらず、あるいはむしろそうであるがゆえに、ヴォルテールは理性を信頼して一歩を踏み出そうとする。「過去のことはなかったことにしよう。われわれはつねに現在から出発しなければならない。諸国民がすでに到達した地点、つねにここから出発しなければならない」（五七頁）。なぜなら、理性はゆるやかではあるが、まちがいなく人間の蒙を啓いてくれるからだ。ヴォルテールの狂信批判はそうした出立への意欲に裏打ちされた営為なのである。

人間存在の有限性

ヴォルテールによれば、プロテスタントであるとカトリックであるとを問わず、彼らは狂信に酔い痴れ、その手は血で汚されていた。「正邪を決めつけたがる風潮と、キリスト教を正しく理解しないままでの宗教心の過激化が狂乱を生み、この狂乱がフランスばかりでなく、ドイツ、イギリス、さらにはオランダにおいてさえたいへんな流血をまねき、かずかずの悲劇をもたらした」（四三〜四四頁）のである。ヴォルテールは、聖書中の譬喩的な表現が決して迫害の論拠にはなりえないゆえんを考察しているが、そこでヴォルテールがもっとも主張したかったのは、「頭のなかだけでものごとを理解したがるわれわれにとって、疑問を生じさせる話が聖書にはいろいろある。話は話として尊重しよう。しかし、ひとにたいして無慈悲で冷酷になるために、そういう話を悪用するのはやめよう」（一三八頁）という簡潔な原則である。ヴォルテールにこのような原則を提示させたものは、人間存在の有限性の認識であった。

ヴォルテールからみれば、「微小な原子」（一九六頁）にすぎぬ人間が創造主の意向を先まわりし、特定の宗派の考え方を絶対化して他宗派に対する差別的行為をほしいままにすることは、越権行為以外の何ものでもなかった。少なくとも人間の魂の根源的なあり方に関わる事柄に、幾何学的真理のもつような客観性を強制的に及ぼそうとすれば、ひとびとを無分別、無慈悲にしてしまうだけだ。ヴォルテールはそう考えた。

ヴォルテールは、宗教上の事柄と幾何学上の事柄との違いを指摘しつつ、この点にさらに言及している。「形而上学的なことがらについて、すべての人間に画一的な考え方をもたせようとするのは、愚の骨頂であろう。ひとつの町の住民全員を心から敬服させることよりも、全世界を武力で征服することのほうがよほど簡単だろう。／たしかに、エウクレイデスは幾何学のかずかずの真理を、難なくすべての人間に納得させることができた。なぜか。それはいずれもが、『2＋2＝4』のような簡単な公理から明瞭に導き出されるものばかりだからである。しかし、形而上学と神学を混ぜあわせたもののばあいは、けっしてそんなふうにはいかない」（一八二～一八三頁）。こうした違いを無視し、かつ、例えば「強いて入らしめよ」という言葉を文字通りに受け取って信仰を強制するならば、それは自然の声に耳を傾けぬ所業にほかならなかった。

ヴォルテールが聖書中の譬喩的表現の一つとして取り上げている「ルカによる福音書」第十四章（一三五〜一三六頁）は、前世紀のピエール・ベールが『「強いて入らしめよ」というイエス・キリストのことばに関する哲学的註解』（一六八六年）ですでに問題視した箇所である。ベールは「迫害者がそれに与える字義どおりの意味」を、委曲を尽して反駁（はんばく）した。その反駁を行うに当たって彼が立脚した原理は、「罪悪を犯す義務を含むような字義どおりの意味はみな誤りである」という原理であった。[26] ベールによれば、聖書のなかに強制を正当化するような証言が見出されるとしても、道徳的良心の証言に照らしてみるならば、それを字義どおりに解釈することは断固斥けられねばならない。「形而上学的な光と同じくこの世に生まれるすべての人を照らす公正というあの自然的な観念に、例外なくあらゆる道徳律を従わせねばならない」[27]。ヴォルテールはこのベールの「倫理的聖書批判の原理」に基本的には何も新しく付け加える必要はなかった。[28] ヴォルテールの『寛容論』の歴史的意義は、この基本原理を継承しつつ、読者への期待と信頼に立って新たな「公衆」像を描き出した点にある。

新たな「公衆」像

ヴォルテールは、「寛容はけっして内乱の原因にはならなかった。不寛容が地上を殺戮の場に変えた」ことを指摘したのち、次のように述べている。「偏りのない読者のみなさんにお願いしたい。どうか、これらの真理をよく吟味し、まちがいがあれば手直しをし、そして真理をさらに広げてほしい。思慮深い読者のみなさんが、それぞれの考えを自由に伝えあうならば、みなさんはきっと本書の著者を超えて、もっと遠くまで進まれるであろう」（五二一～五三頁）。ジョン・ロックが『人間知性論』（一六九〇年）の冒頭に付した「読者への手紙」[29]を思わせる文章である。「読者」の自主的な思考・判断による真理探求の意義を説くロックの「読者への手紙」がそうであるように、この文章には、真理の受託者たるべき「読者」への期待と信頼が息づいている。

再審運動の過程で公刊された、事件に直接関わる小冊子は少なくとも七篇を数えるが、じつはそのうち六篇はいずれも、ジャン・カラスの家族の名のもとにヴォルテールが代筆したものである。一例をあげると、「ピエール・カラスの供述」では、「無分別な偏見が私どもを破滅させました。光に満ちた理性が今日私どもに憐れみを寄せてくれています。名誉と恥辱の裁き手たる公衆（le public）が、わが父の名誉を回復しています。顧問会議は、関係文書をご高覧くださるだけで、公衆の判決を確認なさるでありましょう[30]」と、理性の担い手たる「公衆」への信頼を前面に押し出す。再審に向けてのこうした請願において、ヴォルテールはその鋭敏な文筆家としての才能をいかんなく発揮し、大きく世を動かしたのである。

フランス社会にはびこる「偏見」「党派心」「狂信」が惹き起こした不正な裁判を筆鋒鋭く批判するヴォルテールらの活動は、やがて「世論」を喚起し、カラス再審への道を拓くことに成功した。これは「文人たちが政府を動かすという新しい現象」であり、「世論という新しい観念」の出現であった[31]。

一七六三年三月七日、国王顧問会議はカラス再審の請願を採択し、トゥールーズ高等法院に裁判書類の送付を命じる。フランス革命前のアンシャン・レジームのもとでは、今日のような破毀院（Cour de cassation）は存在しなかったが、宮廷・政府・教会の最高位にある人物たちを構成員とする国王顧問会議に被告人が請願して、会議が請願委員に事件の再審査を委ね、請願委員が改めて判決を下すという道が残されていた。裁判権は国王から高等法院に委譲されていたけれども、国王は必要に応じて顧問会議を開き、高等法院の決定に干渉できるような制度があったのである[32]。

一七六三年八月に審理を開始した顧問会議は、翌年六月四日、原判決を破棄、そして一七六五年三月九日、十四名の地方長官を含む四十名の請願委員によって構成される法廷が、ジャン・カラス無罪の最終判決を下した。ヴォルテールは、「国王顧問会議による正式の署名がなされるよりもずっと以前に、全公衆の世論がすでに正しい判決を下していた」(二七頁)と言う。このようにヴォルテールは、真理の探求を担いうる存在として「読者」「公衆」を想定し、彼らによって世論の力が形成されることを期待し信じてやまなかった。そしてこの期待・信頼を「公衆」は裏切らなかったのである。

ただ、ヴォルテールが彼の言う「下層民(la populace)」を「読者」「公衆」に含めていたかどうかは疑わしく、『寛容論』を通読すればわかるように、一定層のひとびとを一種の差別的な眼で見ていたことは否めない。社会の底辺で生活することを余儀なくされていたひとびとを、ワインなどの澱(おり)を意味する言葉(la lie)で表現している箇所さえある。しかしそうした用語法は、ヴォルテールだけのものではなく、むしろ当時のフランス社会で共有されていた観念の現われであったと見るべきであろう。過去の思想を思想史のなかに過不足なく位置づけることはいつも難しいが、時代の刻印を帯びた用語法というものがあり、現代人の感覚をそのまま過去に持ち込むと、かえって当の思想の特質と意義を捉えそこなう面もあることに留意する必要がある。

　ヴォルテールはパリの法曹ブルジョワ（公証人）の家庭に生まれ育ち、そういう出身にふさわしく社会的地位の上昇を志向するなかなかの野心家であった。そのような事情を考慮すれば、ヴォルテールの意識のありようを、形成期ブルジョワジーの自己主張の一端と見ることができるであろう。ある意味でそこにヴォルテールの思想的限界も読み取れるかもしれないのだが。

また、ヴォルテールは『寛容論』第四章で、「アイルランドは、いまでは人口も増え、豊かになり、かつて起きたようにカトリックの市民が二ヵ月ものあいだ、プロテスタントの市民を生贄として神に捧げつづけるような事件〔一六四一年、アルスター地方の反乱〕は起きないだろう」（四四頁）と述べているが、その後アイルランドがたどった複雑な歴史は、ヴォルテールの予想をはるかに超えている。

しかし、一八世紀後半のフランス社会の動向に即して語るならば、人間精神の内部の何かが、フランス社会の何かが、着実に変わり始めたことはまちがいない。ヴォルテール自身はそうした変化のさまを簡潔に表現している。「いまでは理性が日ごとにフランス全土に浸透しつつある。商人の店にも、貴族の館のなかにも入りこみつつある。したがって、この理性の果実を育てなければならない。もはや理性の開花を妨げることはできないのであるから、ますます念入りに育てるべきである」（一七九頁）。このような日進月歩の理性の洗礼を受けつつある時代の人間も、先人たちと同様に残忍だというのか。「たしかに、カルヴァン派の下層民のなかにはいまでも狂信的な信者がいる。しかし、カトリックの一部、たとえばジャンセニストの下層民のなかにはそれ以上に狂信的な信者がいることも事実である。（中略）こうした狂信者たちが、かりにまだ残存しているとすれば、その数を減らすもっとも確かな方法は、この精神的な病を理性による治療にゆだねることである」（五六〜五七頁）

ヴォルテールによれば、効き目はゆるやかでも、まちがいなく人間を啓発してくれるこの理性は、「優しく、人間味があり、他者を許容し、不和をやわらげ、人間の徳を高めるものである」（五七頁）。もはや力によって法を維持する必要はない。人間が法への服従を好ましく思うのは、ひとえにこの理性のなせるわざなのである。

ヴォルテールがこれほどまでに理性に信頼を寄せていたことを、二一世紀の現代人は約二五〇年前の単なるオプティミズムと嗤（わら）うことができるであろうか。すでに述べたように、いまなお世界各地で偏見や党派心に基づく差別と暴力が陰に陽に存続している事実に照らすかぎり、ヴォルテールの格闘した問題が解決済みだとは言えまい。トゥールーズ高等法院は国王からの司法権の独立を盾に取り、しかもカトリック教会と野合しつつ、カラス復権運動に対して強い抵抗を示したけれども、ジャン・カラスの名誉回復が実現したことによって世論の力に屈し、以後、プロテスタントを漕役刑に処するのを止める。そうして、かつてルイ一四世がナント勅令を撤回すべく発したフォンテーヌブロー勅令も、その実効性に終止符を打つ。ヴォルテールが切望した信仰の自由は、彼の死後まもなく、一七八九年の「人および市民の権利の宣言」(「人権宣言」)によって制度的に形あるものとなる。

『寛容論』へと結実したヴォルテールの思想闘争は、当代フランスの歴史的現実において、その現実に対して遂行された営為であり、しかもそれが新たな世論の力の形成におおきく寄与したという意味では、まぎれもなく歴史的現実そのものの創出の一翼を担う営為であった。われわれはヴォルテールの『寛容論』に接することによって、フランス啓蒙思想のダイナミックな現場の一角に立ち会うことができるのである。

『寛容論』からの問いかけ

解説の結びとして、寛容という観念にまつわる悩ましい問題について述べておきたい。

考え方を異にする他者に不寛容であってよいのか、と問うばあい、個人もしくは集団が特定の考え方を神聖なものとして絶対化し、それに同調しないひとびとに対して差別や迫害を行い、さらには直接的な暴力によって他者の生命を奪うことを不寛容と規定するならば、その問いへの答えは明らかに否であると言える。上述のような行為に対抗して人間の尊厳を擁護するためにこそ、寛容を強く主張しなければなるまい。ヴォルテールがカラス事件と呼ばれる冤罪事件に立ち向かうにさいして携えた強力な武器が、寛容という観念であった。「不寛容が地上を殺戮の場に変えた」というヴォルテールの言葉は重い。

しかし、そのヴォルテール自身が『寛容論』第十八章では、「不寛容が人間の権利とされる希少なケース」を取りあげて、「ひとが寛容を受けとるにあたいする人間になるためには、まず自分が狂信的な人間ではないようにしなければならない」（一六五頁）と言う。これを裏返せば、「狂信的な人間」は「寛容をうけとる」にあたいしないということであり、あえて敷衍すれば、「狂信的な」考えや振る舞いで他者に対して不寛容な所業に及ぶばあい、そうした不寛容には不寛容であらざるを得ないということであろう。

前段で引用した第十八章の叙述もふまえるならば、無条件の寛容はありうるのか、という問いも成り立つ。なぜなら、宗教的次元に限らず、どんな言動も許されるとしたら、人間の尊厳を傷つける不寛容な言動も許されることになり、多様なるものの共存の原理ともいうべき寛容そのものが意義を失うからである。現代のわれわれはこの難しい問題を避けて通ることはできない。

同じ第十八章でヴォルテールは、「大きな善のためだと言って、小さな悪をおこなうことは許されない」（二六八頁）と述べているが、「大きな善のためだ」と称して、「小さな悪」どころかとてつもない巨悪を犯すのも、残念ながら人間なのである。ヴォルテールがカラス事件を座視できなかったのは、人間本性に背馳するおそるべき狂信をその事件に読み取ったからであり、そういう文脈では、ヴォルテールにおいて人間の内なる自然、すなわち人間本性は狂信への対抗原理としてこのうえなく肯定的な意味をもつ。しかし、「人間がその本性のせいで犯してしまうあやまちには、なにとぞ、あわれみのまなざしを」（一九五頁）という「神への祈り」がいみじくも吐露しているように、人間本性はそれが人間の本性であるがゆえに、「あやまち」と無縁ではない。人間は理性的有限者であるからだろうか、きっかけさえあれば、自ら蒙を啓いて賢明になりうる反面、いくらでも蒙昧になりうる可変性を具えているように思われる。

このような可変性と相通じることだが、自由・平等・友愛という高邁な理念を掲げる革命の過程で猛威をふるった「恐怖政治」をはじめとして、人類愛を叫びながら隣人を憎悪する、といった事態がこれまで幾度となく起きてきたし、起きる可能性はつねにある。ヴォルテールの言葉を借りて言えば、「大きな善のため」という大義にはしばしば欺瞞（ぎまん）がひそんでいるが、大義を振りかざす側はそれに気づかぬまま大きな悪に走りかねない。

テロもその悪の一つであり、ひとびとの平穏な生活を一瞬にして奪う暴力行為である。もしヴォルテールが、そうした暴力の発生する自国フランスの今日の状況を目にしたならば、はたしてテロに対する報復としての武力行使を、「不寛容が人間の権利とされる希少なケース」と見なすのだろうか。それとも、「はてしない反目の有害な連続」（二一七頁）を深く憂慮し、暴力の自己増殖的な相乗作用を断ち切るすべを見出そうとするのだろうか。テロの発生原因の解明は容易ではなく、いつどこで誰が殺戮の対象となるか予測できない状況のなかで、ヴォルテールが、罪なき犠牲者やその遺族の存在を前にして何か発言するとしたら、どんな言葉で語りかけるのだろうか。多様なるものの共存の可能性をめぐって『寛容論』が喚起する問いは尽きない。

注

（1）「高等法院」の原語はparlementである。この語は日本では一般に「高等法院」と訳されており、解説でもこの慣用に従った。しかし、当時フランスに存在していたこの司法機関は「最高（主権的）法院（Cour souveraine）」とも呼ばれ、「主権者（国王）と肩を並べる」強大な権力を保持していたが、日本語の「高等」は特に最高を意味しているわけではなく、したがって「高等法院」という訳語は拒否されるべきだ、との指摘もある（木﨑喜代治『信仰の運命 フランス・プロテスタントの歴史』、岩波書店、一九九七年、二三三〜二三四頁参照）。

（2）福島清紀「《狂信》と《理性》——ヴォルテール『寛容論』再考——」（富山国際大学国際教養学部紀要第7巻、二〇一一年）参照。

（3）木﨑前掲書、二二六頁。

（4）同、二二五〜二二六頁。結婚地域とは、プロテスタントとして婚儀を行うことが可能な場所を意味する。安全地帯や結婚地域については、同、三三九頁参照。

（5）同、一〇九〜一一二頁参照。

（6）竜騎兵による襲撃とナント勅令の撤回については、ヴォルテール自身も『ルイ十四世の世紀』第三六章で描写している(『ルイ十四世の世紀3』丸山熊雄訳、岩波文庫、一九八二年、一四〇～一四二頁参照)。

(7)当初は蔑称であったこの語の由来については、木﨑前掲書二〇～二二頁および金哲雄『ユグノーの経済史的研究』、ミネルヴァ書房、二〇〇三年、二頁参照。

(8)金前掲書、一頁。

(9)同。

(10)金前掲書二頁および木﨑前掲書一四六頁参照。

(11)この反乱については、ジャン・カヴァリエ『フランス・プロテスタントの反乱――カミザール戦争の記録』二宮フサ訳、岩波文庫、二〇一二年、参照。

(12)「自称改革派の宗教(la religion prétendue réformée)」は、フランス王国で少数派であったカルヴァン派の信奉する宗教に対して、勅令や公的文書で使用された正式の呼称であり、ときに「R・P・R」と略称された。

(13)この点も含めて、カラス事件の背景、当時の司法制度のあり方、事件に対するカトリック側の対応等については次の諸論考を参照されたい。高橋安光「カラス事件」(一橋大学研究年報『法学研究5』、一九六四年所収)、小林善彦「カラス事件」「ヴォルテールとカラス事件」(いずれも小林善彦『ルソーとその時代』[増補版]、大修館書店、一九八二年所収)。

(14) 小林前掲書一九五頁参照。

(15) 直江清隆／越智貢編『正義とは』、岩波書店、二〇一二年、一七五〜一七八頁参照。

(16) ラルース書店刊『古典フランス語辞典』、五三五頁(*Dictionnaire du français classique*, par Jean Dubois, René Lagane et Alain Lerond, Librairie Larousse, Paris, 1989, p.535) 参照。

(17) ディドロ／ダランベール編『百科全書――序論および代表項目』桑原武夫訳編、岩波文庫、一九七一年、八三頁。

(18) ルネ・ポモー『ヴォルテールの宗教』、三三四頁(René Pomeau, *La religion de Voltaire*, Librairie Nizet, Paris, 1956, nouv.éd., 1969, p.334)。

(19) 同、三三三〜三三四頁。

(20) 串田孫一責任編集『ヴォルテール／ディドロ／ダランベール』(世界の名著)、中央公論社、一九七〇年、三一八頁参照。

(21) 中川久定によれば、ヴォルテール自身は一七五一年以降、それまでの「理神論者(Déiste)」という語に代えて「有神論者(Théiste)」という語を用いて自己の立場を規定するようになった。この点も含めて、「有神論者」ヴォルテールの信仰内容については、中川久定「ジャン＝ジャック・ルソーの基本的問題（下）」（『思想』、一九七七年一一月号掲載）参照。

(22) ヴォルテール『哲学書簡』斉藤悦則訳、光文社古典新訳文庫、近刊。

(23) 同。

(24) ロックの寛容思想については、福島清紀「ジョン・ロックの寛容思想――『寛容についての書簡』を中心に――」（法政大学言語・文化センター紀要「言語と文化」第三号、二〇〇六年）参照。

(25) ヴォルテールがロックの寛容思想から受け継いだものが何であったかについては、過大評価は避けたほうがよいであろう。ロックは政治的共同体と宗教的共同体の分離、国家の機能と教会の機能の峻別を説いたが、この議論からヴォルテールが引き出すのは、ルネ・ポモーの指摘によれば、教皇の王位授与権と聖職禄取得納金［教会聖職禄の保有者が教皇に納付していた賦課金］の徴収権をガリカン教会［フランス教会］は拒絶するということにとどまる（*Voltaire: Traité sur la tolérance*, Introduction, notes, bibliographie, chronologie par René Pomeau, Flammarion, Paris, 1989, pp.20-21.『寛容論』

第三章参照）。ロックが主張したような政教分離はヴォルテールの目指すところではなかった。反対に彼は教会の国家への従属を弁護し、そうした従属に寛容を保障する現実的な手立てを見ている。

（26）ピエール・ベール『寛容論集』野沢協訳、法政大学出版局、一九七九年、九一頁。

（27）同、九四頁。

（28）エルンスト・カッシーラー『啓蒙主義の哲学』中野好之訳、紀伊國屋書店、一九六二年、二〇四〜二〇五頁参照。

（29）『人間知性論（一）』大槻春彦訳、岩波文庫、一九七二年、一八〜一九頁。

（30）プレイヤッド叢書、ヴォルテール『論集』、五五二頁（Voltaire, *Mélanges*, Bibliothèque de la Pléiade, Éditions Gallimard, Paris, 1961, p.552）。

（31）木﨑前掲書、二〇四頁参照。

（32）小林前掲書、二二〇頁参照。

ヴォルテール年譜

一六九四年
一一月二一日、パリの公証人の第五子として生まれる。本名はフランソワ＝マリー・アルエ。

一七〇一年　七歳
母マルグリット・ドマール死去。

一七〇四年　一〇歳
ルイ＝ル＝グラン学院に入学。

一七一〇年　一六歳
『ジュヌヴィエーヴによせるルジュ神父のオードの模倣』を刊行。

一七一一年　一七歳
ルイ＝ル＝グラン学院卒業。

一七一七年　二三歳
五月、摂政オルレアン公を風刺した詩を発表したかどでバスティーユへ投獄され、一一か月を過ごす。

一七一八年　二四歳
一一月、処女作の韻文悲劇『エディップ（オイディプス）』がコメディー・フランセーズで初演され、大成功を収める。

一七二二年　二八歳
父フランソワ・アルエ死去。

一七二六年　三二歳

バスティーユに再び収監されるが、亡命を条件に出獄、イギリスへ渡る。以降、一七二八年にパリに戻るまで、イギリスの政治、思想、文化に大きな影響を受ける。

一七三四年　四〇歳
イギリス滞在中の見聞をもとに『哲学書簡』を発表。フランス社会のひずみや政治、学問、カトリック教会を批判した同書は、逮捕者が出るなど大きな反響を呼ぶ。ヴォルテールは愛人のシャトレ公爵夫人の許に身を隠した。

一七三八年　四四歳
シャトレ公爵夫人の庇護のもと、『ニュートン哲学入門』、悲劇『マホメット』（一七四一年）『メロープ』（一七四三年）、東方物語『ザディーグ』（一九四七）など、さまざまな作品を著す。

一七四六年　五二歳
アカデミー会員に選ばれる。

一七五〇年　五六歳
愛人シャトレ公爵夫人の死（一七四九年）が転機となり、プロイセンに向かう。

一七五一年　五七歳
『ルイ一四世の世紀』をベルリンで刊行。

一七五五年　六一歳
ジュネーヴ永住の許可を得る。ルソー『人間不平等起源論』への賞賛の手紙を送る。一一月一日、リスボン大地震、即座に「リスボン大震災に寄せる詩」

を書き上げる。『オルレアンの処女』刊行。

一七五六年　六二歳

ルソーから、前年発表の「リスボン大震災に寄せる詩」に対する痛烈な批判の書簡を受け取る。『百科全書』に「歴史」の項目を執筆。

一七五八年　六四歳

一連の宗教批判の言動がジュネーヴ当局の怒りを買うなど、関係が悪化。スイス国境に近いフェルネーに土地を求める。一七六〇年からここを定住の地とする。

一七五九年　六五歳

一月『カンディード』刊行。

一七六〇年　六六歳

コルネイユの孫娘を養女にする。

一七六三年　六九歳

六一年に起きたカラス事件と呼ばれるフランスのプロテスタントに対する冤罪事件に憤慨し、『寛容論』を発表。

一七六四年　七〇歳

哲学エッセイ集『哲学辞典』刊行。

一七六五年　七一歳

『歴史哲学』をアムステルダムで刊行。

一七七八年

悲劇『イレーヌ』がコメディー・フランセーズで上演されるのを機にパリに還る。二八年ぶりの故郷で熱狂的な歓迎を受けるが、過労と持病で容態が悪化。五月三〇日死去。享年八三。

笑いながら怒る。珍妙な芸のようだが、本書を読むと上等なアジテーションにはこれも必要だとわかる。

アジテーションとは自分の怒りを表明して、ひとを行動にかりたてることだが、怒りをむきだしにすればいいわけではない。また、正論を唱えても、まじめぶった語り口ではたんなる説教と同じで、誰も聴いてはくれない。

ヴォルテールの、どことなくふまじめな感じがヴォルテールの善さなんだろうな、と私には思われた。ヴォルテールは笑っている。「卑劣なやつを叩きつぶせ」はヴォルテールの名文句として知られる言葉だが、かれはそういいながらも、顔は笑っている。話の通じない連中を嘲笑しながら、話を通じさせようとまじめになっている自分をも笑う。こうした、わかるひとにはわかる、という感じの呼びかけが多くの読者を動かしたのだろう、と私には思われた。

ヴォルテール自身、嘲笑の効用を本書の第五章でこう語っている。

「今日、教養人はそろって狂信的なふるまいをあざ笑う。この嘲笑を軽んじてよいものだろうか。嘲笑というのは、あらゆる宗派の狂信的な逸脱にたいする強力な防壁なのである」（五七頁）

日本の俗説によれば、お屋敷に行儀見習いにきた娘をしつけるにはその不作法を嘲笑するのがよい。言葉で丁寧に教えるよりも、鼻先で笑えば一発で効くとされる。狂信をいさめるために、ヴォルテールもこのような戦略を意識していたのかどうか。それはわからないが、必死さやきまじめさを無粋なものと見、まじめにしなければいけないときにもふざけてしまうような軽さをむしろ善しとしている趣（おもむき）がある。いや、じつはこの軽さこそが気持ちの深さをあらわしている。ほんとうに悲しいときにもひとは笑う。ほんとうに怒っているときにもひとは笑う。そのような見立てがここにはある。

本書を訳するにあたっては、読者に理屈のきちんとした積み重なりをたどってもらうと同時に、そうした軽みも味わいどころとして受けとめてもらいたいと願った。

編集者の中町俊伸さんにはまたしてもお世話になった。訳文が読みやすく、わかりやすい日本語になるよう、力添えをいただいた。ヴォルテールの『寛容論』はいまという時代だからこそ読まれるべき古典。ぜひとも多くのひとに読んでもらいたいと、訳者と編集者がともに心からそう願っての共同作業であった。

二〇一六年一月

斉藤悦則

本文中および原注のなかで、「精神病院でこしらえられたような……」「狂人」など、精神疾患に関して、今日の観点からみて差別的な表現が用いられています。これらは本書が書かれた一七六〇年代当時のフランスの社会状況と未熟な人権意識に基づくものですが、聖書の内容や宗教に関する歴史的・批判的検討という作品の性質を理解するためにも、原文に忠実に翻訳することを心がけました。それが今日も続く人権侵害や差別問題を考える手がかりとなり、ひいては作品の歴史的・文学的価値を尊重することにつながると判断いたしました。

また、本文の原注（二六七頁）のなかで、「レプラ」という言葉も使用されています。レプラ（癩病）は本書が成立した当時、伝染性の強い病と見なされ、患者は隔離されるなど、差別的な生活を強いられていました。また第二次世界大戦後、特効薬が普及し完全回復が可能になったのちも、日本では平成八年（一九九六年）に「らい予防法」が廃止されるまで、同様の政策がそのまま残っていたのはご承知のとおりです。現在ではハンセン病と表記しますが、作品の時代背景および文学的な意味を尊重して、当時の言葉を使用しました。差別や侮蔑の助長を意図するものではないことをご理解ください。

（編集部）

寛容論

著者　ヴォルテール
訳者　斉藤悦則

2016年5月20日　初版第1刷発行

発行者　駒井稔
印刷　慶昌堂印刷
製本　ナショナル製本

発行所　株式会社光文社
〒112-8011東京都文京区音羽1-16-6
電話　03（5395）8162（編集部）
03（5395）8116（書籍販売部）
03（5395）8125（業務部）
www.kobunsha.com

©Yoshinori Saitō 2016
落丁本・乱丁本は業務部へご連絡くだされば、お取り替えいたします。
ISBN978-4-334-75332-0 Printed in Japan

JCOPY ＜(社)出版者著作権管理機構 委託出版物＞
本書の無断複写複製（コピー）は著作権法上での例外を除き禁じられています。本書をコピーされる場合は、そのつど事前に、(社)出版者著作権管理機構（☎03-3513-6969、e-mail : info@jcopy.or.jp）の許諾を得てください。

本書の電子化は私的使用に限り、著作権法上認められています。ただし代行業者等の第三者による電子データ化及び電子書籍化は、いかなる場合も認められておりません。

いま、息をしている言葉で、もういちど古典を

長い年月をかけて世界中で読み継がれてきたのが古典です。奥の深い味わいある作品ばかりがそろっており、この「古典の森」に分け入ることは人生のもっとも大きな喜びであることに異論のある人はいないはずです。しかしながら、こんなに豊饒で魅力に満ちた古典を、なぜわたしたちはこれほどまで疎んじてきたのでしょうか。

ひとつには古臭い教養主義からの逃走だったのかもしれません。真面目に文学や思想を論じることは、ある種の権威化であるという思いから、その呪縛から逃れるために、教養そのものを否定しすぎてしまったのではないでしょうか。

いま、時代は大きな転換期を迎えています。まれに見るスピードで歴史が動いていくのを多くの人々が実感していると思います。

こんな時わたしたちを支え、導いてくれるものが古典なのです。「いま、息をしている言葉で」——光文社の古典新訳文庫は、さまよえる現代人の心の奥底まで届くような言葉で、古典を現代に蘇らせることを意図して創刊されました。気取らず、自由に、心の赴くままに、気軽に手に取って楽しめる古典作品を、新訳という光のもとに読者に届けていくこと。それがこの文庫の使命だとわたしたちは考えています。

このシリーズについてのご意見、ご感想、ご要望をハガキ、手紙、メール等で翻訳編集部までお寄せください。今後の企画の参考にさせていただきます。

メール　info@kotensinyaku.jp

光文社古典新訳文庫　好評既刊

純粋理性批判（全7巻）
カント
中山元　訳
西洋哲学における最高かつ最重要の哲学書。難解とされる多くの用語をごく一般的な用語に置き換え、分かりやすさを徹底した画期的新訳。初心者にも理解できる詳細な解説つき。

実践理性批判（全2巻）
カント
中山元　訳
人間の心にある欲求能力を批判し、理性の実践的使用のアプリオリな原理を考察したカントの第二批判。人間の意志の自由と倫理から道徳原理を確立させた近代道徳哲学の原典。

道徳形而上学の基礎づけ
カント
中山元　訳
なぜ嘘をついてはいけないのか？　なぜ自殺をしてはいけないのか？　多くの実例をあげて道徳の原理を考察する本書は、きわめて現代的であり、いまこそ読まれるべき書である。

永遠平和のために／啓蒙とは何か　他3編
カント
中山元　訳
「啓蒙とは何か」で説くのは、その困難と重要性。「永遠平和のために」では、常備軍の廃止と国家の連合を説いている。他三編をふくめ、現実的な問題を貫く論文集。

存在と時間 1
ハイデガー
中山元　訳
「存在（ある）」とは何を意味するのか？　刊行以来、哲学の領域を超えてさまざまな分野に影響を与え続ける20世紀最大の書物。定評ある訳文と詳細な解説で攻略する！（全8巻）

光文社古典新訳文庫　好評既刊

人間不平等起源論
ルソー
中山 元 訳
人間はどのようにして自由と平等を失ったのか？　国民がほんとうの意味で自由で平等であるとはどういうことなのか？　格差社会に生きる現代人に贈るルソーの代表作。

社会契約論／ジュネーヴ草稿
ルソー
中山 元 訳
「ぼくたちは、選挙のあいだだけ自由になり、そのあとは奴隷のような国民なのだろうか」。世界史を動かした歴史的著作の画期的新訳。本邦初訳の「ジュネーヴ草稿」を収録。

市民政府論
ロック
角田 安正 訳
「私たちの生命・自由・財産はいま、守られているだろうか？」近代市民社会の成立の礎となった本書は、自由、民主主義を根源的に考えるうえで今こそ必読の書である。

自由論 新たな訳による決定版
ミル
斉藤 悦則 訳
個人の自由、言論の自由とは何か？　本当の「自由」とは？　21世紀の今こそ読まれるべき、もっともアクチュアルな書。徹底的に分かりやすい訳文の決定版。（解説・仲正昌樹）

カンディード
ヴォルテール
斉藤 悦則 訳
楽園のような故郷を追放された若者カンディード。恩師の「すべては最善である」の教えを胸に度重なる災難に立ち向かう……。「リスボン大震災に寄せる詩」を本邦初の完全訳で収録！

光文社古典新訳文庫　好評既刊

リヴァイアサン1
ホッブズ
角田 安正 訳

「万人の万人に対する闘争状態」とはいったい何なのか。この逆説をどう解消すれば平和が実現するのか。近代国家論の原点であり、西洋政治思想における最重要古典の代表的存在。

人口論
マルサス
斉藤 悦則 訳

「人口の増加は常に食糧の増加を上回る」。デフレ、少子高齢化、貧困・格差の正体が人口から見えてくる。二十一世紀にこそ読まれるべき重要古典を明快な新訳で。（解説・的場昭弘）

人はなぜ戦争をするのか エロスとタナトス
フロイト
中山 元 訳

人間には戦争せざるをえない攻撃衝動があるのではないかというアインシュタインの問いに答えた表題の書簡と、「喪とメランコリー」、『精神分析入門・続』の二講義ほかを収録。

幻想の未来／文化への不満
フロイト
中山 元 訳

理性の力で宗教という神経症を治療すべきだと説く表題二論文と、一神教誕生の経緯を考察する「人間モーセと一神教（抄）」。後期を代表する三論文を収録。

論理哲学論考
ヴィトゲンシュタイン
丘沢 静也 訳

「語ることができないことについては、沈黙するしかない」。現代哲学を一変させた20世紀を代表する衝撃の書、待望の新訳。オリジナルに忠実かつ平明な革新的訳文の、まったく新しい『論考』。

光文社古典新訳文庫　好評既刊

ツァラトゥストラ(上・下)
ニーチェ
丘沢 静也 訳
「人類への最大の贈り物」「ドイツ語で書かれた最も深い作品」とニーチェが自負する永遠の問題作。これまでのイメージをまったく覆す、軽やかでカジュアルな衝撃の新訳。

善悪の彼岸
ニーチェ
中山 元 訳
西洋の近代哲学の限界を示し、新しい哲学の営みの道を拓こうとした、ニーチェ渾身の書。アフォリズムで書かれたその思想を、肉声が音楽のように響いてくる画期的新訳で！

道徳の系譜学
ニーチェ
中山 元 訳
『善悪の彼岸』の結論を引き継ぎながら、新しい道徳と新しい価値の可能性を探る本書によって、ニーチェの思想は現代と共鳴する。ニーチェがはじめて理解できる決定訳！

神学・政治論（上・下）
スピノザ
吉田 量彦 訳
宗教と国家、個人の自由について根源的に考察したスピノザの思想こそ、今読むべき価値がある。破門と焚書で封じられた哲学者スピノザの〝過激な〟政治哲学、70年ぶりの待望の新訳！

読書について
ショーペンハウアー
鈴木 芳子 訳
「読書とは自分の頭ではなく、他人の頭で考えること」……。読書の達人であり一流の文章家ショーペンハウアーが繰り出す、痛烈かつ辛辣なアフォリズム。読書好きな方に贈る知的読書法。

光文社古典新訳文庫　好評既刊

プロタゴラス——あるソフィストとの対話
プラトン
中澤 務 訳
若きソクラテスが、百戦錬磨の老獪なソフィスト、プロタゴラスに挑む。通常イメージされる老人のソクラテスはいない。躍動感あふれる新訳で甦る、ギリシャ哲学の真髄。

メノン——徳(アレテー)について
プラトン
渡辺 邦夫 訳
二十歳の美青年メノンを老練なソクラテスが挑発する！　西洋哲学の豊かな内容をかたちづくる重要な問いを生んだプラトン対話篇の傑作。『プロタゴラス』につづく最高の入門書！

ソクラテスの弁明
プラトン
納富 信留 訳
ソクラテスの裁判とは何だったのか？　ソクラテスの生と死は何だったのか？　その真実を、プラトンは「哲学」として後世に伝え、一人ひとりに、自分のあり方、生き方を問うている。

饗宴
プラトン
中澤 務 訳
悲劇詩人アガトンの優勝を祝う飲み会に集まったソクラテスほか6人の才人たちが、即席でエロスを賛美する演説を披瀝しあう。プラトン哲学の神髄であるイデア論の思想が論じられる対話篇。

ニコマコス倫理学(上・下)
アリストテレス
渡辺 邦夫
立花 幸司 訳
知恵、勇気、節制、正義とは何か？　意志の弱さ、愛と友人、そして快楽。もっとも古くて、もっとも現代的な究極の幸福論、究極の倫理学講義をアリストテレスの肉声が聞こえる新訳で！

★続刊

資本論第一巻草稿――直接的生産過程の諸結果　マルクス／森田成也・訳

『資本論』入門シリーズ第二弾。経済学史上もっとも革新的な理論を確立したマルクスが自らの剰余価値論を総括し、資本の再生産と蓄積、資本の生産物としての商品生産について考察する。『資本論』を理解するうえでの重要論考。詳細な解説付き。

水の精（ウンディーネ）　フケー／識名章喜・訳

森で道に迷った騎士フルトブラントは、湖の岸辺に立つ漁師小屋で、可憐にして妖艶、無邪気で気まぐれな美少女ウンディーネと出会う。恋に落ちた二人は結婚しようとするが……。水の精と人間の哀しい恋を描いた、ドイツ・ロマン派の傑作。

笑い　ベルクソン／増田靖彦・訳

形や動作、言葉や性格などのおかしさによって引き起こされる「笑い」について哲学的に考察し、「笑い」が生まれる構造とその社会的な意味を解明する。ベルクソン哲学のなかで異彩を放つ本書の特異性を「四大主著」との関連で読み解く（解説）。